MANESSE BIBLIOTHEK DER WELTLITERATUR

Gerhardie · Vergeblichkeit

WILLIAM GERHARDIE

VERGEBLICHKEIT

Ein Roman über russische Themen

Aus dem Englischen übersetzt
von Elisabeth Schnack
Nachwort von Richard E. H. Gerber

MANESSE VERLAG

Titel des englischen Originals:
«Futility. A Novel on Russian Themes»
London 1922

ISBN 3-7175-1496-2 (Leinen)
ISBN 3-7175-1497-0 (Leder)

 · Druck: Conzett + Huber AG, Zürich

Imprimé en Suisse · Printed in Switzerland

(Das «Ich» in dem Buch bin nicht ich.)

ERSTER TEIL

Die drei Schwestern

1

Und dann kam mir der Gedanke, dass es für mich nur eins gäbe: alles in einem Buch unterzubringen. Es ist die klassische Methode, mit dem Leben umzugehen. Denn durch meine unwirksame Rückkehr nach Wladiwostok ist mein Opus wirkungsvoll abgeschlossen. Und der Hafen hat seltsam verständnisvoll mitgespielt. Er hat das Zeichen zum Aufbruch angestimmt, und die hohen Steinhäuser scheinen, während ich an ihnen entlang wandere, zu sinnieren und «die Stimmung anzugeben». Und deswegen und wegen des Gefühls, dass ich auf der Stelle trete, bis der grosse Dampfer kommt und mich nach England heimbringt, hänge ich emsig meinen Erinnerungen nach…

Als die *Simbirsk* der russischen Freiwilligenflotte schliesslich völlig ausser Sicht geriet und die drei Schwestern nach Schanghai entführte, kehrte ich in mein Zimmer im Hotel zurück. Dort war ich gerade eben eingezogen. Es war ein kahles und schmuddeliges Zimmer in einem kleinen und schäbigen Gasthof. Endlich wurde auch ein Bett herbeigeschafft, aber statt der Bettlaken sollte ich auf einem schmutzigen Tischtuch liegen, das am folgenden Morgen, wenn ich frühstücken würde, wieder als Tischtuch dienen musste.

«Ist das Bettlaken sauber?» fragte ich.

«Ja», sagte der Hausbursche.

«Wirklich sauber?»

«Wirklich sauber!»

«Hat bestimmt niemand darauf geschlafen?»

«Niemand! Nur der Boss.»

Dicke Tropfen fielen wie Tränen auf die Fensterscheibe und machten sofort anderen Platz. In der Ecke stand ein morscher Schreibtisch. Ich setzte mich. Ich betastete einen typisch russischen Federhalter mit einer nicht weniger typischen russischen Stahlfeder, wie man sie mit Sicherheit in jedem russischen Regierungsbüro antrifft, tauchte sie wiederholt in die sirupartige Tinte und wagte mich kühn an den Beginn.

Als die Nacht kam, lag ich auf dem Tischtuch - hungrig und von riesigen, hungrigen Wanzen geplagt, die wie Hunde bissen - und dachte an Nina, Sonja, Vera, Nikolaj Wasiljewitsch und seine unkonventionelle Familie. Gegen Morgen hörte es auf zu regnen.

Ich ging aufs Land hinaus, das jetzt im Zugriff des Herbstes dalag. Ich wanderte durch einsame Gegenden am Meer und durch den einsamen Park, der ursprünglich vor allem ein Park für Liebespärchen war, und dachte an sie.

Hier war das Laub dichter, die stillen Winkel verschwiegener und die Unordnung grossartiger. Ich sass auf einer alten Bank, in die mit einem Taschenmesser Namen und Anfangsbuchstaben eingeschnitten waren, unter Bäumen, die sich golden und rostbraun verfärbten, und ich zitterte im scharfen Herbstwind, der die abgefallenen gelben Blätter wirbelnd den Weg hinabjagte. Und das unendliche Meer russischen Lebens schien über mir zusammenzuschlagen.

2

Es war irgendwie im Stil eines Ibsenschen Dramas mit rückblickenden Enthüllungen, dass ich in die komplizierten Angelegenheiten der Familie Bursanow eingeweiht wurde. Ich war von den drei Schwestern, welche alle drei gleichzeitig sprachen - ein «Bouquet» reizender Blumen, deren Königin ich nur zu gut erkannte -, zu einem Besuch aufgefordert worden, und ich besuchte sie eines Abends im Hochsommer in ihrer Datscha, in einem Ort an der See, etwa zehn Werst von Petersburg entfernt, und war vielleicht ein wenig schüchtern, denn ich war nicht von ihren Eltern eingeladen worden; und das «Bouquet» begrüsste mich im Flur des kleinen Holzhauses, das über die See hinausragte. Sie sprangen mir eine nach der andern entgegen und stellten sich dem Alter entsprechend vor.

«Sonja!»

«Nina!»

«Vera!»

Sie waren damals sechzehn, fünfzehn und vierzehn. Ich hatte ihnen, glaube ich, an dem Tag, als ich das erstemal mit ihnen sprach, sofort erklärt, ich könne sie beim besten Willen nicht voneinander unterscheiden, und hatte ihre Namen auch absichtlich durcheinandergebracht. Es war natürlich nicht besonders witzig, aber sie waren ja fast noch Kinder und anscheinend dankbar dafür, denn sie hatten gekichert - vielleicht, weil sich ihnen nichts Besseres bot.

Ich wurde in ein Zimmer voller Menschen geführt, deren Verwandtschaftsverhältnis ich noch nicht begriff. Die Mutter glaubte ich daran zu erkennen, dass sie den Vorsitz am Samowar führte, und ich trat auf sie zu; sie nahm mir meine Befangenheit und sprach Russisch mit einem, wie ich bemerkte, unverkennbar deutschen Akzent.

Hinterher sagte ich zu Nina: «Keine von euch sieht eurer Mutter sehr ähnlich!»

«Sie ist nicht unsre Mutter», sagte Nina. «Sie ist - Fanny Iwanowna.»

Ich hätte nicht geglaubt, dass der noch jung

aussehende, ziemlich kleine, aber hübsche Mann, der gut angezogen war, aber in seiner Haltung etwas schlaff wirkte, ihr Vater sei, da seine Töchter ihn nachlässig und beinah verächtlich behandelten. Nina rief jedoch: «Papa!», und er drehte sich um, und dann sah ich, dass sie seine Augen hatte, stahlgraue Augen, die durch einen beunruhigenden, reizenden schrägen Blick, der Nina eigen war, manchmal weicher wurden; doch hin und wieder blickte sie einem - jedem! - fest in die Augen und bis ins innerste Herz, so dass man tatsächlich glaubte, «der einzige Mann in der Welt zu sein, auf den es wirklich ankam».

Und Fanny Iwanowna plagte Nikolaj Wasiljewitsch (so hiess der Vater) unerträglich, indem sie ihm ständig dumme Fragen stellte, und Nikolaj Wasiljewitsch sah dann gelangweilt und verdriesslich aus und winkte mit der Hand ab, als wäre sie eine lästige Fliege, und sagte: «Lass das!»

Oder er ahmte auf unfreundliche Art Fanny Iwanownas sinnlose Manier nach, Russisch zu sprechen. *«Elektritschno!* Wie oft habe ich dir schon gesagt, dass es *elektritschestwo* heisst!»

«Das bleibt sich doch gleich», entgegnete sie.

Dann wollten die drei Schwestern unbedingt One-step und englischen Walzer tanzen, die damals im Ausland in Mode kamen, und Nikolaj Wasiljewitsch wurde gezwungen, immer wieder von vorn irgendeine scheussliche Melodie auf dem Klavier zu spielen. Und ich dachte bei mir: was für ein Bouquet!

Nachdem der hinreissende Versuch überstanden war, wurde beim Essen der Vorschlag gemacht, wir sollten alle ins Theater des Badeorts gehen und uns Tschechows *Drei Schwestern* ansehen.

«Gut», sagte Fanny Iwanowna, «aber Nikolaj Wasiljewitsch muss mitkommen! Nur unter dieser Bedingung!»

Nikolaj Wasiljewitsch zog die Brauen zusammen.

«Ihr seid ohnehin schon zu viele in der Loge.»

«Wir können zwei Logen nehmen», schlug ich vor.

«Also keine Ausrede, Nikolaj!» rief Fanny Iwanowna. Und ein dunkler Schatten flog über das hübsche Gesicht Nikolaj Wasiljewitschs. Doch ich begriff noch immer nicht.

Erst gegen Ende des zweiten Akts der *Drei Schwestern* hatte ich eine Ahnung, meine erste Erkenntnis, dass mit der Familie Bursanow nicht alles zum besten stand.

Die Art, wie Tschechow schreibt, ist bekannt. Auch die Menschen in seinen Stücken sind es. Anscheinend sind sie alle auf der Grenzlinie zwischen Komödie und Tragödie geboren - gewissermassen in einem Niemandsland. Fanny Iwanowna und die drei Schwestern verfolgten das Stück mit grösstem Interesse und als wären die *Drei Schwestern* ihre eigene persönliche Tragödie. Ich sass hinter Nina und schaute mit jener törichten Skepsis zu, die aus zu grossem Glücksgefühl erwächst. Mir, der ich lebensfroh und unduldsam war, erschienen die Menschen in dem Stück hirnverbrannt. Sie ärgerten mich. Sie bedrängten mich aufs empfindlichste. Ihr düsterer Trübsinn, ihre unglaubliche Unfähigkeit und ihre lähmende Trägheit machten mich schaudern. Wie anders, dachte ich, waren die drei liebenswerten Geschöpfe, die hier in unsrer Loge sassen! Wie unbekümmert und frei sie waren in ihrem eigenen glücklichen Zuhause! Die Leute im Stück waren unmöglich.

«Grosser Gott!» rief ich und packte Nikolaj Wasiljewitsch beim Arm, als sich der Vorhang über dem zweiten Akt senkte. «Wie kann es nur solche Menschen geben? Sie können nicht tun, was sie wollen. Sie können nicht hingehen, wohin sie wollen. Sie wissen nicht mal, was sie wollen. Sie reden und reden und reden, und dann ziehen sie ab und begehen Selbstmord oder sonstwas. Es ist ein hysterischer Schrei nach grösseren Bemühungen und höheren Zielen - die ihnen übrigens unklar und unverständlich sind - und ein ewiger Stillstand. Es ist wie in Gounods Oper, wo Faust im Gefängnis Gretchen bei der Hand nimmt und ruft: ‹Wir fliehen! Wir fliehen!›, während er keinerlei sichtliche Anstrengung macht, die Bühne zu verlassen. Warum können die Menschen nicht wissen, was sie vom Leben wollen, und es bekommen? Warum nicht, Nikolaj Wasiljewitsch?»

Nikolaj Wasiljewitsch sass still und stumm und sehr traurig da. Ernst schüttelte er den Kopf, und sein Gesicht verdüsterte sich.

«Das *sagt* sich alles so leicht», erwiderte er langsam. «Das Leben ist nicht so einfach. Es gibt Komplikationen, gewissermassen Verstrickungen. Die durchkreuzen alles, bis - bis man nicht mehr aus und ein weiss. Ja, Andrej Andrejewitsch...»

Er seufzte und hielt inne, ehe er weitersprach.

«Tschechow ist ein grosser Künstler», sagte er schliesslich.

Ich ging mit ihnen zu ihrer Datscha zurück. Während wir im Theater gewesen waren, hatte es geregnet, und die Strasse war dunkel und schmutzig. Nina klammerte sich an meinen Arm.

3

Es war an einem jener langen, glücklichen Abende, die in ihrer grossen, luxuriösen Wohnung an der Mochowaja in Petersburg zu verbringen ich mir angewöhnt hatte, als ich noch tiefer in die häuslichen Angelegenheiten der Familie Bursanow eingeweiht wurde.

Sie hatten eine Zeitlang schweigend dagesessen. Nina schien traurig zu sein; Sonja und Vera waren verdriesslich.

Es dämmerte schon, aber niemand dachte daran, das Licht anzuschalten. Niemand wollte tanzen. Ein Weilchen spielte ich Klavier, dann hörte ich auf.

«Was ist los, Nina?» fragte ich.

Sie schwieg - und dann sagte sie auf ihre kindlich offene Art: «Oh, es ist wegen Papa und Fanny Iwanowna.»

«Was haben sie getan?»

«Immerzu streiten sie, immerzu, immerzu, immerzu!»

Ich schwieg, weil es mir verhasst war, aufdringlich zu erscheinen.

«Verstehst du», sagte sie halb humorvoll und halb ernst, wie sie meistens sprach, zauderte ein wenig und entschied sich dann, damit herauszurücken: «Papa und Fanny Iwanowna sind nicht... gesetzlich verheiratet.»

«Ich weiss», sagte ich.

«Wie kannst du das wissen?»

«Ich hab's vermutet.»

«Hat's dir Vera gesagt?»

«Hab' ich nicht!» rief Vera, laut protestierend. Sie war vierzehn, bemühte sich aber, zwei Jahre älter zu wirken, und sogar mit Erfolg. «Nicht im Traume würde es mir einfallen, so etwas zu sagen!»

Sie war empört und wütend über die ungerechte Beschuldigung, die ihr so aufreizend an den Kopf geworfen wurde. Mir war es schon seit einiger Zeit so vorgekommen, als könnten Vera und ihre beiden älteren Schwestern sich nicht leiden. Vera war anders als sie.

«Wir können es nicht länger aushalten», sagte Sonja. «Ihre ewige Streiterei hängt uns zum Halse heraus. Tag und Nacht, Tag und Nacht geht es so! Könnten sie es nicht wenigstens unterlassen, wenn sie Gäste haben? Aber nein, dann treiben sie's noch viel schlimmer!»

Das konnte ich bestätigen, das heisst, falls sie mich wirklich als ihren Gast betrachteten. Denn ich war eher *«swoj tschelowek»,* wie Nikolaj Wasiljewitsch es nannte: sozusagen zur Familie gehörend, und in meiner Gegenwart liessen sich Nikolaj Wasiljewitsch und Fanny Iwanowna heftig gehen. Sie waren wie Hund und Katze. Es wurde weder Erbarmen gezeigt noch Ritterlichkeit aufgebracht. Nikolaj Wasiljewitsch verspottete sie, indem er ihr fürchterliches Russisch mit einer so boshaften Geschicklichkeit nachahmte, dass alle Anwesenden vor Lachen schrien. Fanny Iwanowna, deren weisses Gesicht dann an manchen Stellen in ungesunder Röte erglühte, wand sich vor Schmerz, und nachdem sie wieder zu Kräften gekommen war, zahlte sie es ihm mit gleicher Münze heim. Nikolaj Wasiljewitsch riss dann ein einzelnes Wort heraus, das sie falsch ausgesprochen hatte, streute etwas eigenen Pfeffer darauf, schleuderte es ins Publikum - Freunde und Feinde, die er zum Essen eingeladen hatte - und zog solchermassen auf ihre Kosten den ihm zugedachten Pfeil heraus.

«Zu Hause ist's mir verleidet», sagte Sonja. «Ich werde ausreissen.»

«Wie kannst du denn das?»

«Ich werde heiraten und ausreissen.»

«Die will keiner heiraten», sagte Vera von ihrem sicheren Platz in der entlegenen Ecke.

Nina sass stumm da und zeigte den ihr eigenen, halb ernsten, halb ironischen Ausdruck.

«Worüber streiten sie?»

Nina blickte Sonja an. «Soll ich's ihm erzählen?»

«Natürlich!»

«Aha!» rief Vera boshaft. «Aha!»

«Halte doch den Mund!» sagte Sonja.

Nina schaute unsicher aus dem Fenster.

«Papa will sich wieder verheiraten.»

Fanny Iwanownas Kleiderrascheln kündigte sich schon von weitem an.

Sie erschien.

«Andrej Andrejewitsch!» So begrüsste sie mich immer - mit begeistertem Beifall. «Guten Abend!»

«Wie dunkel es hier ist! Nina! Vera! Sonja! Warum schaltet ihr nicht das *elektritschno* an?»

«Wie oft habe ich dir schon erklärt, Fanny Iwanowna, dass es nicht *elektritschno,* sondern *elektritschestwo* heisst!» tadelte Sonja streng.

«Ach, das ist doch egal!»

«Nein, es ist nicht egal, Fanny Iwanowna!»

«Nun, Andrej Andrejewitsch - was gibt es Neues?»

«Leider nichts, Fanny Iwanowna.»

«Ist Nikolaj Wasiljewitsch gekommen?»

«Du weisst genau, dass er nie kommt», sagte Sonja, «und trotzdem wartest du immer mit dem Essen auf ihn!»

«Ich bin's leid, auf Papa zu warten», nörgelte Nina, lehnte sich an und liess ihre hübschen Beine vom Sofa baumeln.

«Jeden Tag kommt er später und später», liess sich Vera von ihrem sicheren Platz aus vernehmen. «Fanny Iwanowna, ich bin hungrig!»

Sonja war wirklich wütend. «Ich wünschte, er würde lieber gar nicht kommen, statt bloss, um hier zu schlafen! Lass ihn doch dort bleiben, Fanny Iwanowna! Lass ihn nur!»

«Ach, ich glaube, er kommt vielleicht noch, wenn wir ein bisschen länger warten. Sind Sie sehr hungrig, Andrej Andrejewitsch?»

«Sag ja! Sag ja!» riefen die drei Schwestern. Ich war verblüfft über diesen offenen Ausbruch von Feindseligkeit gegenüber dem eigenen Vater, besonders bei Sonja. Ich verstand den Ausdruck in Fanny Iwanownas Augen.

«Nein, Fanny Iwanowna», antwortete ich. «Überhaupt nicht.»

«Oh, dann warten wir noch ein klein wenig länger. Er hat *versprochen* zu kommen.»

Die Glocke läutete.

«Das ist Nikolaj Wasiljewitsch!» rief Fanny Iwanowna.

Aber Nina schüttelte den Kopf. «Papa läutet nie so schüchtern. Es muss Pawel Pawlowitsch sein.»

Die drei Schwestern sprangen von ihren Plätzen hoch und stürzten auf den Flur.

«Oh!» hörten wir Sonjas Stimme.

«Wer ist es?... Der Knjas?» schrie Fanny Iwanowna.

«Nein, nicht der Fürst», kam die Antwort. «Der andre.»

«Ach so, der Baron. Sie heissen beide Pawel Pawlowitsch», seufzte Fanny Iwanowna, als bereite ihr diese Tatsache Kummer; doch im Grunde seufzte sie deshalb, weil ihr beide missfielen.

Baron Wunderhausen stammte, wie die meisten Barone Russlands, aus dem Baltikum; er sprach ebensogut Russisch wie Deutsch und ein ausgezeichnetes Französisch; er verstand Englisch, war höflich und schlau und passte sich allen Umständen an; er hatte grosse Kalbskopfaugen, war meistens etwas übertrieben gekleidet, war fünfundzwanzig Jahre alt und hatte einen Posten im Ministerium für Auswärtige Angelegenheiten. Er kam regelmässig jeden Abend, flirtete mit den Augen – und wir tanzten...

Wir tanzten, und dann assen wir zu Abend, da wir Nikolaj Wasiljewitsch aufgegeben hatten, wie wir ihn regelmässig jeden Abend aufgaben, nachdem wir zwei Stunden auf ihn gewartet hatten. Seine Abwesenheit verletzte alle, da sie argwöhnten, wo er war.

«Ich gehe weg», sagte Nina, als sie mit mir tanzte.

«Du gehst weg? Wohin?»

«Nach Moskau», sagte sie und blickte zu mir

auf. Sie hatte eine wundervolle Art, beim Tanzen zu einem aufzublicken. Und sie hatte eine wundervolle Art zu sprechen: still und geheimnisvoll, halb mit Humor und halb mit Liebe.

«Auf immer?» rief ich bestürzt.

Statt einer Antwort hob sie hinter meinem Kopf zwei Finger hoch, was mir das Aussehen eines gehörnten Teufels geben sollte, und lachte. Ich genoss ihr Lachen.

«Auf wie lange?» fragte ich.

«Zwei Monate.»

«Warum?»

«Um Mama zu besuchen.»

«Ich wusste nicht, dass du in Moskau eine Mama hast.»

«Habe ich aber», kam die naheliegende Antwort, und ich lächelte, und sie lachte und machte wieder das Zeichen mit den Teufelshörnern.

«Was tut sie in Moskau?» fragte ich und dachte, es sei eine etwas törichte Frage.

«Sie wohnt dort», erwiderte sie, und mir schien es, dass sie rot wurde. Und ihr Erröten schien mir aus irgendeinem Grunde zu verraten, dass auch dort etwas nicht stimmte.

«Mit wem fährst du hin?»

«Mit Vera. Sie bleibt dort. Mama möchte sie dauernd bei sich behalten.»

«Tut es dir nicht leid?»

«Nein.»

«Meine Güte!»

«Es tut mir leid, von Sonja wegzugehen.»

«Aber du kommst doch wieder zu ihr her?» fragte ich besorgt.

«Ja. Aber trotzdem tut's mir leid, von ihr wegzugehen. Und auch von Fanny Iwanowna», fügte sie hinzu.

«Und von Papa?»

Sie überlegte ein wenig. «Nein», flüsterte sie.

«Und von wem sonst noch?» fragte ich beharrlich, lächelte ihr in die Augen und versuchte, meinen Anspruch geltend zu machen.

«Das sage ich nicht», erwiderte sie.

«Wann fahrt ihr?»

«Morgen vormittag. Wir haben es erst gestern abend beschlossen, Fanny Iwanowna und ich», sagte sie ruhig, «dass ich mitfahren soll.»

«Um Vera nach Moskau zu bringen?»

Sie lächelte geheimnisvoll. Wir tanzten zweimal rund ums Zimmer, ehe sie antwortete.

«Das sagen wir jedenfalls zu Papa.»

Ich blickte auf Sonja, als sie, wunderbar «englisch walzend», mit ihrem Partner an uns vorbeitanzte. Sie schnitt mir ein Frätzchen und lächelte. Ich wusste, dass sie glücklich war. Der Baron tanzte mit der für ihn bezeichnenden Miene, die verriet, dass es ihm Freude machte, Freude zu machen.

4

Am nächsten Morgen - einem kalten Novembermorgen - begleitete ich sie zur Bahn und in die trostlose Atmosphäre des Nikolaus-Bahnhofs. Sie waren in schwere Pelzmäntel gehüllt. Die Männer hatten wegen der beissenden Kälte die Kragen ihrer Schubas hochgestellt. Auf dem Bahnsteig lag Schnee. Wir gingen rasch auf und ab, um warme Füsse zu bekommen. Nikolaj Wasiljewitsch bot einen kläglichen Anblick: der Schnee hatte seinen Kneifer undurchsichtig gemacht, sein Schnurrbart war gefroren, und seine von der Kälte gerötete Nase schaute aus dem aufgestellten Kragen heraus.

«Nina!» sagte er.

«Ja?» Sie drehte sich um.

«Geh nicht!»

«Ich muss!»

«Dann kommst du nicht wieder. Sie wird dich bei sich behalten.»

Sie schüttelte den Kopf.

«Geh nicht, Nina!»

«Geh nicht», sagte ich.

Sie stand nachdenklich da und war unschlüssig.

«Geh nicht, Nina!» warf Nikolaj Wasiljewitsch ein.

Sie gab keine Antwort.

«Nina!» sagte er wieder.

«Doch, sie muss gehen», mischte sich Fanny Iwanowna ein. «Das ist doch lauter Unsinn! Sie geht, und sie kommt bald zurück. Nicht wahr, Nina?»

«Ja», sagte Nina.

Sie wandte sich zu mir um und steckte ihre Hand unter meinen Arm. «Ich lass' dich nicht», sagte sie kläglich. «Du musst mitkommen!»

«Du weisst doch, dass ich das nicht kann.»

«Ich lass' dich nicht!»

«Nina!» sagte ich.

«Ja?»

«Komm hierher!»

Ich zog sie auf die Seite.

«Nina, willst du mich heiraten?»

Sie sah leichtsinnig und lustig aus, und doch war ein winziger Anflug von Ernst in ihrem Gesicht.

«Ja.»

Mir war merkwürdig leicht zumute - als hätte ich gerade einen zufriedenstellenden Handel abgeschlossen.

Der zweite Pfiff ertönte, und zusammen mit den andern Reisenden stiegen sie in den Zug. Nikolaj Wasiljewitsch trat auf sie zu, um Lebewohl zu sagen, und vielleicht dachte er, dass er es noch einmal versuchen könne.

«Geh nicht, Nina! Nina!»

«Ich komme wieder», sagte Nina.

Dann verabschiedeten sich alle von Vera, und auf beiden Seiten wurde kein Überschwang von Gefühlen hervorgekehrt.

«Lebt wohl!» hiess es noch einmal. Dann fuhr der Zug ab, und sie winkten mit den Taschentüchern.

5

Während Ninas Abwesenheit machte ich eines Abends einen Besuch und traf Fanny Iwanowna allein an. Nikolaj Wasiljewitsch war aus – wie immer. Sonja war eine Freundin besuchen gegangen.

«Setzen Sie sich, Andrej Andrejewitsch», sagte sie. «Ich muss immer Handarbeiten machen, wie Sie sehen.»

Ich holte mir einen Stuhl.

«Ich muss es tun. Es ist erstaunlich, Andrej Andrejewitsch. Zuerst dachte ich, ich sollte handarbeiten, um nicht nachzudenken, aber gerade die Handarbeit ist's, die mich zum Nachdenken zwingt. Deshalb gab ich es auf und fing an zu lesen, um zu vergessen, um nicht zu denken, und entdeckte, dass ich nicht lesen konnte, weil ich nachdenken *musste.* Tag und Nacht denke ich nach. Ach, Andrej Andrejewitsch!»

Da merkte ich, dass sie mir etwas anvertrauen wollte.

«Ach, Andrej Andrejewitsch! Andrej Andrejewitsch! Wenn Sie alles wüssten!»

Sie schaute auf die Tür hinter ihrem Stuhl, um sich zu vergewissern, dass niemand sie hören konnte.

«Ach, Andrej Andrejewitsch!»

Ich wartete geduldig, bis sie anfangen würde.

Sie sagte noch ein paarmal «Ach, Andrej Andrejewitsch!», und dann fing sie an. Sie sprach mit viel Ausrufungszeichen.

«Vielleicht wissen Sie, Andrej Andrejewitsch, dass ich nicht Nikolaj Wasiljewitschs gesetzmässige Frau bin?»

«Ja, ich weiss», antwortete ich.

«Wieso wissen Sie es?» wandte sie sich mir zu.

«Ich hab's vermutet.»

Sie hielt inne.

«Also wenn Sie bereits so viel wissen, finde ich, dass ich Ihnen alles erzählen sollte - und wär's auch nur, um mir gegenüber fair zu sein. Aber sagen Sie es nicht den Kindern! Sie wären entsetzt, wenn sie wüssten, dass ich es Ihnen erzählt habe.»

«Gut», sagte ich.

«Ach, Andrej Andrejewitsch, verstehen Sie... Verstehen Sie...» Und plötzlich verfiel sie ins Deutsche, ihre Muttersprache, da das Russische als Fremdsprache nicht ausreichte, ihre überquellenden Gefühle auszudrücken; doch hin und wieder benutzte sie ganz absichtlich ein russisches Wort, das ihr gerade einfiel und das zu übersetzen sie sich vor lauter Aufregung nicht die Mühe nehmen konnte, während sie fortfuhr, mir ihr Herz auszuschütten - eine Notwendigkeit, die sie zu lange hinausgezögert hatte.

«Andrej Andrejewitsch!» rief sie wieder und immer wieder, wie um sich an meinen Gerechtigkeitssinn zu wenden. «Sie sollen wissen, dass ich Nikolaj Wasiljewitsch in der Schweiz, in Basel, kennenlernte, als er zu einer Kur dort war, nachdem er sich von seiner Frau getrennt hatte. Er war sehr schön. Er ist noch immer schön, ach, viel zu schön! Man glaubt es ihm nicht, dass er dreiundfünfzig ist.

Ach, Andrej Andrejewitsch, ich muss Ihnen so viel, so sehr viel erzählen, dass ich wirklich nicht weiss, wo ich anfangen soll...

Ich lernte ihn also kennen. Ich wusste, dass er verheiratet war; er hatte es mir gleich zu Anfang erzählt. Er war immer aufrichtig und ehrlich und offen. Er sagte, er habe sich schliesslich von seiner Frau getrennt und hoffe, geschieden zu werden, und ich solle mit ihm nach Petersburg gehen und abwarten, bis er die Scheidung bekäme, und dann würden wir sofort heiraten. Wir liebten uns nämlich.» Sie sah mich an.

«Ich verstehe», sagte ich.

«Nun muss ich Ihnen mehr von mir selbst erzählen, von den Gefühlen und Wünschen, die ich damals hatte. Ich stamme aus einer sehr stolzen Familie - hoffentlich verzeihen Sie mir, dass ich es sage, doch das ist der springende Punkt in meiner Tragödie. Mein Vater und all meine Brüder waren Offiziere in einem deutschen Garderegiment. Bald nach meines Vaters Tod verloren wir all unser Geld. Ich musste mich auf die Suche nach einem Brotverdienst machen, denn als die Älteste musste ich dafür sorgen, dass die Ausbildung meiner Schwestern nicht unterbrochen wurde und dass es für meine Brüder möglich war, im Heer zu bleiben. Ich hatte eine gute Stimme und... ich ging zur Bühne, zur Operette. Und ist es nicht merkwürdig, Andrej Andrejewitsch: trotz der Tatsache, dass ich, ich allein unsre ganze Familie ernährte, meine Schwestern, meine Brüder, meine betagte Mutter, meinen Grossvater und meine Grossmutter und zwei Tanten - trotz alledem schämten sie sich meiner! Ich wurde nämlich das, was man heutzutage einen Star nennt. Ich möchte nicht, dass Sie mich falsch verstehen. Ich hätte nicht sagen sollen, dass sie sich meiner schämten. Das ist irreführend. Sie schämten sich wegen meines Berufs - und ich mich auch, natürlich. Ich verstand sie. Ich genoss es, mich opfern zu können. Ich war jung und sah damals gut aus. Sie müssen mich nicht jetzt ansehen, Andrej Andrejewitsch! Durch Leiden und Altern habe ich mich verändert. Dann packte mich plötzlich die Sehnsucht nach Schicklichkeit und Achtbarkeit. Keine Frau weiss wirklich, was es bedeutet, achtbar zu sein, bis sie darauf verzichten muss. Ich dachte: wenn ich doch nur einen Mann heiraten könnte, der angesehen und reich wäre und bereit, meine Familie zu unterstützen! Mein Herz sehnte sich nach dem Titel und der sozialen Stellung einer verheirateten Frau, weil mir beides versagt blieb.

Und dann kam Nikolaj Wasiljewitsch.

Ich habe ihn geliebt. Die Liebe kam noch als Dreingabe hinzu. Das war unerwartet und gehörte nicht zum Vorhaben. Und dann wurde die Liebe der springende Punkt, wurde das Entscheidende und gänzlich Dominierende, und als ich begriff, wie sehr ich ihn liebte, begriff ich auch, dass meine Familie, mein Opfer und alles, was es mir einst bedeutet hatte, angesichts meiner Liebe nur von untergeordneter Bedeutung war. Die Liebe war etwas Grösseres, etwas viel, viel Grösseres. Und Nikolaj war reich. Er besass ein grosses Haus in Petersburg und hatte Konzessionen auf ein Goldbergwerk in Sibirien. Doch das schien ein unwichtiger Punkt zu sein. Er musste die Scheidung bekommen, und dann würden wir heiraten.

Wir kamen nach Petersburg und bemühten uns sofort um die Scheidung. Er besuchte Anwälte. Seine Freunde und Verwandten mischten sich alle ein und gaben ihm Ratschläge; manche waren für eine Scheidung und andre waren dagegen. Ich wusste damals noch nicht, was für eine aussichtslose, grausame und herzzerreissende Sache eine russische Scheidung ist. Nikolajs Frau versuchte alles nur Erdenkliche, um zu verhindern, dass er die Scheidung bekam. Eisenstein - der Mann, mit dem sie durchbrannte, ehe Nikolaj und ich uns kennenlernten - besass kein Geld. Er war ein jüdischer Zahnarzt ohne Praxis. Es gelang ihm, Nikolaj Wasiljewitsch davon zu überzeugen - ich wurde nie recht klug aus den Gedankengängen -, dass Nikolaj Wasiljewitsch, wenn er eine Scheidung verlangte, dazu gezwungen würde, sich als schuldig zu bekennen, und folglich die Kinder verlieren würde, und Nikolaj Wasiljewitsch war entschlossen, die Kinder zu behalten. Auf meinen Rat hin, Andrej Andrejewitsch! Ich hatte ihn gebeten und angefleht und darauf bestanden. ‹Ob Scheidung oder nicht, du musst die Kinder behalten, Nikolaj›, sagte ich.

Ich wusste, dass sie verzogen würden und dass ihr Leben beeinträchtigt und nutzlos vertan würde, wenn sie in die Hände der Mutter und des jüdischen Zahnarztes fielen. Ja, Andrej Andrejewitsch, ich bestand darauf, selbst wenn es bedeutete, dass er die Scheidung nicht bekommen würde. Doch was mich das kostete!

Denn ich hatte ja meinen Verwandten in Deutschland nicht gesagt, dass Nikolaj damals verheiratet war. Ich wollte ihren Stolz nicht noch weiter verletzen. Ich glaubte, es wäre eine Sache von ein paar Wochen, und dass Nikolaj und ich dann heiraten würden und dass alles gut wäre. Wie konnte ich es ahnen? Wie konnten wir es ahnen?

Wir hatten die Kinder - und was für liebe Mädchen es waren -, aber die Scheidung bekam er nicht. Regelmässig jeden Monat schickte er seiner Frau Geld, damit er die Kinder behalten konnte, und ich lebte mit ihm, als wäre ich seine Frau, und dass ich es nicht war, wussten tatsächlich nur sehr wenige. Wir lebten sehr glücklich zusammen. Er schickte meiner grossen Familie in Deutschland regelmässig jeden Monat Geld, und natürlich glaubten sie, ich sei mit ihm verheiratet. Wie hätte ich ihnen sagen können, dass ich es nicht war? Was machte es schliesslich aus, vorausgesetzt, dass *sie* es nicht erfuhren? Ich fand, es sei meine Pflicht, Nikolajs Kindern meinen persönlichen Stolz zu opfern. Und was waren es auch für liebe, zarte, schöne Mädchen: Sonja und Nina, so liebevoll, so gut, so hübsch, so gehorsam und so manierlich! Jeder, der mich sah, sagte zu mir: ‹Fanny Iwanowna, was für reizende Kinder Sie haben! Sie müssen sehr stolz auf sie sein!› Und das war ich. Und ich erklärte ihnen nicht, Andrej Andrejewitsch, dass es nicht meine Kinder waren. Es mag verkehrt gewesen sein, aber ich tat es nicht. Ich war wirklich so stolz auf sie, Andrej Andrejewitsch, und da ich *ihnen zuliebe* auf die Scheidung verzichtet hatte... war mir, als wären es *meine* Kinder.

Nikolaj sandte weiterhin Geld an seine Frau, um sie zu beschwichtigen. Sie drohte immer, uns in eine unangenehme Lage zu bringen. Das Geld verlangte sie auch, sogar dringendst, denn dieser Eisenstein, mit dem sie zusammenlebte, vergeudete ihr Geld in Spekulationen an der Börse. Oft verlangte sie übermässig viel Geld, und wenn Nikolaj es ablehnte, kam sie nach Petersburg; sie betrat unser Haus, oder sie ging in die Schule, nahm die Kinder mit nach Moskau und behielt sie bei sich und diesem Eisenstein. Einmal drohte sie sogar, Nikolaj zu verklagen, weil er mit mir davongelaufen sei, denken Sie nur an! Sie hatte Eisenstein satt, denn er hatte ihr ganzes Geld verschwendet und sich in der Zahnheilkunde als kläglicher Versager erwiesen, und nun wollte sie, glaube ich, gern zu Nikolaj zurückkehren. Ich war ihr nämlich im Wege. Und was glauben Sie, was sie nun tat? Sie verbreitete Klatsch über mich. Sie erzählte, ich sei eine Erzieherin in einer deutschen Familie gewesen und habe Nikolaj verleitet, mit mir davonzulaufen. Jedesmal, wenn sie nach Petersburg kam, verbreitete sie diese Geschichte bei unsern Freunden und Verwandten.»

«Und wie war's mit den Mädchen?» fragte ich. «Was hielten sie von Moskau und von ihrer Mutter?»

«Oh, Andrej Andrejewitsch!» flehte sie mich mit aller Inbrunst einer Frau an, die im Nachteil ist. «Eine Mutter ist und bleibt für ihre Kinder immer die Mutter, einerlei, was sie getan hat oder ist. Liebe und Anteilnahme und Kummer kann sie mit Erfolg ins Feld führen. Aber der häufige Wechsel wirkte sich bestimmt auf den Charakter der Kinder aus.

Nach ihrer Rückkehr aus Moskau sagte Nina, die damals erst acht war, als wir eines Abends Gäste zum Essen hatten: ‹Denk dir, Papa, Mama hat gesagt, Fanny Iwanowna ist weiter nichts als ein Schosshündchen, das du eine Weile auf den Knien hätschelst und dann wieder wegjagst!›

Wie mich das traf - bis ins Herz!... Aber Nikolaj war gut zu mir. Ich sorgte für ihn. Ich betete ihn an. Abends pflegte er zu mir zu kommen und mir zu sagen: ‹Fanny, ich wüsste nicht, was ich ohne dich tun sollte!› Und dann fiel ihm ein, was er sagen könnte, um mich zu trösten; und ohne mein Glück zu begreifen (denn ich war glücklich, Andrej Andrejewitsch, weil ich ihm so rückhaltlos vertraute), sagte er dann: ‹Wenn die Kinder gross sind, können wir die Scheidung durchsetzen, Fanny.› ‹Lass das nur›, erwiderte ich. ‹Solange es meine Angehörigen in Deutschland nicht erfahren, verlange ich nichts weiter. Ich bin glücklich, Nikolaj, *wirklich!* Ich weiss, dass ich deine richtige Frau bin. Lass nur die Kinder erst erwachsen sein. Zuerst müssen wir an die Kinder denken. Immer, Nikolaj!›

Und dann entdeckte ich, dass ich unwillkürlich immer wieder auf das Problem mit der Scheidung zurückkam. In meinem innersten Herzen sehnte ich mich nämlich so sehr nach der Scheidung. Und deshalb sagte ich stets: ‹Wir dürfen nicht an die Scheidung denken, Nikolaj› - nur damit er sein Versprechen wiederholte.

‹Doch, Fanny! Wenn die Kinder gross sind. Dann werde ich die Scheidung verlangen.›

Und die Kinder waren, wie gesagt, mein

ganzer Stolz und Trost. Es gab Momente, da ich sie ansah und dachte, ich will keine Scheidung. Das waren meine besten Momente... wenn ich das dachte... dass es mir eigentlich egal war, ob er die Scheidung bekam. Sonja und Nina waren Entschädigung genug.»

«Und was war mit Vera?» fragte ich.

Fanny Iwanowna verstummte plötzlich. Sie sah aus, als wollte sie mir ein unsägliches Geheimnis anvertrauen, beschloss aber dann, es nicht zu tun.

«Oh, Vera... Vera lebte bei der Mutter. Nikolaj Wasiljewitsch verabscheut Vera. Sie ist anders.»

Wieder verstummte sie.

«So lebten wir elf Jahre», sagte sie und brach ab.

«Und jetzt?» fragte ich und war selbst erschrocken über meine verfängliche Frage.

«Und jetzt», sagte sie, und ihr Gesicht zitterte vor Erregung, «jetzt... will er... ein sechzehnjähriges Mädchen heiraten!» Sie brach in Tränen aus.

Sie schluchzte krampfhaft, und ich war hilflos, ganz erfüllt von Mitleid und Hilfsbereitschaft, aber ohne zu wissen, was ich tun könnte.

«Fanny Iwanowna!» bat ich. «Fanny Iwanowna... weinen Sie doch nicht!»

Dann zerbrach ich mir den Kopf, was man

üblicherweise in solchen Fällen zu tun pflegt. Ich eilte hinaus und holte ein Glas Wasser.

Als sie getrunken und sich ihr tränennasses Gesicht mit ihrem kleinen Spitzentaschentuch abgewischt hatte, fuhr sie schwer atmend fort:

«Eines Abends im April kam er zu mir und begann: ‹Fanny, ich muss dir etwas sehr Ernstes sagen.›

‹Was willst du mir denn so Ernstes sagen, du alter Schimmel?› lachte ich und folgte ihm glücklich in sein Arbeitszimmer, denn ich dachte, er wollte mich wegen einer geschäftlichen Transaktion um Rat fragen. Er fragte mich oft wegen seiner Geschäfte um Rat.

‹Setz dich, Fanny!› sagte er, und ich wunderte mich über seinen Ernst. Ich setzte mich, und er schien zu warten, bis ich bequem in meinem Sessel sass.

‹Fanny›, sagte er, ‹erschrick nicht, aber ich muss Zina heiraten.›

Zina ist ein Mädchen aus Sonjas Schule und Sonjas Klasse, Andrej Andrejewitsch, und gleich alt wie Sonja. Siebzehn, Andrej Andrejewitsch!

Ich musste lachen. Ich sah's, dass er Spass machte. Ich dachte an das Datum, es war im April – nicht der erste April, sondern der einundzwanzigste –, ja, ich erinnere mich genau.

‹Lache nicht!› sagte er. ‹Es ist mir völlig ernst. Ich muss es tun. Ich habe alles überlegt. Ich habe dagegen angekämpft. Ich habe an jeden nur erdenklichen Ausweg gedacht, um es in Ordnung zu bringen. Es gibt keinen andern Ausweg. Ich weiss keinen. Es ist Liebe, Fanny. Diesmal ist es die *wahre* Liebe. Alles, was du einwenden könntest, habe ich selbst schon bedacht. Nichts, was du sagen könntest, wird meinen Entschluss ändern.›

‹Nikolaj, du bist verrückt!› rief ich. ‹Du bist wahnsinnig.›

Und wieder wollte ich mir einreden, dass er nur scherzte. Aber Nikolaj ist so dickköpfig wie ein Maulesel. Dickköpfigkeit liegt in der Familie. Seine Grossmutter war auch so. Nina hat es von ihrem Vater. Dickköpfigkeit! Was für ein schreckliches Laster! Für die Dickköpfigkeit gibt es keinen Grund und Sinn als weitere Dickköpfigkeit. Es ist eine Krankheit. Nichts von Kraft oder Charakterstärke liegt darin. Was am schwächsten ist auf Erden, ist oft am dickköpfigsten. Nehmen Sie Nikolaj! Ein schwacher und sentimentaler Mensch - und so ein Maulesel!» Sie hielt inne. «Vielleicht sage ich mir absichtlich, dass es Dickköpfigkeit ist, Andrej Andrejewitsch. Ich bringe es nicht über mich, zu glauben, dass es Liebe ist!

‹Nikolaj!› rief ich und lachte. Ich fand es wirklich komisch. ‹Besinn dich auf dich selbst! Schau in den Spiegel, du Romeo! Schau auf deine grauen Haare und die Falten!› (Ach, die geliebten, geliebten Falten! Er hatte sie in der Zeit unsres Zusammenlebens bekommen, und daher hegte ich die verrückte Überzeugung, dass sie mir gehörten.) ‹Du bist dreiundfünfzig, und sie ist ein kleines Mädchen von sechzehn Jahren!›

‹Siebzehn!› betonte er, als mache das einen Unterschied aus.

‹Siebzehn!› rief ich. ‹Ha! Ha! Ha!› Ich versuchte zu lachen, aber es beeinflusste ihn nicht. Ich vermute übrigens, dass es meinem Lachen an echter Heiterkeit fehlte. O mein Gott! Mein Gott! Mein Gott!

‹Es ist Liebe!› sagte er sehr ernst. ‹Endlich ist sie doch zu mir gekommen, die Liebe, wenn auch spät, und ich bin stolz - lache nicht -, dass ich in meinem Alter zu einer solchen Liebe noch fähig bin. Ich glaubte immer, dass ich geliebt *hatte,* dass ich *dich* geliebt hatte, Fanny. Aber das hier ist die Liebe, die nur einmal im Leben kommt und der man sich frohlockend und selig überlässt, sonst wird man zermalmt und zerbrochen und beiseite geworfen...›

‹Du bist verrückt, Nikolaj›, wiederholte ich. ‹Wahnsinnig...›

Und dann dachte ich an meine Angehörigen. Und ich weinte.»

Sie tastete nach ihrem Taschentuch. Sie

schluchzte wieder. Und wieder stürzte ich weg, um ein Glas Wasser zu holen. Diesmal entledigte ich mich meiner Aufgabe so ritterlich und gewissenhaft, als hätte ich dergleichen mein Leben lang getan.

Sie war entschlossen, weiterzusprechen.

«Ich weinte, und er weinte mit mir und versuchte, mich zu trösten, doch ich überlegte nur, was ich sagen könnte, um ihn von diesem verrückten, unheilvollen Schritt abzuhalten.

Er sagte: ‹Ich weiss, es ist schrecklich und herzzerreissend für dich, Fanny, und für die Kinder...›

Ja, die Kinder, Andrej Andrejewitsch - denken Sie, ich hatte sie vergessen! Dabei hatte ich doch alles für die Kinder geopfert, die Scheidung und alles - aber in meinem Unglück hatte ich überhaupt nicht an sie gedacht. Ich ging sofort darauf ein, Andrej Andrejewitsch - ich gesteh's, sogar etwas unaufrichtig, denn ich dachte mehr an mich, an mich! Ja, an mich, an mich! Elf Jahre hatte ich mit ihm gelebt!

‹Denk an deine Kinder!› rief ich. ‹Denk an deine Kinder, Nikolaj! Es sind deine Kinder, nicht meine, und doch habe ich ihnen mein Leben und meine Ehre geopfert.›

Ich versuchte, ihn zu beschämen, aber ich musste einsehen, dass ihn rein gar nichts beschämen konnte. Ich meine, er schämte sich bereits, so sehr er konnte, und war sich seiner unverzeihlichen Sünde bewusst, ein schlechter Mensch zu sein, der schlechteste: all das hatte er sich bereits selbst eingestanden - und war nun befriedigt: wie wenn ihn das Eingeständnis seiner Schlechtigkeit geheilt hätte und er geläutert und sündenfrei daraus hervorgegangen wäre. Das war es, was ich nicht ertragen konnte, Andrej Andrejewitsch: dass er sich gesagt hatte, er sei bei all seiner Schlechtigkeit so gut und weise und sogar klarsichtig, dass es überhaupt keine Missetat und keine Sünde geben könne, deren wir andern ihn beschuldigen könnten, da er in seiner Güte und Weisheit sich ihrer schon selbst beschuldigt und dadurch sich selbst vergeben hatte, so dass er nun rein und neu von vorne begann, während *unser* Leben völlig zerstört und vernichtet ist - das ist's, was ich ihm nicht verzeihen kann. Das ist's, was Nina ihm nicht verzeihen kann. Stellen Sie sich unser Entsetzen vor: er erzählt uns, dass er unsre Verzeihung eigentlich gar nicht erwartet habe, als er sich entschloss, Zina zu heiraten - und trotz dieser Erkenntnis war er offenbar dazu entschlossen. Es wäre weit besser gewesen, wenn er *nicht* eingesehen hätte, wie sehr er sich versündigte, anstatt sich zu brüsten, unvermeidlicherweise ein Sünder zu sein, und sich so bereitwillig in sein Schicksal zu fügen, dass man beinah argwöhnt, er habe es - nach Landessitte - tüchtig bestochen, damit es ihm gefällig sei. Ich fürchte, dass ich zu sehr auf diesem Punkt beharre und hier etwas übertreibe, Andrej Andrejewitsch. Aber es ist schliesslich der springende Punkt.

Zuletzt forderte ich ihn heraus: ‹Was beabsichtigst du jetzt zu tun, Nikolaj? Was verlangst du von uns - was sollen wir tun? Sprich - sag's mir!›

Er zuckte die Achseln. ‹So weiterleben, wie wir's bisher getan haben: du kümmerst dich um die Kinder. Was macht's, wenn ich mit Zina verheiratet bin? Deshalb kann ich doch jeden Abend zu dir und den Kindern heimkommen. Daran ändert sich nichts.›

‹Nein, besten Dank›, sagte ich. ‹Nein, danke, *blagodarju was!* Ich werde nach Deutschland zurückkehren, sobald du mir Geld gibst und für meinen Lebensunterhalt sorgst. Andernfalls gehe ich nicht weg.›»

Trotz ihrer grossen Tragödie war sie doch eine umsichtige Geschäftsfrau.

6

Sie schwieg eine Zeitlang.

«Andrej Andrejewitsch, liebt sie ihn? Kann sie nicht ohne ihn leben? ‹Glaube nur das nicht›, habe ich zu Nikolaj gesagt. ‹Sie lässt dich im Stich, sowie sie dich um dein Geld gebracht hat.›

‹Dann komme ich wieder zu euch zurück›, sagte er.

‹Danke für nichts und wieder nichts›, habe ich ihm geantwortet. ‹Dann will ich dich nicht mehr haben.›

Andrej Andrejewitsch, es dreht sich alles um sein Geld. Es ist wirklich komisch, aber alle halten ihn für unwahrscheinlich reich. Eigentümer eines Hauses in Petersburg! Besitzer eines Goldbergwerks in Sibirien! Ein Millionär! Zinas Verwandte sagen ihr dauernd: ‹Häng dich an ihn! Häng dich an ihn! Lass ihn nicht gehen! Das Goldbergwerk in Sibirien, die Millionen, das Haus an der Mochowaja!› Das ist tatsächlich alles, worauf es ihnen ankommt. Warum lässt sich seine Frau nicht von ihm scheiden und ist ihn dann los? Weil sie an das Goldbergwerk glaubt. Warum drückt sich der Baron Wunderhausen immer bei uns herum? Warum läuft er Nina und Vera und Sonja nach? Auch wieder wegen des Goldbergwerks und wegen des Hauses an der Mochowaja.»

«Und wie stehe ich da?» rief ich entsetzt. «Ich komme jeden Abend her, Fanny Iwanowna, und bleibe bis spät in die Nacht hinein!»

«Oh, bei Ihnen ist es etwas anderes!»

«Jetzt darf ich nicht länger herkommen!»

«Jeden Verdacht wegen eines versteckten Motivs können Sie sich sofort aus dem Sinn schlagen», sagte Fanny Iwanowna grossartig. «Ohnehin sind beide nichts wert, weder das Goldbergwerk in Sibirien noch das Haus an der Mochowaja!»

«Nichts wert? Das kann nicht Ihr Ernst sein!»

«Doch! Es stimmt!»

«Wirft das Goldbergwerk nichts ab?»

«Andrej Andrejewitsch, ich habe jetzt über elf Jahre mit Nikolaj Wasiljewitsch zusammengelebt. Ich kann mich nicht erinnern, dass das Goldbergwerk jemals auch nur eine Kopeke abgeworfen hat. Vielleicht vor meiner Zeit. Aber ich bezweifle es. Statt dessen steckt Nikolaj Wasiljewitsch ständig Geld hinein, jeden Monat, jedes Jahr, nur um es in Gang zu halten. Und, Andrej Andrejewitsch, zusammen mit dem Geld, das er seiner Frau blechen muss, und mit dem, was wir selbst verbrauchen und was er Zina und deren Angehörigen gibt, die sehr arm sind, und» (sie wurde rot) «was er an meine Verwandten nach Deutschland schickt und was er seinen Schwestern und Vettern und mehreren andern Freunden und Anhängseln zahlt... dafür braucht's alles, was er zusammenscharren kann, Andrej Andrejewitsch!»

«Aber das Haus an der Mochowaja?»

«Eben! Er sah sich gezwungen, eine Hypothek auf das Haus aufzunehmen, damit er in der Lage ist, alles zu schaffen... und das andre Ding in Gang zu halten.»

Ich pfiff durch die Zähne. Ich erinnerte mich, wie Baron Wunderhausen mich neulich beim Arm gepackt und voller Begeisterung von Nikolaj Wasiljewitsch gesprochen hatte.

«Reich wie ein Krösus!» hatte er gesagt.

Da konnte er mir nur leidtun.

Ich hörte ein nervöses Hüsteln und ein Geräusch, und ein harmloser kleiner Alter, den ich vorher nicht bemerkt hatte, erhob sich und machte sich wie ein Mäuschen davon.

Ich war entsetzt.

«Fanny Iwanowna», rief ich, «der Mann hat alles mit angehört, was Sie gesagt haben!»

«Ach, der Knjas!» entgegnete sie mit unverhohlener Verachtung. «Der hat das alles schon gehört!»

Ich fand, dass diese überraschende Erklärung den Reiz der Beichte ziemlich herabminderte. Ich hatte mir geschmeichelt, der erste, ja sogar der einzige zu sein, der es zu hören bekommen hatte.

«Er hat es schon wer weiss wie oft gehört», sagte Fanny Iwanowna. «Von Zeit zu Zeit habe ich immer wieder das Gefühl, dass ich es unbedingt jemandem anvertrauen muss... einerlei, wer es ist.»

«Ich glaubte», sagte ich etwas vorwurfsvoll, «Sie hätten es niemandem erzählt, Fanny Iwanowna!»

«Oh, Andrej Andrejewitsch», rief sie mit einer Stimme, die sich an meinen Gerechtigkeitssinn wandte, «seit über zwei Wochen habe ich es keinem Menschen erzählt! Wenn Sie heute nicht hergekommen wären, weiss ich nicht, was ich getan hätte. Ich glaube wirklich, ich hätt's dem Portier erzählt. Sie verstehen es eben nicht.»

«Doch, ich verstehe es», sagte ich. Aber ich empfand mich trotzdem missbraucht und schlecht behandelt. Fast missgönnte ich ihr die Ritterlichkeit, mit der ich um ein Glas Wasser wegstürzte - zweimal wegstürzte, um genau zu sein -, weil ich daran dachte, dass andere Männer vor mir das gleiche getan haben mussten, denn das Geständnis heute abend war natürlich ein getreuer Abklatsch der Geständnisse, die vorausgegangen waren, Gott weiss wievielmal - genau wie ein Melodrama mit seinem Gelächter und Gejammer, das an jedem Abend, an dem das Stück aufgeführt wird, im richtigen Moment einsetzt. Und ich sah mich veranlasst, eine Idee zu revidieren, die ich mir kürzlich zu eigen gemacht hatte: dass ich nämlich dank meiner verständnisvollen Natur der geborene Beichtvater sei, der fremde Frauen zu aufregenden, erheiternden Beichten ihrer Geheimnisse verleitet. Jetzt fühlte ich mich eher als das Opfer einer weitschweifigen und langweiligen Lebensbeschreibung, die mir unter Vorspiegelung falscher Tatsachen aufgedrängt worden war.

Ich hörte, wie die Haustür hinter dem alten Fürsten ins Schloss fiel.

«Knjas», sagte Fanny Iwanowna, «ist auch einer von denen, die Nikolaj Wasiljewitsch auf der Tasche liegen! Er kommt dauernd her. Lässt nie einen Tag aus. Sitzt da, liest, isst und geht wieder. Und alles, ohne ein Wort zu sagen! Wenn er sich Geld von Nikolaj Wasiljewitsch leiht, macht er natürlich den Mund auf, und dann klappt er ihn wieder zu - bis zur nächsten Gelegenheit.»

Der alte Fürst war eine jener ruhigen Nullen, die fast jedes russische Haus unaufgefordert betreten und unangefochten wieder verlassen; und sehr wahrscheinlich wird niemand etwas gegen ihr Kommen einzuwenden haben, weil es wahrscheinlich von niemandem bemerkt wird. Ihr Gesicht und ihr Name und ihre Manieren sind so alltäglich, dass man sich ihrer nie erinnern kann. Sie sind so farblos und so uninteressant, dass sie überhaupt kaum zu existieren scheinen. Ich glaube, Gontscharow spricht irgendwo über sie, aber ich weiss es nicht ganz sicher. Der Knjas war auch so einer. Sein Name war ein sehr gebräuchlicher Name, und es scheint wirklich seltsam, dass er mit seinem hohen Titel keinen vornehmen Namen hat. Aber niemand kümmerte sich darum. Bestimmt wusste niemand, wie sein voller Name lautete. Sein Vor- und sein Vatersname war Pawel Pawlowitsch, wie der des Barons, und so wurde er von allen genannt, ausser von Fanny Iwanowna, die ihn sarkastisch «Knjas» nannte - ein Fürst, der trotz seines Titels keine Kopeke besass! Ich erinnere mich nur, dass er immer sehr gut angezogen war, sich regelmässig rasierte und einen sehr steifen Kragen mit spitzen Ecken trug - sicher qualvoll für seinen trockenen, dürren Hals.

«Knjas hat ein paar Anteilscheine», erklärte sie, «in einem unbedeutenden Unternehmen, aber sie sind wertlos, sind es immer gewesen, und nie erhielt er Dividenden ausgezahlt. Nie, solange man sich erinnern kann.»

«Dann hat er Ihnen also immer auf der Tasche gelegen?»

«Zuerst seinem Bruder, als der noch lebte. Er hatte grosse Hoffnungen auf seinen Bruder gesetzt. Aber der Bruder starb und hinterliess ihm weitere Anteilscheine, eine ganze Menge, von dem gleichen Unternchmen. Der Himmel mag wissen, wem der Bruder zu seinen Lebzeiten auf der Tasche lag.»

«Hatten sie die Papiere von ihrem Vater geerbt?»

«Von ihrem Onkel.»

«Und hat *der* Dividenden bekommen?»

«Nikolaj sagt, nein. Doch er scheint all sein Geld darin angelegt zu haben.»

«Und jetzt fordern Sie vermutlich den Fürsten auf, bei Ihnen zu leben?»

«Er kommt von alleine.»

«Haben Sie nichts gegen sein Kommen einzuwenden?»

«Selbst wenn man etwas einzuwenden hätte, würde man es ihm nicht sagen. In Russland ist es nicht Sitte, gegen jemanden Einspruch zu erheben, der ins Haus kommt. Es würde auch nicht viel nützen. Sie kämen trotzdem. Aber das ist ja gleich.»

«Ein erstaunlicher Mann! Was hat er denn vor? Hat er irgendwelche Pläne?»

«Er glaubt an seine Papiere.»

«Haben Sie jemals versucht, ihn aufzuklären?»

«So herzlos könnte ich nicht sein.»

«Und die Mädchen?»

«Für sie existiert Geld überhaupt nicht. Über Geld sind sie wunderbar erhaben.»

«Und Nikolaj Wasiljewitsch?»

«Nikolaj Wasiljewitsch glaubt an sein Bergwerk. Knjas unterstützt ihn in diesem Glauben - als Gegenleistung für Nikolajs Glauben an Knjas' Papiere. Das Geld, welches Knjas von Nikolaj leiht, betrachtet er nur als Vorschuss auf zukünftige Dividenden.»

«Und betrachtet Nikolaj Wasiljewitsch es auch in diesem Licht?»

«Er gibt vor, es zu tun. Doch er sagt immer: ‹Macht nichts, wenn erst das Bergwerk anfängt, sich zu rentieren, Pawel Pawlowitsch, dann ist alles in Ordnung.›»

«Und die Familie, Fanny Iwanowna?» rief ich. «Ich meine, seine Frau und deren Familie, seine Braut und deren Familie, Sie und Ihre Familie, seine Schwestern und Vettern, der Knjas und die andern und deren Familien - glauben *die* an das Bergwerk?»

«Mehr noch als Nikolaj! Wenn Nikolaj eines Tages zum Zweifler würde, der nicht mehr an das Bergwerk glaubt, dann würden sie bestimmt argwöhnen, er täusche Armut vor, um sie daran zu hindern, dass sie ihren rechtmässigen Anteil erhielten.»

«Fanny Iwanowna», seufzte ich tief, «gute Nacht!»

«Ich weiss, es ist amüsant. Ich wünschte, es wäre nicht Wirklichkeit, nicht unser Leben, nicht mein Leben. Dann könnte ich es etwas amüsanter finden.»

Ich rief einen Kutscher heran, der an der Ecke der Mochowaja und der Pantilemenskaja schlummernd auf seinem Schlitten sass. Während ich über den zugefrorenen Fluss, auf den der Mond seinen gelben Glanz warf, nach Hause fuhr, dachte ich an das verworrene Leben der Bursanows, und dann kamen mir Tschechows *Drei Schwestern* wieder in den Sinn.

Ich begriff jetzt, weshalb Nikolaj Wasiljewitsch ein so herzliches Mitgefühl für die Menschen im Schauspiel hatte.

7

Ich erinnere mich an einen andern Abend, an dem ich einen immer tieferen Einblick in die sehr verwickelten Angelegenheiten der Familie Bursanow erhielt. Es hatte wieder geregnet, und die gewaschenen Pflastersteine zu beiden Seiten der Strasse sahen so rein und blank aus, als wären sie frisch poliert. Nikolaj Wasiljewitsch war zufällig einmal zu Hause, doch er war in sein Arbeitszimmer gegangen. Da ich am Klavier sass, konnte ich es nicht vermeiden, mit anzuhören, was im Zimmer gesprochen wurde.

«Aber Mama wünscht wirklich eine Scheidung, Fanny Iwanowna», kam es von Nina her.

«Früher wollte sie es nicht», sagte Fanny Iwanowna.

«Jetzt will sie», sagte Nina.

«Warum wohl, möchte ich wissen?»

«Ich finde, Fanny Iwanowna, dass du kein Recht hast, das zu erfahren.»

«Jedenfalls kann sie keine Scheidung bekommen», sagte Fanny Iwanowna. «Und ich habe dich gebeten, ihr das klarzumachen.»

«Verstehst du, Mama hat ihren eigenen Gesichtspunkt», sagte das fünfzehnjährige Mädchen. «Sie sieht die Dinge nicht so an wie du. Warum sollte sie auch?»

«Warum sollte sie auch...», wiederholte Fanny Iwanowna. Und eine lange Pause entstand.

«Ich habe getan, um was du mich gebeten hattest», sagte die Überbringerin der Nachricht und zuckte ihre hübschen Schultern.

Ich hörte auf zu spielen.

Nikolaj Wasiljewitsch kam wieder ins Zimmer; wir setzten uns zum Essen hin, und nun erschien auch Vera. Ihre Anwesenheit sollte ich erst etwas später verstehen. Die Stimmung war gespannt. Zweifellos hatten sie alle über die verworrenen Familienverhältnisse gesprochen. Zweifellos hatten Nikolaj Wasiljewitsch und Fanny Iwanowna einander wie üblich angeschrien und schlechtgemacht. Doch im Augenblick herrschte Schweigen. Es schien fast, als hätten sich alle bei dieser unheimlichen Sorgenlast ein wenig übernommen. Dann klingelte es an der Haustür.

Es war nur der Briefträger, und das Mädchen brachte einen Brief für Fanny Iwanowna. Sowie sie den Briefumschlag erblickte, wurde sie rot und furchtbar erregt.

«Er ist aus Deutschland!» rief sie, und etwas in ihrem Erröten und in ihrer ganzen Art verriet uns, dass der Brief sie nicht so sehr erfreute, dass er sie vielmehr schmerzlich an ihre Lage erinnerte. Sie riss ihn auf, und aus irgendeinem Grund wurde es ganz still im Zimmer: alle schienen sie in völliger Stille zu beobachten. Und dann flatterte der Brief in ihrer Hand, und sie wurde wieder rot, und während ihr die Tränen in die Augen traten, rief sie Nikolaj Wasiljewitsch mit einer tief bekümmerten und vorwurfsvollen Stimme zu: «Hör dir das an: ‹Liebe Fanny *und* lieber Nikolaj.› *Und lieber Nikolaj! Und lieber Nikolaj!* Hörst du es? *Und* Nikolaj!»

«Nikolaj-aj-aj!» hallte es rührend und eindringlich nach. Es war ein Laut, der einem zu Herzen ging. Die Tränen stürzten ihr aus den Augen, Schluchzen rang sich aus ihrer Kehle. Und in diesem Augenblick vergassen sie immerhin ihre ungeschickten Torheiten; sie begriffen nur, dass sie ihr ein Unrecht zugefügt hatten, das nicht wiedergutzumachen war.

Und dann ertönte - wie das Klingelzeichen zum nächsten Akt - noch einmal die Haustürglocke. Wir hörten, wie auf dem Flur eine unbekannte Stimme fragte, ob Nikolaj Wasiljewitsch zu Hause sei. Dann brachte das Mädchen die Visitenkarte.

«Nein!» sagte Nikolaj Wasiljewitsch und erhob sich ungestüm. «Das wird mir zuviel!» Und er ging in sein Arbeitszimmer hinüber.

Fanny Iwanowna aber hatte vor Aufregung über den Besuch ihren Kummer vergessen und haschte nach der Visitenkarte.

«Eisenstein!» rief sie aus.

«Och!» riefen die Schwestern angewidert.

Und dann - ohne aufgefordert und angemeldet zu sein - trat Eisenstein ins Esszimmer.

Er war ein grosser, schlaffer Mensch mit hervorstechend jüdischen Gesichtszügen, und für einen Juden dieses Typs sah er wahrscheinlich gut aus.

«Nina!» sagte er und blickte sich um. «Ich möchte Nina sehen! In Moskau habe ich sie nicht gesehen.»

«Ja», rief Nina. «Hier bin ich.»

Fanny Iwanowna blickte Eisenstein prüfend an. Ich glaube, dass sie im Grunde keine richtige Feindschaft für diesen Mann empfand, weil er ja schliesslich mit Nikolaj Wasiljewitschs Frau davongelaufen war - allem Anschein nach ein notwendiges Vorspiel für ihr eigenes Auftauchen in seinem Leben. Es war ganz offensichtlich, dass Eisenstein keinesfalls ein *tête-à-tête* mit Nina wünschte, sondern im Gegenteil seine überströmenden Gefühle vor einem Publikum zur Schau stellen wollte, das so gross wie möglich war.

«Nina!» sagte er und blieb mitten im Zimmer stehen. Und mir fiel ein, dass Eisenstein in seiner Jugend ein Schauspieler, Zauberkünstler und Bauchredner gewesen war. «Nina, deine Mutter darf mich nicht verlassen! Nina, du musst darauf bestehen, denn du hast solchen Einfluss auf deine Mutter!» Und noch ehe irgend jemand darauf gefasst war, zitterte er am ganzen Leibe und weinte bitterlich.

«Moisej Moisejewitsch!» sagte Nina. «Du darfst nicht weinen! Das geht doch nicht an!»

«Monsieur Eisenstein», mischte sich Fanny Iwanowna ein und erhob sich theatralisch, «Sie sind hier in meinem Haus, und ich dulde das nicht!»

«Lass ihn in Ruhe, Fanny Iwanowna!» sagte Nina.

«Ich kann es nicht aushalten, Nina», sagte er und trat auf sie zu. «Warum muss sie mich verlassen? Bin ich nicht immer gut zu ihr gewesen,

Nina? Sie sagt, ich spekuliere. Aber warum spekuliere ich? Für *sie,* Nina!»

«Für sie!» rief Nina fassungslos.

Aber er verstand ihren Tonfall nicht.

«Ja, natürlich!»

«Mit ihrem Geld, Moisej Moisejewitsch?»

«Mein liebes Kind, selbst wenn es ihr Geld ist - was macht das schon? Ich tue es doch für sie und versuche ihr mehr zu verschaffen. Mein Herz blutet, wenn ich an sie denke! Sie hat so wenig Geld. Dein Vater hat über seiner unmoralischen Jagd auf andre Frauen seine eigene Ehefrau vergessen!»

«Moisej Moisejewitsch, geh jetzt!»

«Aber warum, Nina?»

«Du bist... unmöglich!»

«Unmöglich? Und so etwas sagst *du,* Nina? Bin ich dir nicht immer ein liebevoller Vater gewesen, wenn du bei uns in Moskau warst? Sprich, war ich das nicht? Nina, Nina, du allein kannst sie daran hindern!»

«Ich habe zu viele Väter gehabt, Moisej Moisejewitsch, und ich bin nicht sicher, ob ich nicht auch zu viele Mütter habe.» Nina hielt inne. Doch als er den Mund öffnete, um weiterzusprechen, erhob sie sich schroff, drehte sich auf dem Absatz um und verliess das Zimmer.

Fanny Iwanowna stand zum zweitenmal auf.

«Monsieur Eisenstein», sagte sie, «Sie haben

uns alle aus der Fassung gebracht. Ich muss Sie auffordern, mein Haus zu verlassen. Ich kann es nicht dulden, dass Sie Ihre häuslichen Schwierigkeiten auf diese seltsame Art vor unsern Freunden zur Schau stellen. Wir haben jeder unsre Sorgen, aber wir müssen sie für uns behalten. Für andre haben sie keinerlei Interesse. Bitte verlassen Sie uns!» Wieder muss sie an ihn als den Mann gedacht haben, der Nikolaj Wasiljewitsch von seiner Frau befreit hatte, denn sie sah ihn freundlich an. Aber sie war eine gestrenge Dame.

Doch wer sich selbst von der gestrengsten Dame nicht einschüchtern lässt, das ist noch allemal ein russischer Jude. Er sah sich um und erblickte im Dämmerlicht Vera, die stumm und feindselig auf dem Sessel in der Ecke thronte.

«Vera! Verotschka!» rief er. «Du, meine Tochter...»

«Pssst!» zischte Fanny Iwanowna wie eine Schlange. «Das dürfen Sie nicht!»

«Ich darf nicht? Warum? Warum darf ich nicht?» fragte er mit seinem typisch jüdischen Tonfall. «Warum sollte ich mich meiner eigenen Tochter schämen? Sie behandeln mich, als wäre ich ein Aussenseiter, der nicht zur Familie gehört. Warum sollte sich meine Tochter meiner schämen? Sie ist *meine* Tochter, das wissen Sie ja, Fanny Iwanowna.»

Ob das für Vera eine Neuigkeit war oder nur eine Bestätigung dessen, was sie bereits wusste oder vielleicht vermutet hatte, war schwer zu sagen. Stumm und unbeteiligt thronte sie in ihrem Sessel.

«Also jetzt müssen Sie unbedingt gehen!» sagte Fanny Iwanowna und ging mit unnachgiebiger Entschlossenheit auf ihn zu. Und unter Schluchzen verliess er das Zimmer.

«Wie schrecklich er geweint hat!» sagte Sonja. Ich folgte ihr ins Wohnzimmer. Als ich wieder umkehrte, bemerkte ich, dass Vera sich die tränenfeuchten Augen trocknete. Sie sagte zu Fanny Iwanowna, die sie offenbar getröstet hatte: «Und ich habe ihn so gehasst... Oh, ich hasse ihn noch immer... immer!» Sie schluchzte beinah schon wieder und wischte sich mit ihrem kleinen Taschentuch über das tränenfeuchte Gesicht. Und mir schien, dass ich jetzt etwas Jüdisches in ihren hübschen Gesichtszügen entdecken konnte.

Und dann klingelte es noch einmal. Anscheinend war jener Abend eine lange Folge von Klingelzeichen, von denen jedes eine neue dramatische Enthüllung mit sich brachte - als wären wir bevorzugte Zuschauer in einem herzzerreissenden Dreiakter. Es war ein Abend voller Klingeln und Schluchzen.

8

Diesmal kam es zu sehr viel Getuschel zwischen dem Mädchen einerseits und Sonja, Nina und Vera andrerseits. Dann verschwanden die drei Schwestern im Flur, und dort wurde noch weitergetuschelt. Wie es schien, war die schwere Wohnungstür nur halb geschlossen, und alle waren auf den Vorplatz hinausgetreten.

Etwa fünf Minuten später kehrten sie zu Fanny Iwanowna zurück und umschmeichelten sie wie drei niedlich schnurrende Kätzchen, bis Fanny Iwanowna argwöhnisch wurde. Da wurden sie ruhig, und in Ninas Gesicht stahl sich ein geheimnisvoller Ausdruck.

«Fanny Iwanowna?» sagte sie.

«Ja?»

«Willst du mir einen Gefallen tun, Fanny Iwanowna?»

«Gern, Nina. Du weisst, dass ich alles für dich tue - alles, sofern es vernünftig ist.»

«Ich fürchte, du wirst es unvernünftig finden, Fanny Iwanowna!»

«Was ist es denn?» fragte Fanny Iwanowna und blickte sich aus irgendeinem Grund zu mir um, als wäre ich an der Verschwörung beteiligt.

Nina schaute Sonja an, und Sonja nickte.

«Mama ist draussen - auf dem Vorplatz. Sie möchte dich sprechen. Würdest du mit ihr sprechen? Bitte, Fanny Iwanowna, *bitte!*»

Jetzt verstand ich, weshalb Vera nach Petersburg zurückgekehrt war.

«Bitte!» rief Sonja.

«Bitte!» kam es auch von Vera.

Fanny Iwanowna erhob sich sehr rasch, als könne sie durch eine rasche Bewegung etwas unterbinden, das sie für ganz unzulässig hielt.

«Nein», sagte sie und wurde dabei dunkelrot. «Nein!»

«O Fanny Iwanowna, bitte!»

«Nein, Nina, nein! Es kommt nicht in Frage.»

«O Fanny Iwanowna, bitte!» bestürmten sie alle drei. «Sie ist unsre Mutter, Fanny Iwanowna! Wir können doch nicht unsre Mutter auf dem Vorplatz warten lassen. Trotz allem ist sie unsre Mutter.»

«Trotz allem», sagte Fanny Iwanowna und verlieh dem einfachen Ausdruck ihre eigene schreckliche Bedeutung, *«trotz allem* bin ich die Herrin dieses Hauses. Zwar hat man mich in den Dreck gestossen und auf mir herumgetrampelt, hat mir gesagt, ich sei unerwünscht und erledigt und hat mich wie einen Hund auf die Strasse gejagt, aber solange ich noch hier bin, bin ich die Herrin in dieser Wohnung. *Trotz allem* bin ich das!» rief sie, den Tränen nahe.

«Also gut, dann spreche ich nie mehr mit dir!» sagte Nina.

Die drei Schwestern verschwanden wieder auf dem Vorplatz, das Getuschel ging weiter, und Fanny Iwanowna nahm wieder ihre Handarbeit auf: mir schien, dass ihre geschickten Finger sich schneller als sonst bewegten.

«Das Schosshündchen!» flüsterte sie. «Die deutsche Erzieherin! Andrej Andrejewitsch, warum sollte ich's tun? Warum...?»

Als die drei Schwestern endlich vom Vorplatz zurückkehrten, senkte sich eine so niederdrückende Stille auf das Zimmer, dass ich fand, es wäre am besten, dem Beispiel der beiden Pawel Pawlowitsche zu folgen und nach Hause zu gehen. Diesmal kam niemand mit, um mich hinauszubegleiten. Als ich die unteren Stufen der breiten, geschwungenen Treppe erreicht hatte, hörte ich, dass eine Frau leise weinte. Dann sah ich durch die grosse Flügeltüre aus Glas, die auf die trübe Strasse führte, eine dunkle Silhouette. Auch im Vestibül war es dunkel. Als ich näherkam, sah ich, dass es Magda Nikolajewna Bursanowa war.

Mein erster Impuls gebot mir, die Treppe hinaufzuspringen und ein Glas Wasser zu holen. Doch als ich mich näherte, liess das Schluchzen nach.

Draussen regnete es noch immer heftig.

Ich zog den Hut.

«Ich lasse mir vom Portier eine Droschke holen», sagte sie und wischte sich hastig die Tränen ab. «Ich weiss nicht, ob er eine finden wird. Es regnet so schrecklich.»

Und während wir warteten, begann auch sie, noch ehe ich wusste, wie mir geschah, mit einer Beichte.

«Sie müssen sehr oft von mir gehört haben», fing sie mit ihrer sanften, musikalischen Stimme an. Sie war eine Frau mit sehr feinen Umgangsformen, und in ihrer Jugend muss sie Nina merkwürdig ähnlich gewesen sein. Ich glaube, sie hatte sogar den gleichen schrägen Blick. «Bestimmt würde es mir nicht behagen, all das zu hören, was man Ihnen über mich erzählt hat», sagte sie.

Dann fuhr sie fort: «Ich kenne Sie. Nina hat mir von Ihnen erzählt. Aber eins, Andrej... oh, ich kenne Ihren Namen nicht genau...»

«Andrej Andrejewitsch.»

«Eins möchte ich wissen, Andrej Andrejewitsch. Warum können wir uns nicht zusammensetzen und etwas beschliessen - uns gegenseitig helfen, anstatt so töricht auf unsrer Würde zu beharren? Wir stecken weiss Gott in einem gehörigen Kuddelmuddel. Und weiss Gott haben wir jeder auf unsre eigene kleine Art gesündigt, Andrej Andrejewitsch. Ich bin hergekommen, weil ich sie sprechen wollte, um alles abzuklären und mich mit ihr auseinanderzusetzen. Ich wollte die Scheidung von Nikolaj bekommen. Danach würde ich sie in Ruhe lassen. Sie können alle tun, was ihnen passt. Ich trage niemandem etwas nach.

Ich kam her, und ich wurde nicht vorgelassen. Sie liess mich nicht in mein Haus, in meine eigene Wohnung. Es war meine Wohnung, Andrej Andrejewitsch! Ich hatte sie ausgesucht. Ich hatte die Möbel gekauft und angeordnet. Hier ist kein einziger Gegenstand, der nicht mir gehört hat. Letzten Endes sind es *meine* Kinder, Andrej Andrejewitsch. Und ich muss hier draussen auf dem Vorplatz warten, genau wie ein Hausierer, wie eine Zigeunerin – und werde nicht vorgelassen...» Sie war wieder den Tränen nahe, doch dann besann sie sich anders und steckte ihr Taschentuch ein.

«Aber, Andrej Andrejewitsch, dass sie meine eigene Tochter wie eine Art Abgesandten zu mir nach Moskau schickt, um mich zu bitten, Nikolaj Wasiljewitsch auf keinen Fall die Scheidung zu gewähren, damit er nicht wieder heiraten kann - das nenne ich schamlos, schamlos... Die ganze Zeit hat sie eine Scheidung haben wollen, hat mir sogar vorgeworfen, ihr im Wege zu stehen. Was hat das mit mir zu tun? Wenn Nikolaj eine Scheidung *gewollt* hätte, wie hätte ich ihn daran hindern können, sie zu bekommen?»

«Er hätte die Kinder verloren», erklärte ich.

«Weshalb sollte er denn die Kinder verlieren?»

«Das russische Recht ist so.»

Magda Nikolajewna lachte. «Studieren Sie Rechtswissenschaft?»

«Nein.»

«Das dacht' ich mir.»

«Warum?»

Sie lachte wieder. Mir fiel auf, dass sie sehr boshaft lachen konnte.

«Andrej Andrejewitsch, Sie sind sehr, sehr jung und glauben alles, was Sie hören. Wenn ich im Unrecht bin und er im Recht, ist es dann wahrscheinlich, frage ich Sie, dass Nikolaj irgendeinem nur erdenklichen Gesetz zufolge die Kinder verlieren würde? Derjenige, der im Unrecht ist, verliert die Kinder. Wenn Nikolaj keine Scheidung will, weil er die Kinder nicht verlieren möchte, dann weiss er, dass er im Unrecht ist.»

«Sie glauben also, das sei der Grund, weshalb er keine Scheidung will?» fragte ich.

«Sie wussten nicht, *weshalb* er bei einer Scheidung die Kinder verlieren würde. Wenn Sie logisch denken können, müssen Sie zugeben, dass es so ist. Entweder so, oder...»

«Oder?»

«Oder Nikolaj wollte einfach keine Scheidung.»

«Warum nicht?»

«Vielleicht wollte er sie nicht.» Sie zuckte die Achseln und lachte boshaft. «Man muss sich für eins von beiden entscheiden, verstehen Sie? Entweder wollte er keine Scheidung, weil er die Kinder nicht verlieren wollte, und in dem Falle gibt er offensichtlich zu, dass er im Unrecht ist. Oder» - und sie lachte boshaft -, «oder er sagt es bloss so zu Fanny Iwanowna, die dumm ist und es nicht besser versteht: wenn er nämlich keine Scheidung will, damit er sie nicht zu heiraten braucht.»

«Aber er will ja eine Scheidung», sagte ich.

«Ja, *jetzt!*» sagte Magda Nikolajewna. «Vermutlich wissen Sie, weshalb er jetzt eine Scheidung will?»

Ich nickte, und sie nickte auch - wie ich fand, recht vielsagend. Ich erinnerte mich, dass es immer ihr Wunsch gewesen war, sich auf den Anwaltsberuf vorzubereiten, doch ihr Leben war zu ausgefüllt und durch Gerichtsverhandlungen noch kompliziert worden, um ihr die notwendige Zeit für die Ausübung ihres Steckenpferdes zu lassen.

«Sie kennen nur die eine Hälfte der Geschichte, junger Mann», sagte sie. «Sie wissen zum Beispiel, dass ich mit Eisenstein weglief. Aber Sie wissen nicht, *weshalb* ich mit Eisenstein weglief.»

«Das möchte ich bestimmt nicht wissen», entgegnete ich, «und hoffe, dass es nicht sehr unhöflich von mir ist.»

«Halbe Wahrheiten sind oft gefährlicher als Lügen», sagte sie. Doch nun kam der Portier mit einer Droschke an.

Sie suchte in ihrer kleinen Handtasche nach einem Geldstück, doch ich kam ihr zuvor.

«Aber Sie müssen es wissen», sagte sie. Und sie zog mich hinter sich her unter das hochgeklappte Verdeck der Droschke, setzte sich bequem zurecht und war im Begriff, mit einer langen Geschichte anzufangen, doch plötzlich hielt sie inne.

«Es ist ganz lächerlich», sagte sie und lachte dann leise, wodurch sie im Moment wieder Nina merkwürdig ähnlich sah, «dass ich Ihnen jetzt erzählen soll, warum ich damals *mit* Eisenstein weglief, wo ich Ihnen eigentlich erzählen sollte, warum ich gerade eben *von ihm* weggelaufen bin. - Ich will nämlich heiraten», meinte sie.

«Ja?»

«Einen Österreicher, Cecedek. Kennen Sie ihn?»

«Nein.»

«Andrej Andrejewitsch», sagte sie plötzlich, während wir unter dem tropfenden Verdeck sassen und sachte über die Pflastersteine rumpelten, «warum studieren Sie nicht Rechtswissenschaft? Es ist so interessant!»

Ich war froh über den Themenwechsel und erzählte ihr, weshalb ich nicht im Sinne hatte, Anwalt zu werden. Doch als wir uns dem Ljetnij zuwandten und die Bogenbrücke hinaufzufahren begannen, lehnte sie sich eifrig zu mir hinüber und erzählte mir mit allen Einzelheiten, warum sie mit Eisenstein weggelaufen war und warum sie jetzt von ihm weglief.

9

Es war, wie ich mich erinnere, ein eigentümlich warmer und duftender Tag, an dem man spürte, dass aus dem Winter endlich Frühling geworden war. Ich schlenderte den Newskij-Prospekt entlang, und in der weiten, lichtdurchfluteten Pracht dieser königlichen Strasse stiess ich auf Nikolaj Wasiljewitsch, der mit einem hübschen Backfisch am Arm einherkam.

«Andrej Andrejewitsch!»

«Nikolaj Wasiljewitsch!»

Wir wechselten einen warmen Händedruck.

«Darf ich Sie vorstellen?»

Und ich wurde vorgestellt.

Ich konnte ihn fast nicht wiedererkennen. Seine besorgte Miene hatte ihn bei seinem Seitensprung verlassen, als schäme sie sich, ihn zu begleiten. In Gegenwart des Mädchens schien er zehn Jahre jünger zu sein. Er war flotter, er hielt sich besser, und er wirkte buchstäblich grösser und kräftiger... Oh, war das wirklich der gleiche Nikolaj Wasiljewitsch, der sich so wütend mit Fanny Iwanowna herumbalgte? Dieser Nikolaj Wasiljewitsch war so glücklich wie ein Schuljunge. Doch noch ehe wir zehn Meter gegangen waren, äusserte er sich bereits über seine unseligen Familienverhältnisse. «Ach ja!» seufzte er. Er liebte es fast, wegen seiner Sünden zu seufzen, ja es schien, dass seine bedrückenden Familiensorgen das einzige Gesprächsthema mit dem reizenden Backfisch bildeten.

Zina erklärte: «Ich sage Nikolaj dauernd: ‹Heirate mich nicht, tu's nicht! Es ist überflüssig! Ich liebe dich so sehr, dass ich durchaus bereit bin, mit dir zusammenzuleben... schon allein, um dir zu beweisen, dass ich dich wirklich liebe.› Was bedeutet denn die Heirat? Ein Stück Papier. Es ist unsinnig. Es hat nichts zu sagen. Was kümmert das *uns?* Was kümmert es mich? Ich habe Werbitskajas *Quellen des Glücks* gelesen. Sie scheint meiner Ansicht zu sein.»

«Nein», erwiderte ihr edler Liebhaber, «ich denke nicht daran, deine Unschuld auszunutzen. Die Werbitskaja ist töricht. Und deinen Angehörigen würde es das Herz brechen.»

«Sie brechen Ihren eigenen Angehörigen das Herz, Nikolaj Wasiljewitsch», wagte ich einzuwerfen.

«Das ist es ja gerade», erwiderte Nick. (Er sah kaum alt genug aus, das würdige Nikolaj Wasiljewitsch zu rechtfertigen.) «Ich habe genug Herzen gebrochen. Ich will nicht noch mehr Herzen brechen. Ich habe die ganze Herzensbrecherei satt, kann ich Ihnen sagen. Es ist genug, um einem das eigene Herz zu brechen.»

«Ihr Oscar Wilde behauptet», wandte sich Zina an mich, «dass Herzen dazu da wären, gebrochen zu werden.»

«Er erklärt ebenfalls», entgegnete ich, «dass ‹wir alle töten, was wir lieben› - und obendrein noch ein paar andre kostspielige Dinge. Aber das ist kein Grund, weshalb man überhaupt die Herzen andrer Leute brechen soll.»

«Das ist es ja gerade», sagte Nikolaj. «Du glaubst wohl, es wäre sehr lustig, mit jemandem zusammenzuleben, ohne verheiratet zu sein, was? Da frage nur mal Fanny Iwanowna, wie sie darüber denkt. Nein, mein Kind, dein Oscar Wilde ist dumm.»

Wir traten ziemlich gedankenlos in ein Kino,

das «Parisiana» am Newskij-Prospekt, und wir mussten dort mit ansehen, was für ein Zeug tagtäglich und allabendlich auf dem ganzen Erdball einem sich nicht beschwerenden Publikum vorgesetzt wird. Als Nikolaj die Loge verliess, um Schokolade zu holen, legte Zina ihre weissbehandschuhte Hand auf meinen Arm. «Ich weiss», sagte sie, «dass Leute, die Nikolajs kompliziertes Wesen nicht verstehen, ihn als Schuft hinstellen wollen, Andrej Andrejewitsch, aber ich bin bereit, mein Leben für ihn hinzugeben. Oh, Sie haben keine Ahnung, was für ein durch und durch guter Mensch er ist, wenn er nicht mehr im Bann all der kleinlichen Sorgen, der niedrigen Eifersüchteleien und der belanglosen häuslichen Streitigkeiten steht – fern von den unzähligen Familien, die ihm wie ein Mühlstein am Halse hängen und denen er allein die Stirn bieten muss, er gegen Legionen, ja *Legionen* von Verwandten und Unterhaltsberechtigten und Schmarotzern! Oh, lachen Sie nicht! Ich nehme meine eigenen Angehörigen nicht aus. O nein! Ich schäme mich wirklich, Andrej Andrejewitsch, dass es so ist! Vergangene Nacht hatte ich einen Traum. Soll ich Ihnen erzählen, was mir geträumt hat? Nikolaj stand hoch oben auf einem Berggipfel und versuchte zu entfliehen, hinauf ins Licht und in die Freiheit, aber er merkte, dass er es nicht konnte, weil er an die Vergangenheit gefesselt war. Er versuchte, die Ketten zu zerreissen, aber die Vergangenheit hielt ihn fest, klammerte sich an ihn, ein tausendarmiges Ungeheuer - wie auf dem Bild in Gogols *Schreckliche Rache.* Er merkte, dass die Vergangenheit zu stark für ihn war.

Warum kann er nicht mit der Vergangenheit brechen? Warum muss die Vergangenheit ihn dauernd festhalten? Warum muss er sich immer die Last dieser Familien aufbürden? Andrej Andrejewitsch, er hat noch nicht *gelebt!* Denn war das etwa Leben bisher? Ich möchte ihm helfen, ihn glücklich machen, ihn befreien von diesen kleinlichen Sorgen, diesen niedrigen Intrigen. Ich möchte helfen, helfen, helfen! Aber wie kann ich helfen?... Ich habe nachgedacht, die ganze Nacht habe ich über Lösungen nachgedacht, und dann kam mir die - wie mir schien - einzig vernünftige, die einzige gerechte Lösung. Ich schlug ihm vor, dass wir zusammen Selbstmord begehen sollten. Aber, Andrej Andrejewitsch, er scheint nicht sehr erpicht darauf zu sein. Der arme Junge! Bei all diesen scheusslichen Sorgen wird er grässlich materialistisch!»

Sie nahmen mich an jenem Abend mit zu Zinas Angehörigen. Sie wohnten auf der andern Seite des Flusses, auf der Petersburger Seite, eine sehr grosse Familie in einer kleinen Wohnung. Unzählige Tanten und Onkel waren da, und Schwägerinnen und Vettern zweiten Grades und ähnliche Verwandte, und natürlich eine Auswahl kichernder Backfische, die Klavier übten; ausserdem zwei alte Grossväter - die antiquiertesten aller Greise -, die jeden Willkommensgruss überlebt hatten, ja deren Tod mit unverhohlener Ungeduld erwartet und bei den Mahlzeiten offenherzig erörtert wurde; dann der Vater, ein Arzt in mittleren Jahren, dessen Beruf nichts für seine eigene Gesundheit hatte tun können und der nur eine armselige Praxis hatte, um diese Scharen zu ernähren; und schliesslich Nikolaj Wasiljewitsch, der Bergwerksbesitzer, der wie eine Segnung hinter ihnen allen stand.

Hinzu kam noch Onkel Kostja, der, soweit ich es erfahren konnte, von den Hilfsquellen seines jüngeren Bruders (Zinas Vater) lebte. Onkel Kostja war Schriftsteller. Doch obwohl er jetzt in mittleren Jahren war, hatte Onkel Kostja nie eine Zeile veröffentlicht. Seine beiden Gebiete waren Geschichte und Philosophie, und jeder in der Familie hegte den grössten Respekt vor Onkel Kostja und hielt ihn für sehr gescheit. Später hatte ich Gelegenheit, Onkel Kostja aus nächster Nähe zu beobachten. Er erwachte unglaublich spät und pflegte dann stundenlang auf seinem Bett zu sitzen und nachzudenken. Seine Gedanken teilte er keinem Menschen mit, aber alle Mitglieder der Familie hielten es für ausgemacht, dass Onkel Kostja sehr gescheit war. Onkel Kostja kleidete sich selten an und wusch sich selten. Wenn er sich endlich von seinem Bett trennen konnte, pflegte er im Schlafrock durch sämtliche Zimmer zu schlendern und nachzudenken. Niemand sprach mit ihm, denn erstens fürchteten sich alle davor, in einer Unterhaltung ihre Unwissenheit zu verraten, weil Onkel Kostja so sehr gescheit war, und zweitens war es ihm, wie ich vermute, auch selbst zuwider, den Fluss seiner Gedanken zu unterbrechen. Zu guter Letzt pflegte er sich vor einem Schreibtisch am Fenster in seines Bruders Arbeitszimmer niederzulassen, und dort rieb sich Onkel Kostja lange Zeit die Augen. Gleichgültig tauchte er seine Feder in die Tinte. Seine Hand begann auf dem Rand eines Papierbogens Schemata und Blumen zu entwerfen, und dann starrte er lange aus dem Fenster. Vielleicht vermochte eine surrende Fliege, die einen Weg ins Freie zu finden suchte, seinen Gedankenfluss zu unterbrechen oder zu fördern - wer weiss; jedenfalls wurde Onkel Kostja sehr ruhig, und die Familienmitglieder verliessen eins ums andre auf Zehenspitzen das Zimmer, und der letzte zog geräuschlos die Tür hinter sich ins Schloss. Denn Onkel Kostja schrieb. Was er schrieb, wusste niemand: er hatte niemals zu irgend jemandem ein Wort darüber geäussert. Wir wussten nichts weiter, als dass Onkel Kostja sehr gescheit war. Soweit ich es ergründen konnte, hat nie jemand auch nur eine Zeile seiner Werke gesehen. Aber dass er sehr viel nachgedacht hatte, stand ausser Frage. Er verbrachte sein Leben mit Betrachtungen. Doch was er eigentlich betrachtete, wusste ebenfalls niemand.

Solcher Art war die Familie, über die Nikolaj Wasiljewitsch seine Schutzherrschaft ausgedehnt hatte.

«Er ist ja ein so durch und durch guter Mensch», vertraute mir Zinas Mutter an, eine grauhaarige, gottesfürchtige alte Dame. «Und der wird nun geplagt von zwei bösen Frauen, die beide darauf aus sind, ihm das Leben zur Hölle zu machen, und von seinen kalten, herzlosen Töchtern, die ihn auslachen... ihren eigenen Vater! Andrej Andrejewitsch, unser Leben ist verworren genug, Gott verzeih uns, und keiner von uns weiss, wo er steht und wie er dran ist oder was er tut, doch es gibt Dinge, von denen wissen wir in unserm innersten Herzen, dass man sie einfach nicht tun darf! Und dass seine Töchter ihren eigenen Vater bespitzeln, das ist doch, Gott verzeih mir, der Gipfel! Stellen Sie sich das vor, Andrej Andrejewitsch, stellen Sie sich das vor: letzten Sonntag wollte sich Zina, wie sie mir erzählte, mit Nikolaj im Sommerpark treffen, und können Sie sich so etwas vorstellen - seine beiden Töchter (ich vergass, welche beiden) folgten ihnen, begleitet von ihrem Baron, verfolgten sie, wohin sie auch gingen, und kicherten die ganze Zeit, so laut sie nur konnten, kicherten einfach! Nikolaj und Zina sahen sich schliesslich gezwungen, in eine Strassenbahn zu steigen, um ihrer Verfolgung zu entrinnen. Er hat geweint, als er nach Hause kam, und ich habe ihn noch nie weinen sehen, Andrej Andrejewitsch! Er sagte, er hätte es nicht für möglich gehalten von seinen Töchtern, Andrej Andrejewitsch!»

Nach einem etwas unzureichenden Essen beschlossen wir alle, ins Saburow-Theater zu gehen, um uns das neue Stück anzuschauen. Folglich brachen wir in vier Droschken auf und richteten uns in drei Logen ein.

Ungefähr in der Mitte des ersten Akts fiel mir auf, dass Nikolaj zusammenzuckte und dann blass wurde. Ich folgte seinem Blick und sah dann starr vor mich hin. In einer Loge uns beinah gegenüber sassen Fanny Iwanowna, Sonja, Nina, Vera, der Knjas sowie Baron Wunderhausen. Aus irgendeinem lächerlichen

Grund fühlte auch ich mich ausserordentlich schuldbewusst und unbehaglich, fast als hätte man mich über einer anrüchigen Tat ertappt. Ich weiss nicht, ob sie das törichte Stück langweilig fanden und sich gleich uns über die typischen Äusserungen eines wohlhabenden Ex-Studenten in dem Stück ärgerten, der über die Enttäuschungen des Lebens loswetterte, oder ob der Anblick des verschwenderischen Nikolaj in seiner ihm sympathischen Umgebung für Fanny Iwanowna zuviel war - jedenfalls verliessen sie alle das Theater, noch ehe sich der Vorhang über dem zweiten Akt senkte.

Als wir an jenem Abend durch die menschenleeren Strassen Petersburgs nach Hause fuhren, schien Nikolaj Wasiljewitsch ungewöhnlich griesgrämig zu sein. «Was an der ganzen Sache am verwirrendsten ist, Andrej Andrejewitsch», sagte er, «das ist - nun ja, es ist wie in der Fabel von Krylow.» Mit dem merkwürdigen Stolz, mit dem sich die Russen gern wegen Krylows nichtrussischem (vermutlich britischem) gesunden Menschenverstand brüsten, zitierte Nikolaj die Fabel und schilderte die Sache mit dem Schwan, der Krabbe und dem Hecht, die gemeinsam, aber jeder in seiner typischen Eigenart, eine Last fortbewegen wollen, mit dem betrüblichen Ergebnis - der Moral! -, dass die Last, wie uns der Fabeldichter erzählt, heute noch dort ist, wo sie zuerst war, bevor sie sich auf den Weg gemacht hatten. Das Paradoxe an Nikolajs Lage ist eben, dass er sich aus seinen zahlreichen Familienverpflichtungen zu dem reizenden Backfisch geflüchtet hatte - gerade wegen der unerträglichen Last der so zahlreichen Verpflichtungen - und nur noch weitere auf sich geladen hatte.

10

Wenn ich mich heute frage, wieso ich die ganze Lage so hoffnungslos falsch beurteilen konnte, finde ich es schwierig, eine einleuchtende Erklärung abzugeben. Ich wollte helfen, wollte mich als Freund all der hilflosen, reizenden und gutherzigen Leute erweisen... Jedenfalls war es meine erste Erfahrung mit Interventionen!

In jener Nacht lag ich lange wach und machte Pläne, wie ich das Durcheinander entwirren könne. War es nicht an mir, ihrem gegenseitigen Vertrauten (so überlegte ich), dafür zu sorgen, dass diese kindlichen, faszinierenden Menschen einander in ihrer Wirrköpfigkeit und Schwerfälligkeit nicht gegenseitig das Leben zerstörten? All die älteren Leute hatten Fehler gemacht. Nina hatte einen Auftrag für Moskau gehabt, und Nina hatte versagt. Sie würden mir vertrauen, dachte ich, und glauben, dass ich zu ihrem Besten handelte. Und war es nicht eine ehrenvolle Aufgabe, diese hilflosen Geschöpfe aus soviel Elend und Unglück zu erretten? Natürlich war es das. Plötzlich packte mich wilde Begeisterung. Ich spürte eine so wilde Begeisterung, dass ich aus dem Bett sprang. In jener mitternächtlichen Stunde ging ich auf und ab und dachte mit napoleonischer Konzentration nach.

Meine Gedanken rannten mit mir davon, und ich sah ein, dass das Rollenverzeichnis für dieses menschliche Drama viel zu lang war, als dass ich jedem Mitspieler mit Erfolg die Rolle hätte zuweisen können, die er im Leben seiner Kollegen spielen sollte. Ich schaltete das Licht über meinem Schreibtisch an und begann zu schreiben. Ich führte ihre Namen in zwei Spalten auf. Dann merkte ich, dass die zwei Spalten für mein Vorhaben zwecklos waren; deshalb zeichnete ich Pfeile und Kreise um die Namen und bemühte mich, sie entsprechend meiner eigenen Ansicht, wie sie sich verbinden sollten, in Paaren und Gruppen zusammenzubringen. Ich begann damit, dass ich Nina mit mir verband. Das war einfach genug: es lag auf der Hand. Ich war bereit, Baron Wunderhausen mit Sonja zu beglücken. Auch das war erledigt. Der Knjas würde offensichtlich weiterhin auf

Kosten von Nikolaj Wasiljewitsch leben müssen, bis sich eine Beschäftigung für ihn finden liess. Ich würde das Problem später behandeln, die Anteilscheine prüfen und zusehen müssen, ob eine Möglichkeit bestand, dass sie jemals im Wert stiegen, und so weiter und so weiter. Soviel stand also fest. Magda Nikolajewna musste natürlich die gewünschte Scheidung erhalten. Es würde zu keinem nützlichen Zweck dienen, ihr etwa Steine in den Weg zu legen und sie an ihrer lobenswerten Absicht zu hindern, Cecedek zu heiraten - jenen Österreicher, der so ungeheuer reich war. Sie wünschten soviel Geld wie möglich für sich, jedoch unter der Bedingung, dass Cecedek bereit war, sich gemeinsam mit Nikolaj Wasiljewitsch an der Sorgenlast zu beteiligen und die zahlreichen Familien, Unterhaltsberechtigten und Schmarotzer wenigstens so lange zu unterstützen, bis man etwas Genaueres über das Bergwerk erfuhr. Es mochte ratsam sein, das Bergwerk zu verkaufen und dafür das verschuldete Haus an der Mochowaja wieder zu erwerben. Doch das war eine Einzelheit, die später geordnet werden konnte. Ich fand, dass ich grossartig vorankam.

Da nun Nikolaj und Magda geschieden waren (ich konnte nicht anders, ich musste sie bei ihren Vornamen nennen, denn ich empfand mich als soviel älter und weiser, nachdem ich sie in die Hand genommen hatte), musste Nikolaj dazu überredet werden, Fanny zu heiraten. Ein solcher Schritt würde sehr dazu beitragen, die Spannung zu vermindern und böses Blut zwischen den beiden zu beseitigen. Es würde Fannys Ansehen in ihren eigenen Augen heben und im Zusammenhang mit ihren Verwandten in Deutschland ihre Stellung festigen. Nachdem Fanny nun dieses sehr grosszügige Zugeständnis gemacht wurde, das schliesslich nichts weniger als der eine grosse Ehrgeiz ihres Lebens war, durfte sie ihrerseits nicht Zinas leidenschaftlichen Wunsch erschweren, mit Nikolaj zusammenzuleben: eine Belohnung, die wegen der überwältigenden Liebe zweier Menschen tatsächlich geboten war; und Zina, die immer, vom Selbstmord an aufwärts, zu allem bereit war, würde Fanny nicht die äusserliche und etwas nichtige Überlegenheit der Ehe missgönnen - während Zinas Angehörige angesichts der beträchtlichen finanziellen Unterstützung, die sie auch weiterhin von Nikolaj und von Magdas zukünftigem Ehemann erhalten würden, einsehen mussten, dass ihre Bedenken nur wenig moralisches Gewicht hatten. Blieb noch Vera. Sie konnte vorübergehend bei Fanny Iwanowna und Nikolaj wohnen, Nikolaj aber sollte so viel Zeit, wie man für richtig oder praktisch erachten mochte, in Fannys Haushalt verbringen. Vera hasste ihren Vater, und Eisenstein, der ja so arm war, würde wahrscheinlich keinen Anspruch auf seine Tochter erheben. Doch Eisenstein sollte nicht ohne Arbeit belassen werden. Von der Börse musste er weg. Das war unbedingt nötig. Man sollte seine Eignung als Zahnarzt untersuchen, und er konnte - was zwar keinesfalls im Vordergrund stand - der Assistent von Zinas Vater werden (obwohl dessen Praxis leider schon viel zu klein war). Wie man die Praxis vergrössern könnte, liess sich auch später abklären. Onkel Kostjas Manuskripte würden ebenfalls geprüft werden müssen, und möglicherweise könnten einige seiner tieferen Erkenntnisse mit Gewinn veröffentlicht werden.

Nachdem diese paar vorbereitenden Dispositionen getroffen waren, wurde es unerlässlich, das finanzielle Funktionieren der neuen Gruppierung sicherzustellen. Die Ausgaben mussten auf allen Seiten beschnitten werden. Nikolaj und Cecedek durften nicht zu stark belastet werden, denn wenn sie zahlungsunfähig wurden, würde der ganze Neubau wie ein Kartenhaus einstürzen. Ich wollte mich schon bald daran begeben, die Bedürfnisse der verschiedenen Familien und Anhängsel sehr sorgfältig zu untersuchen.

Da war zunächst Fannys Familie in Deutschland. War Fanny erst einmal endgültig mit Nikolaj verheiratet, dann sollte sie mehr moralischen Mut haben, der Lage ins Auge zu blikken. Den verschwendungssüchtigen Brüdern in der Garde musste gesagt werden, sie sollten aus dem Heer austreten und eine kaufmännische Laufbahn ergreifen. Der Heeresdienst war kein ehrenvoller Beruf. Die Schwestern sollten heiraten. Wer weiss, vielleicht hatten sie schon vor langer Zeit Männer mit beträchtlichen Mitteln geheiratet, es jedoch vor ihrer Schwester geheimgehalten, um weiterhin Zuschüsse von Nick zu beziehen.

Als nächstes kam Zinas Familie an die Reihe. Die Zahl ihrer reinen Schmarotzer war widersinnig. Die beiden uralten Grossväter waren natürlich schon senil, und ihr Ende stand nahe bevor. Die Backfische, die das Klavier bearbeiteten, wuchsen heran: ein paar von ihnen konnte man vorteilhafterweise mit geeigneten und finanziell unabhängigen jungen Männern verheiraten. Zinas Vater konnte mit Eisenstein als Assistent seine Arztpraxis ausbauen, obwohl er zuerst selber ärztlichen Beistand erhalten sollte.

Dann...

Ich dachte nach. Es gab kein «dann». Ich hatte über alle verfügt. Es waren tatsächlich weniger Probleme, als ich erwartet hatte. Ich hatte sie alle laufend gelöst. Natürlich war Baron Wunderhausen, nachdem er Sonja geheiratet hatte, nicht richtig untergebracht, möglicherweise war das Gegenteil der Fall. Doch er war ein vereinzeltes Problem, auf das ich nicht einzutreten brauchte, jedenfalls nicht gleich.

Vielleicht war ich jung und unvernünftig. Aber war ich wirklich unvernünftig? Was taugte nicht an meinem Vorschlag? Welcher besinnliche Kopf würde mich der Unvernunft zeihen, wenn er sich bemühte, die Sache redlich zu betrachten? Diese Leute waren hilflos - die reinsten Kinder.

Natürlich würde ich es alles taktvoll und langsam und diskret anstellen müssen. Aber war es denn nicht tatsächlich eine verdienstvolle Aufgabe: schiedsrichterlich entscheiden und in Ordnung bringen? Ich fühlte mich wie Präsident Wilson, wie er sich Jahre später vorgekommen sein muss, als er die Grundsätze eines zukünftigen Völkerbundes festlegte.

Am nächsten Tag stand ich vor Nina, berstend voll von dem Wunsch, ihr alles sozusagen auf einen Schwung zu erklären, aber ich hielt mühsam an mich, denn ich war mir der Gefahr überstürzten Vorgehens bewusst. «Lass uns hinsetzen, Nina!» bat ich und fingerte an einem grossen, zusammengefalteten Blatt Papier. Einen noch grösseren Bogen hatte ich zusammengerollt unter den Arm geklemmt. «Wir jungen Leute müssen nämlich den älteren Leuten aus ihrem Wirrwarr heraushelfen, Nina, denn sie sind offensichtlich unfähig, sich selbst zu helfen.»

«Ich habe getan, was ich konnte», erwiderte sie. «Ich war in Moskau, aber ich geb's zu, ich habe nur als Fanny Iwanownas Sendbote gehandelt.»

«Sehr richtig. Und hattest keinen Erfolg?»

«Ich hatte sozusagen keine Generalvollmacht.»

«Stimmt. Nun hör mir gut zu, Nina!» Und ich begann, ihr die Prinzipien zu erklären, nach denen ich, wie ich sagte, ihrer aller Leben umgestalten wollte: jeder von ihnen würde zum Wohle des Ganzen etwas aufgeben müssen und jeder würde dementsprechend irgendeine Entschädigung erhalten, kurz und gut, wie ich es in der Nacht ausgearbeitet hatte. Ich faltete jetzt meine Tabelle und die Übersicht auseinander, und sie beugte sich darüber, und unsre Köpfe berührten sich fast, als wir uns sehr gründlich und ernsthaft in das komplizierte Problem vertieften. Ich konnte mir kaum eine stolze Miene verkneifen, die sich hin und wieder in mein Gesicht stehlen wollte. Ich erklärte und trug alles mit der gewissen Anmassung eines Schöpfers und Künstlers und Propheten vor, und sie war ganz fasziniert von meinem Plan und studierte die Übersicht mit (wie ich glaubte) wunderbarer Einsicht.

«Aha, ich verstehe», murmelte sie. «Das ist gut, könnte nicht besser sein. Ah, da triffst du zwei Vögel auf einen Schlag... oh, sogar drei Vögel!»

Dann stand Nina auf.

«Wie denkst du also darüber?» fragte ich mit unverhohlenem Triumph im Blick. Und mit einem eigenartigen und jähen Ernst, der mich (zum Nachteil meiner triumphierenden Miene) äusserst erstaunte, sah sie mich an und antwortete: «Das ist ja gut und schön, aber... *was geht dich das überhaupt an?*»

Ich wies sie zurecht. Ich erklärte ihr, wie hilfsbereit ich gewesen sei. Aber sie lachte. Sie machte sich über mich lustig. Sie hatte sich die ganze Zeit über mich lustig gemacht, sogar während wir uns mit so ernster Miene über die Tabelle und die Übersicht gebeugt hatten. Und ich begriff, dass ihr ernster Ausdruck und das Interesse, das sie noch vor kurzem für den Plan gezeigt hatte, absichtlich vorgetäuscht waren, damit ich mich noch tiefer in eingehende Darlegungen meines Plans verstrickte, so dass sie sich nachher um so mehr über mich lustig machen konnte.

Sie lachte. Sie schüttelte sich vor Lachen.

«Nina!»

Sie konnte sich nicht halten vor Lachen. Es war ein Lachkrampf; sie konnte kaum sprechen, und die Tränen traten ihr in die Augen.

Dann öffnete sie die Tür zum Korridor und rief laut: «Sonja! Sonja!»

«Aber Nina!» protestierte ich.

«Vera!» rief sie. «Papa! Fanny Iwanowna! Knjas! Pawl Pawltsch!»

Als sie einer nach dem andern ins Zimmer traten, musste ich zu meiner tiefsten Qual und Beschämung einsehen, dass sie alle zu Hause waren. Das Blut stieg mir ins Gesicht.

Nina hielt die Tabelle und die Übersicht auf Armeslänge in die Höhe und erklärte sie, wobei sie, wie mir schien, die ganze Sache vorsätzlich entstellte und die Menschen aufs lächerlichste zusammengab, so dass Sonja ausrief: «Aber Cecedek will doch gar nicht Fanny Iwanowna heiraten!»

Und Fanny Iwanowna wurde furchtbar rot und rief: «Was? Was war das?»

«Sie gehören mehr oder weniger der gleichen Rasse an», sagte Nina. «Das war doch deine Idee?» wandte sie sich mit geheuchelter Unschuld an mich.

Und Sonja schrie wieder: «Aber Zina will doch gar nicht mit dem jüdischen Zahnarzt zusammenleben!»

«Ich glaube, dass sie es tun muss. Man kann's nämlich nicht jedermann recht machen bei einem so komplizierten Plan.» Und mit einem Seitenblick auf mich sagte sie: «Ist doch richtig, wie?»

«Und warum soll Cecedek überhaupt jemanden unterstützen?»

«Warum?» fragte Nina und sah mich an.

«Du hast eine Farce daraus gemacht!» schrie ich in grösster Verzweiflung.

«Nein, du hast eine Farce daraus gemacht», rief Nina. «Papa, er macht uns lächerlich!»

Fanny ging mit anscheinend trotziger Miene aus dem Zimmer. Ich glaubte ein «Hm!» zu hören, sonst nichts.

Nikolaj Wasiljewitsch nahm die Übersicht in die Hand und schleifte die Tabelle, meine saubere und gekonnte Arbeit der vergangenen Nacht, so verächtlich über den Fussboden, dass ich schamrot wurde. Er führte mich auf die Seite, redete mich als «junger Mann» an und sagte in sehr ernstem Tonfall: «Wie Sie wissen, haben wir uns immer gefreut, Sie bei uns zu sehen, aber wenn Sie sich lustig machen... lustig machen... lustig machen» (er geriet allmählich in Erregung) «über unsre häuslichen Schwierigkeiten, in die Sie, als unser Gast, unvermeidlich Einblick erhielten, dann ist das, finde ich, taktlos und unfein.» Und er zerriss zuerst die Tabelle und dann die Übersicht in tausend Fetzen und schleuderte sie in den grossen Ofen in der Ecke des Zimmers.

«Nikolaj Wasiljewitsch!» rief ich. «Ich versichere Ihnen, dass ich nur helfen wollte!»

«Ach, hören Sie», sagte Nikolaj Wasiljewitsch ungeduldig und drehte sich auf dem Absatz um, «unterlassen Sie diese ungebührlichen Scherze! Sie sind nicht einmal lustig!» Und alle liessen mich stehen.

Ich aber ging auf den Korridor und packte Nina bei der Hand und zog sie ins Zimmer zurück, um ihr gehörig meine Meinung zu sagen. Ich war so wütend, dass ich nicht wusste, wo ich beginnen sollte. «Na gut», rief ich schliesslich, «von mir aus könnt ihr alle in eurem eigenen Saft schmoren!»

«Ausgezeichnet!» sagte sie.

«Und ich komme nie wieder her!»

«Ausgezeichnet!» sagte sie.

Und es schien, dass sie auf alles, was ich in meiner Aufregung sagte, stets kalt und gleichgültig «Ausgezeichnet!» antwortete, während sie dasass und mich kalt und gleichgültig ansah, bis es mich so unerträglich aufbrachte, dass ich schrie: *«Ausgezeichnet!* Wisst ihr albernen Menschen überhaupt, wie furchtbar lächerlich ihr alle seid? O mein Gott, könnt ihr euch nicht selbst sehen?» (Ich konnte mich nicht sehen.)

«Könnt ihr denn nicht sehen, dass ihr einem Tschechow-Stück entsprungen seid?... Oh, was hätte er nicht darum gegeben, euch zu sehen und zu verwenden!»

«Er ist tot», sagte sie.

«Aber es gibt andre. O nein, liebes Kind, ihr seid nicht sicher: was hindert einen gemeinen, skrupellosen Schmierfink, dem seine Kunst mehr am Herzen liegt als die Menschen, euch alle zu schildern? Man stösst nicht oft auf so unvergleichliche Stoffe. Ich glaube fast, ich könnte es selbst tun. Ich könnte derartige *Drei Schwestern* hinstellen, dass der alte Tschechow zu nichts zusammenschrumpft! Es ist ganz leicht! Man muss nur die Tatsachen niederschreiben. Mir fällt nur ein einziger Hinderungsgrund ein: ihr seid alle so lächerlich unglaubhaft, und deshalb würde niemand denken, dass ihr echt seid! Das ist überhaupt meistens der Kummer mit der modernen Literatur: keine Dichtung ist gut, wenn sie nicht lebenswahr ist, und doch ist kein Menschenleben wert, erzählt zu werden, wenn es nicht ungewöhnlich ist, und dann erscheint es so unwahrscheinlich wie etwas Erfundenes!»

Sie gab keine Antwort, aber ihrem Gesicht konnte ich ansehen, dass sie jetzt zornig wurde.

«Ich wollte euch helfen, und das ist der Dank, den ich dafür bekomme!»

Und aus dem Gefühl heraus, dass ich mein Gehen mit dramatischer Endgültigkeit aufziehen müsse, sagte ich: «Und jetzt gehe ich», und nach kurzer Überlegung schloss ich: «Und ich komme nie mehr wieder!»

Ich zögerte einen Augenblick, um ihr Gelegenheit zu geben, mich zurückzuhalten. Aber sie machte keinen Gebrauch davon, deshalb verliess ich das Zimmer. Auf dem Korridor blieb ich ein- oder zweimal stehen, um zu lauschen, ob sie käme: dann wollte ich meinen dramatischen Abgang fortsetzen. Aber sie kam nicht.

Es war einerlei, dachte ich, während ich meinen Mantel anzog (langsam, da mir niemand zuschaute, aber wenn sie erschienen wäre, hätte ich mich beeilt, hinauszugehen). Ich wusste, dass sie mich vom Fenster aus beobachten würde, und vor der Haustür stand der wohlproportionierte Gaul «Professor Metschnikow» und wartete auf mich. Das Herz klopfte mir in der Brust, als ich mir vorstellte, wie ich in die Kalesche steigen und flink und mit dramatischer Endgültigkeit davonfahren würde.

Ich stürzte die Treppe hinunter. Ich stand unter dem Vordach. Aber wo, um Himmels willen, war Professor Metschnikow?

Und dann sah ich, wo er war.

Ich hatte oft gesehen, wie unser listiger Tatarenkutscher Alexej den kleinen Kopf schüttelte, wenn ich die schönen Proportionen Professor Metschnikows mit Lob überhäufte, und ich hatte Alexej sagen hören, das Tier sei nicht zuverlässig. Ich hatte es ihm nie geglaubt. Aber tat ich es jetzt?

Ein seltsames Bild bot sich mir. Der kleine listige Alexej mit seinem nach bester Tradition dicken Hintern sass hilflos auf seinem weichen, breiten Kutschbock, klatschte hilflos mit den Zügeln und erzeugte mit seinen Lippen einen flehenden, aber wirkungslosen Laut, während sich Professor Metschnikow würdevoll und gelassen bis zu den Strassenbahnschienen an der Kreuzung zurückzog.

Ich rannte zu Hilfe, nahm Professor Metschnikow beim Zaum und führte ihn vorwärts. Während ich es tat, blickte ich auf. Gottlob stand Nina nicht am Fenster! Dann liess ich Professor Metschnikow los und stieg in den Wagen. Kaum hatte ich es getan, da trat Professor Metschnikow wieder seinen gesetzten und würdevollen Rückzug an. Der fest in seine wattierten Kleider verpackte Kutscher war so hilflos wie eine Puppe. Ich blickte zum Haus auf, und siehe da, vom Balkon über Ninas Fenster blickten Sonja, Nina, Vera, der Knjas, Fanny Iwanowna, Nikolaj Wasiljewitsch und

Baron Wunderhausen auf mich herunter und lachten.

Ich schaute zu ihnen empor und wurde rot, und dann beugte ich mich wutentbrannt vor und hieb Professor Metschnikow mit meinem Spazierstock auf den Rücken. Der Gaul machte einen Augenblick halt, als überlege er, was zu tun sei, und dann entschied er sich für den Rückzug. Und ich sass im offenen Wagen und wich, vom Gelächter des Balkons begleitet, immer weiter zurück. Trotz der verzweifelten Anstrengungen des Kutschers, vorwärts zu fahren, geriet ich nur sehr langsam ausser Sicht, bis der teuflische Gaul auf einmal vorschnellte und heimwärtsstrebte, als hätte er nie etwas angestellt.

11

Wie oft habe ich seither von den weissen Petersburger Nächten geträumt, den weissen, geheimnisvollen, schlaflosen Nächten...

Fanny Iwanowna war allein, und wir sassen zusammen auf dem offenen Balkon und sprachen in der hellen Nacht von ihren Sorgen. Wir sassen teilnahmslos da. Wir empfanden einen seltsamen Schauder. Wir warteten auf die Nacht, aufs Zwielicht, aber vergebens. Der Himmel hatte sich auf die Erde gesenkt. Es war ein einziger Schwall feuchten, milchweissen, durchsichtigen Nebels. Vor uns konnten wir alles deutlich bis auf die winzigste Einzelheit erkennen. Die Strasse mit ihren hohen Gebäuden gab sich alle Mühe, einzuschlafen, konnte es aber nicht; auch sie litt an Schlaflosigkeit; und die schwarzen Fensterscheiben der schlaflosen Häuser glichen müden Augen riesiger Ungeheuer. Hin und wieder ging unter uns ein Mann vorüber, dessen Schritte scharf und laut vom Pflaster widerhallten. Merkwürdigerweise warf er keinen Schatten. Dann war er weg, und nicht eine Menschenseele war auf der Strasse.

Ein schrecklicher Traum beschlich uns... Und um uns seiner wachsenden Gewalt zu entziehen, sprachen wir. Mit ihr sprechen, bedeutete - wie immer - ihr zuhören. «Ich bin über das tragische Stadium hinaus, Andrej Andrejewitsch», sagte sie. «Jetzt ist es mir einerlei. Ich habe mich fast an meine Situation gewöhnt.»

Ich versuchte, ein Wort einzuwerfen. «Ich schlage vor, Fanny Iwanowna, dass Sie sich alle losreissen, sich voneinander freimachen und dann von vorne beginnen!»

Aber sie redete in die Nacht hinein und kümmerte sich nicht um meine Bemerkung.

«Ich warte nur noch darauf, dass Nikolaj Wasiljewitsch mich auszahlt; dann kehre ich nach Deutschland zurück. Ich bin wirklich ganz optimistisch. Ich bin jetzt in einem Stadium, wo ich lachen kann. Verstehen Sie, unser Leben kann kaum eine Komödie genannt werden, denn wenn man es auf der Bühne aufführte, würde kein Mensch glauben, dass es Wirklichkeit ist. Wirkliche Menschen sind nicht so töricht. Es ist eine Farce, Andrej Andrejewitsch. Sie hatten recht, als Sie damals mit Ihrer Tabelle und Ihrer Übersicht eine Farce daraus machten - erinnern Sie sich?»

«Ich hatte den ehrlichen Wunsch zu helfen», protestierte ich.

Aber sie lachte verständnisinnig, als habe sie mit Genugtuung meinen Versuch bemerkt, sie zu hänseln.

Sie sprach zusammenhanglos. «Ja, Andrej Andrejewitsch, Sie werden feststellen können - und das ist wirklich seltsam -, dass Mädchen, die in einer unnormalen Umgebung aufwuchsen, welche man kaum für geeignet hält, die Entwicklung moralischer Eigenschaften zu fördern, häufig gerade Mädchen sind, die von der Moral die allerstrengste Auffassung haben. Was sie um sich her beobachtet haben, hat keine andre Wirkung, als dass sie auf der Hut sind. Sie sind moralisch geimpft. Ich würde nicht im geringsten zaudern, sie jedes Buch lesen zu lassen, das sie lesen wollen. Sie können Werbitskaja und Arzibaschew und Lappo-Danilewskaja und all die andern lesen, falls ihnen das Spass macht. Ihr in England seid wahrhaftig gut dran. Ihr habt ernste, moralische Schriftsteller, die an das Gute der menschlichen Rasse denken und euch etwas Positives, Aufbauendes und Wertvolles lehren. Ihr habt Byron und Oscar Wilde!»

Wie so viele andre Leute in Russland glaubte auch Fanny Iwanowna, England besässe drei grosse und überragende Schriftsteller: Byron, Shakespeare und Oscar Wilde.

«Ach, Andrej Andrejewitsch, ich hatte eine furchtbare Auseinandersetzung mit Cecedek! Es ist alles wegen Baron Wunderhausen! Er hat mit Nina poussiert...»

Ich erinnere mich, dass ich bei diesen Worten hochfuhr.

«Auf französisch, Andrej Andrejewitsch! ‹Ich finde es abscheulich, über solche Dinge auf russisch zu sprechen›, hat er gesagt und gemeint, er würde ihr damit imponieren. Aber sie wollte nicht zuhören.»

Ich entspannte mich wieder.

«Wenn es etwas gibt, was Nina nicht ausstehen kann, dann ist es Poussieren, noch dazu auf französisch.

Hinterher kam er zu mir und sagte: ‹Fanny Iwanowna, es ist mir einfach so angeflogen – über Nacht!›

‹Oh, dann wird es auch über Nacht vergehen›, sagte ich. ‹Bitte, Pawel Pawlowitsch, sprechen Sie nicht mit mir darüber!›

Aber er beugte sich zu mir vor und flüsterte verstohlen: ‹Fanny Iwanowna, wenn Sie mir helfen, Ninas Herz zu erobern, will ich Ihr bester Freund auf Erden sein!› Und dann sagte er wie ein Arzt: ‹Erzählen Sie mir Ihren ganzen Kummer! Wir wollen sehen, was sich tun lässt!›

‹Pawel Pawlowitsch›, rief ich, *‹Sie sind verrückt!* Mein Kummer ist meine Privatangelegenheit und geht niemanden etwas an als mich selbst. Gute Nacht!›

Daraufhin beklagte er sich bei Magda Nikolajewna über mich, und denken Sie nur, sie schickte Cecedek zu mir, um mir sagen zu lassen, sie dulde es nicht, dass ich dem Glück ihrer Töchter im Wege stehe, sie wolle nicht, dass sie als alte Jungfern sterben - wie ich! Ja, bitte schön: wie ich! - und dass ich nicht geeignet sei, mich um sie zu kümmern, und so weiter und so weiter. Andrej Andrejewitsch, sie sind sechzehn, fünfzehn und vierzehn! Aber ich kann den wahren Grund erraten: sie möchte Cecedek heiraten, und natürlich will sie nicht, dass ihre Töchter bei ihr wohnen, weil das ihr eigenes Alter zu sehr hervorheben würde, ganz zu schweigen davon, dass er sich in eine von ihnen verlieben könnte. Sie sind so hübsch.»

«Aber warum müssen sie überhaupt bei ihr wohnen?»

«Oh», sagte Fanny Iwanowna, «sie wünscht ausdrücklich, dass sie nicht bei ihrem Vater wohnen, falls er so weitermacht wie bisher. Sie befürchtet, es könne sie ungünstig beeinflussen.»

«Sie erhält noch immer die Unterstützung von Nikolaj Wasiljewitsch, nicht wahr?»

«Ja. Aber seit sie Cecedek kennt, der unvorstellbar reich ist, hat sie den Glauben an Nikolajs Goldbergwerk verloren - ja, sie sagt es ganz offen. Das beunruhigt Nikolaj wirklich sehr. Ich weiss nicht, weshalb er ihrem Glauben an das Bergwerk solche Wichtigkeit beimisst, es sei denn, er hat es zu ihrer Zeit erworben. Natürlich sorgt sie sich jetzt um die Zukunft ihrer Töchter. Es könnte ihren Aussichten schaden, glaubt sie, weil ihr eigenes Leben und das von Nikolaj so ein Durcheinander ist. Ich bezweifle nicht, dass sie ihre Töchter liebt und ihr Bestes will.

Und jetzt ist unser Baron wieder hinter Sonja her, doch im Grunde ist er hinter dem Bergwerk her, wenn Sie's wissen wollen.» Verstohlen lachte sie ein wenig vor sich hin und sagte dann: «Ich wünschte, er würde sich mal den Hals waschen!

Bald, sehr bald werde ich alle verlassen, Andrej Andrejewitsch. Es wird mir schwer, unerträglich schwer. Aber ich bin fest entschlossen. Ich bin nicht so dumm, Andrej Andrejewitsch, dass ich nicht wüsste, wann meine Zeit um ist. Und ich habe auch noch ein bisschen Stolz in mir. Jetzt handelt es sich nur noch um das Bergwerk. Ich bin bereit. Ich habe angefangen zu packen. Ich habe nach Hause geschrieben, nach Deutschland... Aber ich konnte den Brief noch nicht aufgeben, noch nicht. Andrej Andrejewitsch, wofür lebe ich denn? Können Sie mir das sagen? Wofür? Erst wenn ich sie verlassen habe, werden die Kinder vielleicht sagen: ‹Sie ist gut zu uns gewesen. Sie hat uns wie eine Mutter geliebt...›, und dann habe ich vielleicht nicht vergebens gelebt.»

Ich ging längs des stillen Flusses nach Hause. Die Festung Peter und Paul glich einem müden Nachtwächter. Die Nadel des Marineministeriums schien der weisse Nebel verschluckt zu haben. Ich setzte mich auf eine Steinbank am Flussufer und ruhte mich aus. Der breite, milchige Strom floss in der granitnen Einfassung seiner Ufermauern so geheimnisvoll still dahin. Ich sass da und staunte; dann begannen meine Gedanken zu wandern, und ich verlor mich im halben Licht, im halben Traum, in der Unwirklichkeit halb gelebten Lebens.

ZWEITER TEIL

Die Revolution

1

Dann ging ich nach Oxford, und als der Krieg ausbrach, rückte ich bei der Flotte ein. Doch kurz vor dem Ausbruch der Revolution beantragte Admiral Butt, der in einem Sonderauftrag nach Russland gegangen war, meine «englisch-russischen Dienste».

Ich erinnere mich noch sehr lebhaft an den Morgen, der auf meine Ankunft in Petrograd folgte, als ich mich in der britischen Botschaft bei dem Admiral melden sollte. Ich stieg die breite Treppe mit dem abgetretenen roten Läufer hinauf, die zur Kanzlei führte. Makellose junge Männer, makellos angezogen, unterhielten sich in makellosem Tonfall über die Liebe bei den Affen. Für Diplomaten fand ich es entzückend menschlich. Als ich wieder hinunterstieg, war der Admiral immer noch nicht da. Ich sprach mit Jurij, dem Portier, einem gut rasierten Individuum von nicht feststellbarer Nationalität, aber ausgesprochen pro-britisch, welcher mehrere Sprachen alle gleichermassen schlecht sprach. Von Zeit zu Zeit wurde die grosse, schwere Tür geöffnet - draussen schneite es heftig -, und ein Mann oder eine Frau trat ein, um sich zu erkundigen, ob das die

Bezirkskommandostelle sei. «Es ist die britische Botschaft», erwiderte Jurij stolz. Und er erklärte den Irrtum. Die Bezirkskommandostelle befinde sich am Schloss-Platz Nummer vier, die Botschaft aber am Schloss-Quay Nummer vier. In Friedenszeiten kamen die Leute *gelegentlich* und fragten, ob es die Bezirkskommandostelle sei, doch seit der Kriegserklärung war das anscheinend ihre einzige Beschäftigung. Ich sann über die Möglichkeit nach, dass Jurij eines Tages dem zunehmenden Druck solcher Fragen nicht standhalten könnte, verrückt würde und von da an seinen Mitinsassen in einer Irrenanstalt unbegrenzt über diese Frage Auskunft erteilte.

Als Jurij mir in den Mantel helfen wollte, packte ihn plötzlich eine seltsame Panik. Er liess den Mantel auf den Fussboden fallen und stürzte an die Tür. Ich folgte ihm, weil ich glaubte, die Revolution sei ausgebrochen. Ich wurde für meine Mühe belohnt. Der Wagen des Botschafters fuhr vor, und darin sassen Sir George Buchanan und der französische Botschafter. Jurij sprang herzu und riss die Mütze vom Kopf, öffnete die Wagentür und stand in einem Anfall von Hochachtung und Ehrfurcht versteinert da. Doch die beiden grossen Herren im Wagen sprachen einfach weiter, der Franzose auf die lebhafte, bewegliche Manier, die den Franzosen eigen ist, und der Engländer mit einer vornehmen, feinen Überlegenheit.

Die Botschafter der beiden befreundeten Mächte sassen plaudernd da und merkten offenbar nicht, dass sie angekommen waren. Jurij, noch immer barhäuptig, hielt die Wagentür auf und war ganz Unterwürfigkeit und Ergebenheit. Dann traten sie ein. Jurij stürzte sich auf Sir Georges Füsse und begann hastig, die Filzgaloschen aufzuschnallen, während der grosse Diplomat mit dem bis zu seinen Schläfen aufgestellten Pelzkragen und der runden, schief über einem Ohr sitzenden Pelzmütze in seinem dicken Pelzmantel dastand und schnaufte. Mir kam der wunderliche Gedanke, dass sich am politischen Horizont etwas Grosses ereignen müsse.

Endlich erschien der Admiral - eine hohe, gebieterische Gestalt. Seine Bewegungen waren voller Kraft und Schwung. Er hatte das Gebaren eines Mannes, der damit beschäftigt war, den Krieg zu gewinnen, während jedermann sonst um ihn her ihm bei seiner patriotischen Aufgabe im Wege stand. Auch seine Stimme war die Stimme eines solchen Mannes, und sein Blick passte zu seiner Stimme und schien speziell dafür ausgewählt. In seiner ganzen Persönlichkeit äusserte sich diese kriegsgewinnende Eigenschaft, doch seine darauf abzielende, eigentliche Tätigkeit war durch und durch dunkel.

Eines Morgens dann, als ich die Troitzkij-Brücke überqueren wollte, um mich beim Admiral zu melden, wurde ich von Polizisten aufgehalten und gezwungen, nach Hause zu gehen und meine Uniform anzulegen. Als ich wiederkam, war die Revolution ausgebrochen. Der Admiral war gerade Augenzeuge gewesen, wie das Arsenal von einer aufrührerischen Menge geplündert wurde. Ein Regiment nach dem andern ging zu den Aufständischen über. Aus verschiedenen Stadtvierteln hörte man vereinzelte Schüsse und hin und wieder Maschinengewehrfeuer. Der Admiral und ich standen am Fenster und beobachteten alles. Ein Lastwagen nach dem andern, vollgestopft mit Soldaten und bewaffneten Arbeitern, von denen einige, das Gewehr im Anschlag, auf den Kotflügeln lagen, sauste wie auf einer wilden, grellen Vergnügungsfahrt an uns vorüber, und rote Fahnen und Revolutionsflaggen wurden geschwenkt, während von der Menge in den Strassen Hurra-Rufe aufstiegen. Der Admiral stand da, hatte die gefalteten Hände aufs Fensterbrett gelegt und konnte seine Begeisterung nicht unterdrücken. Es war, glaube ich, ein klarer, strahlender Tag und sehr kalt.

Der Abend, der auf den Ausbruch der Revolution folgte, prägte sich meinem Gedächtnis sehr deutlich ein. Tagsüber hatte ich unzählige Reden mit angehört, darunter einige von liberaler Vornehmheit; andere hatten einen unheilvollen proletarischen Charakter und drohten der Hauptstadt mit Zerstörung und der Welt im allgemeinen mit der Revolution. Eine Neigung zu feuriger Zügellosigkeit und Übertreibung herrschte vor. «Nieder mit Heer und Flotte!» brüllte ein hysterischer Sprecher. «Nieder mit dem Militarismus! Durch den roten Schrecken zu Frieden, Freiheit und Brüderlichkeit!» Überall waren Plakate und Banner und Umzüge. «Boden und Freiheit!» war ein beliebtes Schlagwort. Rot war die vorherrschende Farbe, und die Anfangstakte der Marseillaise waren in dem Tumult ein regelmässig wiederkehrendes Leitmotiv. Als ich eine Brükke überquerte, kam ich an einer Kompanie Soldaten vorbei, die soeben rebelliert hatten. Sie marschierten aufgeweckt und fröhlich zum Klang einiger vertrauter Marschlieder, bis sie zu den Worten «Für den Zaren» kamen. Nachdem sie diese Worte gesungen hatten, brachen sie etwas unvermittelt und verdutzt ab. «Wieso für den Zaren?» fragte einer. «Wieso für den Zaren?» wiederholten sie und sahen einander dümmlich an. Dann marschierten sie weiter, ohne zu singen. Es waren Bauern, denen das

Wort «Revolution» fremd war und die glaubten, es sei eine Frau, die den Zaren ablöste. Andere verlangten eine Revolution ohne Zaren. Am Troitzkij-Platz wurde ich von einem begeisterten jungen russischen Offizier aufgehalten, der mich, von meiner britischen Uniform angelockt, auf englisch ansprach, und seine Augen glänzten vor Erregung. «Sir», sagte er, «von jetzt an werden Sie stärkere Verbündete haben!» Und auf dem Newskij-Prospekt kam ich dann an einem Umzug von Anarchisten vorbei, die von den Bolschewisten mit ungefähr dem gleichen Grad restlosen Grauens betrachtet wurden wie die Bolschewisten von der *Morning Post*. Sie marschierten mit einem widerlichen Ausdruck im Gesicht und trugen ihre schaurigen schwarzen Fahnen mit Totenkopf und gekreuzten Knochen.

Und etwas später am Tage sass ich mit Zinas Angehörigen auf der Petrograder Seite beim Abendessen, und die Anwesenheit von einer Schar Studenten und Studentinnen und einem Ingenieur, einem Anwalt und ein oder zwei Journalisten - lauter revolutionären Intellektuellen - erklärte wahrscheinlich die vorherrschende liberale Atmosphäre. Gestern waren sie Revolutionäre gewesen - heute waren sie zufriedene Liberale und priesen Lwow und Miljukow als die Helden des Tages. Der Ingenieur trank auf die Zukunft: «Die alte Zeit ist tot! Lang lebe die neue Zeit!»

Die beiden alten Grossväter waren viel zu alt und schwach, um sich zugunsten der alten Ordnung einzumischen; ihre liberalen Bestrebungen hatten sich mit der Befreiung der Leibeigenen im Jahre 1861 erschöpft, daher konnten sie nicht begreifen, was in aller Welt man noch mehr haben wollte. Zinas Vater, krank, wie er war, und schlecht bezahlt, hatte auf immer die Hoffnung verloren, bessere Tage zu sehen, und konnte nicht begreifen, wieso die Revolution seine eigene Lage beeinflussen könne. Nikolaj Wasiljewitsch unterstützte ihn weiterhin wie bisher. Diese Liberalen deuteten die Revolution als einen Protest gegen die prodeutsche Richtung am Zarenhof und als einen Versuch, sich den westlichen Demokratien in dem bis jetzt nicht überzeugenden Kampf gegen Militarismus und Autokratie anzuschliessen. Ein Gerücht ging um, der Zar habe abgedankt. Dann wieder hiess es, eine Partei bei Hofe habe eine Revolution geplant, um den Zaren abzusetzen und gegen seinen Bruder Michael auszutauschen, damit der Krieg tatkräftiger fortgeführt würde, und der Aufstand des Volkes sei diesem Plan um zwei Tage zuvorgekommen. Einige Monarchisten wollten jetzt die Revolution beenden, um den Krieg fortzuführen; andere Monarchisten wollten den Krieg beenden, um die Revolution zu beenden, und noch andre Monarchisten wollten die Revolution beenden und kümmerten sich den Teufel um den Krieg. Die Liberalen wollten, dass die Revolutionäre den Krieg fortführten, der Zar wollte die Revolution beenden, die Sozialisten und Arbeiter wollten den Krieg beenden und den Zaren absetzen, und die Soldaten und Matrosen wollten ihre Offiziere absetzen. Die liberale Gruppe trank auf Russlands Alliierte, und dann erhob sich Onkel Kostja, offensichtlich erschüttert ob des grossen Ereignisses, und sagte mit seiner langsamen, melodischen Stimme: «Wir wollen nicht über die Vergangenheit sprechen oder sie kritisieren. Wir wollen sie sanft in den hintersten Winkel unsres Gartens tragen und sie dort unter Blumen begraben. Und dann wollen wir in die Wiege der schlummernden Zukunft schauen und sie sehr liebevoll betreuen.»

Diese Einstellung, fanden wir alle, war der grossen unblutigen Revolution angemessen.

2

Ich erinnere mich an die ganze Aufregung. Onkel Kostja war an jenem Tag - anscheinend wegen der Revolution - früher als sonst aufgestanden, und nach dem Essen war er, noch immer in Morgenrock und Pantoffeln, schneller als gewohnt im Zimmer auf und ab gegangen und hatte sich entgegen seiner Gepflogenheit in Reden von grosser Länge ausgelassen. Er behauptete, dass die Geschichte in einem unerhörten Tempo weiterschreite, und beklagte sich, dass es für ihn als Historiker wirklich sehr schwierig sei, mit ihr Schritt zu halten. Die Revolution hatte Onkel Kostja überholt, als er sich noch mit dem Zeitalter der Zarin Anna Iwanowna (gestorben 1740) befasste.

Von Zinas Haus ging ich, wie ich mich erinnere, zu den Bursanows an der Mochowaja. Ich kam an den düsteren Silhouetten der schneebedeckten, in der Newa festgefrorenen Lastkähnen vorbei. Es war jetzt dunkel, und die Menge in den Strassen war aufgeregter. Soldaten und ebenso die Zivilisten schlenderten ziellos herum, das Gewehr über der Schulter. Mehrere Weinkeller waren gestürmt worden; auf den Strassen waren Betrunkene, aber ohnehin schienen alle berauscht von der Revolution. Von Zeit zu Zeit hörte man immer wieder Schüsse, die meistens nur in die Luft abgefeuert wurden; das Justizgebäude war in Flammen aufgegangen. Die Revolution, meinte jedermann, habe sich durchgesetzt.

Vor jenem Abend hatte ich die Bursanows

seltsamerweise seit meiner Rückkehr noch nicht besucht. Sie waren genau wie immer. Der Knjas sass in der Ecke des kleinen Wohnzimmers auf seinem gewohnten Stuhl, und die Revolution hatte, wie es schien, Eindruck auf ihn gemacht. Doch was für einen Eindruck - das hätte niemand erraten können. Muss ich es überhaupt erwähnen, dass die drei Schwestern in fast genau der gleichen Haltung dasassen, nämlich wartend, auf Ereignisse wartend. Nikolaj Wasiljewitsch war sehr verbittert. Er hatte den Krieg als einen absichtlichen Versuch der Vorsehung betrachtet, seine schon sehr komplizierte häusliche Situation noch mehr zu komplizieren, und in Anbetracht dessen, dass die Vorsehung die Genugtuung gehabt hatte, ihr verruchtes Ziel zu erreichen, konnte er, scheint's, die Notwendigkeit einer Revolution nicht verstehen. «Gemeinheit! Gemeinheit!» murrte er und liess die Rolljalousien herunter, wie um zu zeigen, dass er jedenfalls nichts damit zu tun haben wolle.

«Es ist überhaupt nichts Nobles dran!» erklärte er nur.

Fanny Iwanowna, die eine Zeitlang schweigend dagesessen hatte, sah aus, als sei sie in diesem einen Punkt gänzlich seiner Meinung.

Und dann hörte man aus dem anstossenden Zimmer ein grauenhaftes Ächzen. Ich warf Nikolaj Wasiljewitsch einen raschen, fragenden Blick zu. Ich bildete mir ein, sie hätten einen unglücklichen, halb verstümmelten Polizisten versteckt, ein Opfer des Revolutions-Pöbels. Aber Nikolaj Wasiljewitsch und Fanny Iwanowna blickten verlegen und beschämt drein. Aus ihren Augen sprach, wie ich bemerkte, eine flehentliche Bitte um Mitgefühl.

«Es ist Fanny Iwanownas Gatte», sagte Nikolaj Wasiljewitsch bedauernd.

Ich sah ungläubig aus, und er erklärte es. Weil Fanny Iwanowna nicht mit ihm verheiratet war, besass sie noch die deutsche Staatsbürgerschaft und hätte, als der Krieg ausbrach, entweder nach Deutschland zurückkehren müssen, oder sie wäre in Wologda interniert worden. Sie weigerte sich, nach Deutschland zurückzukehren, bevor Nikolaj Wasiljewitsch sie lebenslänglich sichergestellt hatte, doch weil der Krieg seine Einkünfte noch stärker beschnitten hatte, war er nicht in der Lage, ihr Geld zu geben. Daher wurde sie mit Eberheim getraut, einem älteren Herrn deutscher Abstammung, der jedoch die russische Staatsbürgerschaft besass. Fanny Iwanowna wurde dadurch dem Namen nach seine Frau, erhielt die russische Staatsbürgerschaft und konnte in Russland leben, bis die Erträgnisse aus dem Goldbergwerk sich so erhöht hatten, dass es

Nikolaj Wasiljewitsch möglich wurde, Fanny Iwanowna lebenslänglich sicherzustellen. Und wenn er dann von seiner Frau die Scheidung bekommen hatte, würde er Zina heiraten.

«Ist er verwundet?» fragte ich und witterte Revolutionsblut in der Luft.

«Nein, es ist Krebs», sagte Nikolaj Wasiljewitsch. Und verglichen mit diesem blutroten Wort schien die Revolution draussen blass und nichtig zu sein.

«In ein oder zwei Tagen soll er operiert werden.»

«Hat er schon lange gelitten?» erkundigte ich mich.

«Oh, wir haben ihn aus dem Krankenhaus geholt», erklärte Fanny Iwanowna. «Sie finden es vielleicht seltsam, aber er willigte in die Eheschliessung nur unter der Bedingung ein, dass wir ihn zu uns nach Hause nähmen und für ihn sorgten. Er sagte, er würde in jedem Falle nicht sehr lange leben, und Geld sei ihm in seinem jetzigen Zustand von keinerlei Nutzen: was er sich wünschte, seien Fürsorge und Beistand. Und nun kosten die Ärzte und die Operationen ein schönes Stück Geld, kann ich Ihnen sagen. Wir sind wirklich sehr unglückliche Menschen... Und Sonja, die den Baron Wunderhausen geheiratet hat, ist nun auch, wie ich argwöhnte, eine Belastung für Nikolaj Wasiljewitschs Finanzen. Er kann es wirklich nicht schaffen, Andrej Andrejewitsch. Das Bergwerk...» Ihre Hand winkte ab. Nikolaj Wasiljewitsch hatte die Hände tief in den Taschen vergraben und blickte aus dem Fenster, obwohl die Jalousien heruntergelassen waren und nichts da war, was er hätte sehen können.

«Die Hochzeitszeremonie war qualvoll», fuhr sie fort. «Ich konnte es kaum selber ertragen. Der Priester weigerte sich zuerst, uns zu trauen. Nikolaj Wasiljewitsch musste ihn auf die Seite führen und ihn bestechen. Eberheims Zustand war so schlecht - geradezu kritisch. Es war gemein. Doch er hat eine zähe Natur. Er hat sich jetzt schon über zwei Jahre gehalten. Man möchte gern menschlich zu ihm sein, aber wirklich, Andrej Andrejewitsch, sehen Sie uns doch an, sehen Sie uns an, *uns!* Und jetzt noch die Revolution! Wer will sie denn, die Revolution?» Sie stützte das Kinn in die Hand und blickte weg.

Dann plötzlich wandte sie sich ohne Grund und Anlass an den alten Knjas, der so brav und so unerschütterlich wie ein Butler in seinem gewohnten Sessel sass.

«Knjas! Sitzen Sie nicht so da wie ein... wie ein... O Gott, seit dreizehn Jahren sitzen Sie nun schon so in Ihrem Sessel! Sagen Sie was! Sagen Sie was!»

«Was kann ich sagen?» lächelte er sanft.

«Was können Sie sagen!» kam es wie ein Echo von ihr. Und wieder trat eine Stille ein.

«Hat er gar keine Verwandten?» fragte ich.

Sie schüttelte den Kopf.

«Und kein Geld?»

«Keine Kopeke!»

«Ist er... gut?»

«Ja, aber... anspruchsvoll.»

«Oh, der arme Mensch, er kann nichts dafür», meinte Nikolaj Wasiljewitsch.

«Der arme Mensch!» sagte Fanny Iwanowna.

«Der arme Mensch!» sagte auch ich.

Ein Weilchen sassen wir schweigend da. Wir warteten auf das nächste Stöhnen von Eberheim, aber auch er schwieg. Wir hörten nur das abgezirkelte Ticken der grossen eichenen Standuhr in der Ecke und den gedämpften Tumult unten auf der Strasse.

«Und wo ist Magda Nikolajewna?» fragte ich.

«Sie ist bei Cecedek.»

«Eine Last weniger, was, Nikolaj Wasiljewitsch?»

Nikolaj Wasiljewitsch seufzte.

«Man kann es kaum so nennen», sagte Fanny Iwanowna, «denn Nikolaj Wasiljewitsch muss seine Frau noch immer unterstützen.»

«Aber was ist denn mit Cecedek?»

«Er tut mir auch sehr leid», sagte Fanny Iwanowna.

Und ich erfuhr, dass die russischen Behörden es bei Ausbruch des Krieges für notwendig befunden hatten, Cecedeks Besitz zu konfiszieren. Dann wollten sie ihn internieren, aber es gelang ihm, ihnen zu beweisen, dass er jetzt Tscheche war, und deshalb liessen sie ihn frei. Doch seine Besitztümer, die sie ihm als Österreicher weggenommen hatten, erstatteten sie ihm als einem Tschechen nicht zurück. Seit Juli 1914 hatte er ständig mit den Behörden in Briefwechsel gestanden, und von seinen Erfolgen, etwas davon rückvergütet zu bekommen, musste letztlich seine Heirat mit Magda Nikolajewna abhängen. Ob die Revolution ihn in seinen hochfliegenden Erwartungen unterstützen oder sie noch länger hinhalten würde, war schwer zu prophezeien. Nikolaj Wasiljewitsch half ihm, soweit ihm das in seiner gegenwärtigen Lage möglich war. Magda Nikolajewna hatte inzwischen ihr Gesuch um eine Scheidung aufgehoben und stand noch immer als Empfängerin von Zahlungen in Nikolaj Wasiljewitschs Büchern. Aber Cecedeks Einstellung hatte sich nicht verändert. Er betonte jetzt gern die slawische Seite ihres Bundes, hatte sich in den letzten drei Jahren einen tschechischen Tonfall angewöhnt, wenn er Russisch sprach, bekannte sich zu einer übermässigen Wertschätzung seiner «slawischen Brüder», sprach seinen Namen «Tschetschedek» aus und setzte, wenn er Cecedek unterschrieb, die komischen kleinen Akzente auf die C.

Ich verliess sie erst früh am andern Morgen; in der Aufregung des Tages war über Nacht vielerlei Arbeit unerledigt geblieben. Es war ungefähr sechs Uhr morgens, als ich das Marsfeld überquerte. Soldaten schlenderten in kleinen Gruppen durch den Schnee und feuerten dann und wann rein zum Spass einen Schuss in die Luft. Im grellen Morgenlicht hatte die Hauptstadt das Aussehen einer Bankettballe nach einer besonders wilden Festnacht. Zerrissene Wolken zogen flink über den Winterhimmel. Der Morgen verhiess einen schönen Tag.

3

Die Revolution schleppte sich den Winter hin und «vertiefte» sich, je weiter die Monate vorrückten. Die Vorläufer einer allgemeinen Verwirrung kündeten sich an: die Versorgung mit Lebensmitteln und Gebrauchsartikeln war unregelmässig. Alle warteten.

Während ich schreibe, tauchen in meinem Geist dauernd Bilder von ihnen auf. Ich kann Fanny Iwanowna sehen, und vor allem kann ich die drei Schwestern sehen, die in der immer gleichen Haltung dasitzen und auf verschiedenen Sesseln und Sofas thronen. Fanny Iwanowna, in stummem Nachsinnen über ihre Handarbeit gebeugt, und der Knjas in seinem gewohnten Sessel, lesend oder, öfter noch, müssig dasitzend und dösend. Die Jahreszeiten mochten rasch von einer zur andern wechseln - aber ihre Positur wechselte nie! Der Regen trommelte gegen die Fensterscheiben, Schnee fiel auf die Strasse unten, dann begann das Eis auf der Newa zu bersten und gemächlich zur Bucht hinabzugleiten, und wieder spürte man den Ansturm des Frühlings und das langsame Erblühen der weissen Nächte.

«Wie ermüdend das alles ist, Andrej Andrejewitsch!» klagte Fanny Iwanowna. «Ewig darauf warten, dass man endlich zu *leben* anfängt! Wann wird es endlich beginnen, die Wendung zum Glück und das herrliche Leben, auf das wir alle warten? Da wartet man auf den Frühling. Aber der Frühling kommt, kommt wieder mit leeren Händen und betont nur - durch den Gegensatz - unser Elend. Der Frühling macht mich verrückt. Ich fange an, mir Unmögliches zu wünschen...»

«Sie sind ein aktiver Mensch, Fanny Iwanowna. Sie sollten nicht stillsitzen. Es ist nicht gut für Sie. Sie sollten herumlaufen.»

«Aber - ich muss doch warten.»

«Warten ist vermutlich Stillesitzen. Doch, irgendwie ist es das.»

«Es ist nicht das. Aber wozu soll ich denn herumlaufen? Ich gehe einkaufen - doch das treibt die Dinge auch nicht voran, verstehen Sie? Und ausserdem fürchte ich mich geradezu davor, Nikolaj Wasiljewitsch um Geld zu bitten.»

«Hat er überhaupt kein Geld?»

«Er hat etwas. Er borgt sich dauernd was: *crescendo, forte, fortissimo!* Aber wo soll das enden? Und wann? Geldborgen ist ganz recht, solange man es kann. Aber es ist sozusagen kein Einkommen; es ist - wie drücke ich das nur aus - kein Ziel an sich, nicht wahr? Es muss irgendwo und irgendwann irgend etwas sein. Das Bergwerk muss sich bezahlt machen. Unsre Pläne, unsre Bestrebungen, alle hängen sie vom Bergwerk ab. Deshalb ist es so ärgerlich. Es muss einen Gewinn abwerfen, und ich bin voller Zuversicht, dass es einen Gewinn abwerfen wird. Aber *wann?»*

Sie erhob sich unvermittelt, wie es ihre Art war, und ihr schwarzseidenes Kleid raschelte, als sie hinausstürmte.

Und bei den drei Schwestern war es «Papa dies» und «Papa das» und «Fanny Iwanowna sonst noch was».

«Wollt ihr nicht mit eurem Seufzen aufhören?» schlug ich vor.

«Du hast gut reden», protestierten sie alle drei gleichzeitig. «Glaubst du denn, für uns wäre es sehr schön?»

«Was wollt ihr überhaupt?»

Sie antworteten nicht; sie starrten grübelnd aus dem Fenster.

Ich sagte mit fröhlichem Tonfall: «Jedenfalls habe ich versucht, euch zu helfen. Aber ihr wolltet euch nicht helfen lassen.»

«Uns helfen - nein, so etwas!» riefen sie gleichzeitig. Was die häuslichen Angelegenheiten betraf, hatten die drei Schwestern eine Manier, gleichzeitig und fast Wort für Wort dasselbe zu sagen. Sie waren eine Partei für sich und boten allen andern Lagern in Nikolaj Wasiljewitschs Familie hartnäckigen Widerstand.

Am Abend davor hatte ich sie zu Kussiwitzkijs Konzert eingeladen. Die Leute hatten mich neidisch angestarrt, als fragten sie sich: «Wer sind die drei hübschen Kätzchen?» Ich fühlte mich wie ein lächerlich stolzer Papa. Die Musik war qualvoll. Während des Klaviersolos umklammerte ich meine Stuhllehne und konnte kaum stillsitzen. Als die Musik aufhörte, platzte ich los: «Skrjabin ist ein ständiges Pochen an der Tür - aber die Tür öffnet sich nicht.

Immerhin, da wir wohl auf jeden Fall wissen, dass nichts hinter der Tür ist, hat es nicht viel zu bedeuten, nicht wahr? Das Pochen ist's, das ein menschliches Bedürfnis ist. Und was für ein verzweifeltes Pochen ist es!»

Nina sah mich an, indem sie sich wieder einmal den gewissen Schein von Unschuld gab, und fragte: «Welche Tür?»

Und es flog mir durch den Sinn, dass Ninas Gehämmer schrill und unangenehm war; Sonja dagegen spielte mit angenehm feinfühliger Eigenart, und Vera war, musikalisch betrachtet, noch eine unbekannte Grösse.

Aber der Pianist hatte wieder angefangen.

«Was ist das?» fragte Nina.

«Ein Foxtrott», erwiderte ich sehr überlegen.

Ich sass den drei Schwestern auf dem kleinen Bänkchen gegenüber, während «Professor Metschnikow» durch dunkle Strassen heimwärts trabte. Die Nacht war warm und feucht. Bei jeder Strassenlaterne konnte ich ihre Gesichter sehen. Wenn Nina schwieg, sah sie so weise aus. Vielleicht schien sie weiser, als sie wirklich war. All das - den Krieg und die Revolution - hatte sie übersehen, und es existierte nicht. Skrjabin - den hatte sie auch übersehen. Und er existierte nicht. Aber sie war da - wachsam.

Der Tag danach war wie der Tag davor.

Sie sassen teilnahmslos da, Fanny Iwanowna, der Knjas und die drei Schwestern. Die drei Schwestern sassen immer in irgendeiner ungewöhnlichen Stellung da - auf der Rückenlehne von Sofas oder Lehnstühlen -, und Fanny Iwanowna und der Knjas sassen in ganz gewöhnlichen Stellungen da. Einzig Nikolaj Wasiljewitsch war immer abwesend; und ich glaube, wir alle hegten eine Art Überzeugung, dass wenigstens *er* beschäftigt war und etwas *tat.* Doch wenn ich in eher skeptischer Stimmung war, neigte ich dazu, mich unsicher zu fragen, ob auch er trotz allem Anschein von Tätigkeit, den seine geheimnisvolle Abwesenheit in sich begriff, nicht zu einem *Ziel* kam. Ich erinnere mich an Ninas Silhouette vor dem Fenster. Ich kann noch das gespannte Schweigen spüren, das über dem Zimmer hing, und die Unsicherheit des Wartens, des unbestimmten Wartens auf unbestimmte Ereignisse. In der Stille, die uns beschlichen hatte, konnte ich mir einbilden, deutlich die beunruhigende Gegenwart von Dingen wahrnehmen zu können, die mein Auge nicht sehen konnte - die vergoldeten Kuppeln, die im verblassenden Sonnenschein glühten, und die vielen Brücken, die sich über den breiten Strom spannten -, und das Schweigen liess mich instinktiv den pochenden Herzschlag von Petrograd spüren. Die bleiernen

Wellen klatschten sanft gegen die granitnen Ufermauern, und die Luft war erfüllt von einem sehnsüchtig melancholischen Lebensdrang, der einen doch - Gott weiss warum - an die unmittelbare Nähe des Todes erinnert. Der Himmel verhiess eine weisse Nacht.

4

Petrograd sah an jenem kalten Novembermorgen ausgesprochen widerwärtig aus. Der Schnee rieselte nieder, und es war noch dunkel, als ich mit Onkel Kostja nach Hause ging. Wir waren auf dem Finnischen Bahnhof gewesen, um zwei Nichten von Onkel Kostja, die ins Ausland reisten, Lebewohl zu sagen. Es war der Morgen der Bolschewisten-Revolution, und Onkel Kostja sah pessimistisch aus. «Erinnern Sie sich an all die Studenten-Revolutionäre, die Helden unsrer jungen Intellektuellenschicht, welche vom alten Regime verfolgt wurden? Aber das hier» - er deutete von der Brücke, die wir überquerten, auf das Bolschewisten-Schiff, das in der Nacht aus Kronstadt eingetroffen war -, «das hier ist mehr, als sie erwartet hatten.»

Wir gingen weiter.

«Es gibt wieder Unzufriedene, aber diesmal auf der andern Seite! Die Wahrheit liebt es, solche Scherze zu treiben. Mein Gott, wie schwer fassbar sie ist! Es ist wundervoll, dass hinter unsern hastig fabrizierten Wahrheiten, den Wahrheiten von Brauch und Herkommen, unabhängig davon und oft entgegengesetzt dazu, eine grössere, tiefere Wahrheit steckt. Spüren Sie es nicht? Die Pseudo-Vernunft der Unvernunft. Das Fehlen vernünftiger Tatsachen in der Vernunft. Die Konsequenzen und Motive werden durcheinandergebracht. Diese ethische Verwirrung und die blinde, gewohnheitsmässige Zuflucht zum Blutvergiessen als einem Mittel, sie in Ordnung zu bringen. Noch mehr Verwirrung. Die Ehre spielt hinein. Blutvergiessen als Lösung. Bei der Lösung spielt noch mehr Ehre hinein. Noch mehr Blutvergiessen. Der idiotische Vorwand, dass jede Generation sich zum sogenannten Wohl der nächsten Generation opfern müsse. Es scheint kein Ende zu nehmen. - Oh, wie das Pendel ausschlägt! Weiter und immer weiter, und wir vergiessen Blut, eine Generation nach der andern. Für *was?* Für *wen?* Für zukünftige Generationen. Mein Gott, was für Dummköpfe sind wir doch! Dummköpfe, die ihr Blut zum Wohl zukünftiger Dummköpfe vergiessen, die wiederum das gleiche tun werden!»

«Aber was kann man denn tun? *Was?*» bedrängte ich ihn.

Onkel Kostja wich aus. Schliesslich sagte er: «Sehen Sie, wenn man Feinheiten des Geistes bis zu ihrem logischen Schluss verfolgt, werden sie zu Spitzfindigkeiten. Lassen Sie uns unser Gespräch an diesem Punkt abbrechen!»

In den Strassen tauchten Barrikaden auf. Brücken wurden gesperrt. Lastwagen mit grölenden Proletariern wurden ein vertrauter Anblick, als ich zu den Bursanows ging.

Ich fand die Familie in einem Zustand wilder Aufregung.

Das Ereignis hatte jedoch keinerlei Beziehung zur Revolution. Ja, angesichts der ständigen häuslichen Umwälzungen in ihrer Familie erschien der viele Lärm ob der politischen Umwälzung besonders den drei Schwestern als ein dummes Getue.

Wie ich hörte, hatte Nikolaj Wasiljewitsch soeben entdeckt, dass sein Buchhalter Stanitzkij auf Betreiben seines Hausverwalters in den letzten fünf Jahren die Bücher gefälscht und ihn nach Strich und Faden bestohlen hatte. Als die Entdeckung gemacht wurde, war der Hausverwalter in das Dunkel entschwunden, aus dem er aufgetaucht war. Doch als ich ins Haus trat, wurde ich fast von Nikolaj Wasiljewitsch über den Haufen gerannt, der hinter dem die Treppe hinabeilenden Buchhalter Stanitzkij herstürzte. Er erwischte ihn am Zipfel seines Mantels und zog ihn wieder in sein Arbeitszimmer. Steif und beschämt und verlegen liess er ihn vor sich stehen, während er selbst sich in seinem Schreibtischstuhl zurücklehnte.

Nikolaj Wasiljewitsch schrie ihn nicht an, wie es Stanitzkij, der seinen Herrn gut kannte, zweifellos erwartet hatte. Er sprach ruhig und sogar bekümmert; und es war gerade der Kummer in seinen Worten, der Stanitzkijs slawischer Natur bis ins Herz drang. «Wie konnten Sie mich nur so betrügen, Iwan Sergejewitsch - mich, der ich Ihnen vertraut habe?»

Und Stanitzkij wurde gefühlvoll. «Nikolaj Wasiljewitsch!» rief er mit gefalteten Händen und himmelwärts gewandtem Blick. «Nikolaj Wasiljewitsch, Gott im Himmel weiss, dass ich mich nicht rücksichtslos Ihres Geldes bemächtigt habe, wie Sie es zu glauben scheinen. Aber da ich ein wenig nahm - ich habe eine Frau und Kinder und Verwandte -, musste ich tun, was mir der Hausverwalter befahl. Ich war in seiner Hand, in der Hand eines Schurken und Diebes! Nikolaj Wasiljewitsch, oft habe ich das Bedürfnis gespürt, Sie vor diesem Gauner zu warnen. Aber ich war in seiner Hand... seit ich selbst etwas genommen hatte. Aber ich habe massvoll genommen, Nikolaj Wasiljewitsch, und pflichtbewusst an Gott denkend!»

Der alte Mann weinte bittere Tränen. Er

fand, dass ihm das Schicksal als Dank für sein Masshalten einen bitteren Schlag versetzt habe, einen unverdient harten Schlag.

Was konnte nun mit ihm geschehen? Baron Wunderhausen, der jetzt als Sonjas Mann mit der Familie zusammenlebte, schlug vor, ihn der Bolschewisten-Miliz auszuliefern. Aber Nikolaj Wasiljewitsch winkte ab. Ich glaube, es war der Gedanke an die Familienverhältnisse des alten Mannes, der Nikolaj Wasiljewitsch ans Herz griff. Er sass an seinem Schreibtisch und grübelte finster vor sich hin, während Stanitzkij sacht wie eine Katze aus der Wohnung schlich.

Fanny Iwanowna seufzte hörbar.

«Ein optimistischer Herr - dieser Stanitzkij», bemerkte sie. «Was für ein Glauben an die Freundlichkeit des Lebens! Was für ein Anspruch auf das Wohlwollen der Vorsehung!»

«Und wie es sich zeigt, hat er sich in seinen Überlegungen nicht sehr getäuscht», sagte der Baron mit einer Bitterkeit, die verriet, dass es ihm, dem Schwiegersohn, missfiel, wie die Finanzen der Familie verwaltet wurden. «Solche Zustände nenne ich schandbar!»

«Gott erbarme sich unser!» flüsterte Fanny Iwanowna - beinah ironisch.

«Ein Optimist», lenkte ich sie ab, «ist ein Dummkopf, weil er nicht sieht, was seiner harrt: nämlich Enttäuschung. Aber ohne es zu wissen, ist er weise, weil er, so schlimm die Gegenwart sein mag, in bezug auf die Zukunft ein Optimist bleibt, und deshalb erscheint ihm die Gegenwart nie ganz so schlimm, wie sie es wirklich ist.»

«Sag das nochmal!» flüsterte Nina.

«Ein Dummkopf», sagte Nikolaj Wasiljewitsch, «ist ein Optimist. Er ist optimistisch in bezug auf sich selbst, optimistisch in bezug auf seine Dummheit. Ich bin ein Optimist!»

Er stand auf, die Hände in den Hosentaschen, und starrte aus dem Fenster. Es wurde rasch dämmrig. Nina, die auf dem Sofa thronte, sass stumm da und liess den Kopf hängen.

«Was hilft es, unglücklich zu sein?» sagte ich zu ihr.

«Als ob ich's mir absichtlich ausgesucht hätte, unglücklich zu sein!» Um sich zu trösten, nahm sie sich einen Apfel.

«Was für Optimisten wir sind!» seufzte Fanny Iwanowna.

«Es ermächtigt zu beträchtlichem Pessimismus», ergänzte der Baron.

«Es ist leichter, zu hoffen und enttäuscht zu werden», sagte Nikolaj Wasiljewitsch. «Es ist leichter, zu hoffen und dabei zu wissen, dass man enttäuscht wird, als überhaupt nicht zu hoffen.»

«Warum schreiben die Dichter - die Romanschriftsteller - nicht darüber - über das wirkliche Leben», warf Fanny Iwanowna ein, «über die wahre Lebenstragödie, anstatt ihrer glatten, ausgeklügelten, klugen und, ach, so gar nicht überzeugenden Romane?»

«All das Philosophieren hilft uns nicht», sagte Nikolaj Wasiljewitsch mit leisem Spott. «Wir sollten etwas *tun!* Ich möchte etwas *unternehmen!* Gerade jetzt weiss ich mir vor Tatkraft kaum zu helfen. Ich könnte heute abend alles nur Erdenkliche tun und regeln, unsre Angelegenheiten in Ordnung bringen und ein neues Leben beginnen. Aber...»

Der Baron sah ihn an. «Ja?»

«Aber...» Seine aus dem Fenster deutende Hand bezeichnete das Hindernis. «Was kann ich tun - wenn es *so* ist? Was kann überhaupt jemand tun? Alles schwankt und geht zugrunde. In ein oder zwei Monaten wird das ganze Geschäftsleben zum Stillstand kommen, und die Fabriken werden schliessen. Der Rubel wird wertlos. Es bleibt... *nichts!*»

«Ach, verliere nur nicht den Mut, Nikolaj!» sagte Fanny Iwanowna voller Hoffnung. «Wir werden schon durchkommen; irgendwie werden wir's schaffen; und dann, jenseits des Grabes, sind wir in Sicherheit.»

«Optimistischer kann man nicht sein!» spottete Nikolaj Wasiljewitsch.

«Es ist erstaunlich, was das menschliche

Herz ertragen kann, Andrej Andrejewitsch», sagte sie zu mir. «Ich kann nur diese Erklärung vorbringen - aus reiner Gewohnheit. Denn bedenken Sie, der Becher ist immer bis zum Rande gefüllt, aber - welch Wunder! - der Becher wird grösser! Ohne unser Bemühen! Nicht das geringste! - Und wir machen weiter.»

«Das Leben erwischt dich», kam es vom Fenster her. «Früher oder später erwischt es dich doch!»

«Ich weiss nicht, wozu und warum es so ist und wer es so will. Es scheint so unnötig, so nutzlos, sogar dumm. Und doch kann ich nicht glauben, dass alles vergeblich ist. Das muss es doch geben: vielleicht irgendwo ein grösseres Muster, in dem all diese Vergeblichkeit, diese launischen Ungereimtheiten irgendwie in Übereinstimmung gebracht werden. Aber werden wir das wissen? Werden wir jemals den Grund wissen?»

«Philosophie!» spöttelte Nikolaj Wasiljewitsch.

«Wenn wir», sagte ich, «jenseits des Grabes erwachen und verlangen, dass uns der Grund mitgeteilt wird, zuckt man vielleicht die Achseln und erklärt: ‹Den Grund wissen wir nicht. So was geht über unsern Horizont. Wisst *ihr* ihn denn nicht?› Und wir werden ihn nie wissen. Niemals.»

«Wie furchtbar komisch sich deine Lippen bewegen, wenn du sprichst», sagte Nina, die mir aufmerksam zugehört hatte.

«Entsetzlich!»

«Wir haben keine Beweise», sagte Baron Wunderhausen, «dass der Tod das Ende ist. Aber wir haben bisher auch noch keine Beweise, dass der Tod *nicht* das Ende ist.»

«Wir haben also keinerlei Beweise für irgend etwas?» fragte Nikolaj Wasiljewitsch.

«Stimmt!»

«Besten Dank!» sagte Fanny Iwanowna.

Der Baron verbeugte sich.

Dann ging Nikolaj Wasiljewitsch auf den Flur und zog sich den Mantel an. Da es für mich Zeit war, mich zu verabschieden, gingen wir zusammen hinaus. Ich erinnere mich, dass die Nacht etwas Hoffnungsloses an sich hatte, wie ein Grauen vor dem politischen und wirtschaftlichen Chaos: es schien zu Nikolaj Wasiljewitschs geistiger Verfassung zu passen. Ich glaube, dass er vielleicht eine Art gespenstisches Vergnügen in dem Gedanken fand, dass, wenn *er* unglücklich war und wenn *ihm* die Not ins Gesicht starrte, immerhin die ganze Welt um ihn her in Untergang und Zerstörung hineintaumelte. Als wir den Schlossplatz überquerten, hielt uns ein Soldat an, der hinter einem beim Winterpalais abgeladenen Stoss

Feuerholz aufgetaucht war. Er trat mit aufgepflanztem Seitengewehr vor und verlangte Geld, zielte auf meine Brust und hatte den Finger am Abzug. Er war ziemlich betrunken. Zufällig hatte keiner von uns Geld bei sich. «Habt ihr Zigaretten, Kameraden?» fragte er.

Keiner von uns hatte Zigaretten.

«Ich geh' nämlich hier rum», erklärte der betrunkene Soldat, «und schlitze den *‹burschwas›* den Bauch auf!»

«Da tust du recht dran, Kamerad!» bekräftigte Nikolaj Wasiljewitsch. «Schiess sie alle tot, die dreckigen Hunde!»

«Werd's besorgen», rief der Soldat vergnügt und stolzierte in die Nacht hinein, während wir unsrer Wege gingen.

Nikolaj Wasiljewitsch schüttelte nur den Kopf und seufzte und schüttelte den Kopf und seufzte. Er murmelte etwas, aber der Wind, der uns überholte, nahm seine Worte mit. Ich erhaschte nur noch: «... mein Haus... das Bergwerk...»

DRITTER TEIL

Intervention in Sibirien

1

Während ich diesen dritten Teil meines Buches niederschreibe, kommen mir gewisse Bruchstücke von Szenen und Gesprächen mit seltsamer Beharrlichkeit in den Sinn. Ich zaudere nicht, sie so wiederzugeben, exakt genug, wie mir scheint, wenn auch nicht Wort für Wort. Ich erinnere mich so gut daran, weil sie Eindruck auf mich gemacht hatten. Das ist das Geheimnis des Gedächtnisses. Ich habe vieles vergessen, aber es gibt Szenen, die ich nicht vergessen kann, und Bruchstücke von Gesprächen, die mir noch in den Ohren klingen und an die ich mich stets erinnern werde - wenigstens so lange, bis ich sie schliesslich zu Papier gebracht habe.

Der Admiral und ich und ein paar andre - interessante Typen, kann ich versichern - reisten nach Sibirien, wo wir uns auf eine Reihe von komödienhaften Versuchen einliessen, die russische Revolution zu beenden. Inzwischen hat die Historie die «Intervention» in die Mottenkiste verwiesen. Aber ich kann nicht umhin, mich daran zu erinnern, nicht nur, weil sie - zugegebenermassen - eine Glanzleistung an Vergeblichkeit war, sondern auch wegen des beständig wechselnden, schillernden Gefühls, wirklich zu leben. Denn das Erlebnis der Liebe ist nicht von seinem Hintergrund zu trennen. Allein existiert es nicht. Es ist eine Abwandlung von Eindrücken, ein Wechselspiel von Stimmungen, ein Neubeleben der Strukturfasern des Hintergrunds zu pulsierenden Geweben einer trügerischen, halb gefürchteten Schönheit.

Es regnete heftig, als wir in Wladiwostok eintrafen, und der Hafen sah, als wir ihn vom Schiff aus in Augenschein nahmen, genauso grau und hoffnungslos aus wie die russische Situation. In einem verlassenen Haus, das in einer hässlichen, öden Seitenstrasse stand, war uns eine Wohnung zugewiesen worden, eine kahle, unmöblierte Wohnung, die der Admiral zu seinem vorläufigen Hauptquartier erhob. Den ganzen Tag goss es in Strömen, ja es schien wirklich, als wollte der Regen die Stadt verwüsten und nie wieder aufhören, genau wie das Elend und die Missgriffe in Russland nie aufhörten - und als wären unsre Bemühungen nicht erwünscht und könnten nichts Gutes ausrichten.

An einem Abend lud ich den General Bologojewskij zum Essen in das berühmte Restaurant «Solotoj Rog» ein (von den britischen Soldaten mit dem Spitznamen «solitary dog» -

Einsamer Hund - bedacht). Er hatte die ganze Reise von England her mit uns zurückgelegt, anscheinend gemäss unklarer Instruktionen irgendeines alliierten Kriegsministeriums, und hatte sich aus eigenem Antrieb zu unsrer Gruppe gesellt. Als wir uns hinsetzten, kam der Oberkellner auf uns zu und informierte den General respektvoll, dass laut Anweisung des Oberbefehlshabers russische Offiziere nicht in Restaurants zugelassen werden dürften. Der General protestierte ein wenig und führte seinen Hunger als Grund zum Bleiben an, woraufhin der Oberkellner mit gedämpfter Stimme als naheliegenden Ausweg vorschlug, die Epauletten zu entfernen.

«Was? Meine Epauletten entfernen? Ich als russischer Offizier? Niemals!» protestierte er.

Dann hatte er einen glänzenden Einfall. «Ich weiss etwas», sagte er und blickte sich dabei im Lokal um. Es war fast leer. Zu einem Zugeständnis bereit, zog er seinen Regenmantel an. «Jetzt», sagte er, «wo ich meinen englischen Burberry anhabe, wird man mich für einen englischen Offizier halten. Oh», lächelte er und fügte eine seiner ständigen Redensarten hinzu: «Es ist wirklich eine verdammte Geschichte!» Und, nach kurzem Nachdenken: «Aber ich werd's ihnen zeigen!»

Ich bestellte Hühnersuppe. Der General

sprach zwanglos über die Lage in Sibirien. Fünf Minuten, nachdem ich die Suppe bestellt hatte, kehrte der Kellner ungerufen zurück und meldete uns unaufgefordert und sehr freundlich, die Suppe würde sofort aufgetragen. Als ich etwa fünfundvierzig Minuten später den Kellner nach der Suppe fragte, wiederholte er «Sofort!», aber das Wort vermochte nicht länger das gleiche Vertrauen in uns zu wecken. Der General sprach etwa eineinviertel Stunden über die Lage in Sibirien, als wir merkten, dass die Suppe noch nicht aufgetragen worden war. Ich rief den Kellner noch einmal.

«Was ist's mit der Hühnersuppe?» fragte ich.

«Leider müssen Sie ein Weilchen warten, Sir», erwiderte der Kellner, «denn heutzutage ist es sehr beschwerlich, Suppe zu kochen.»

«Wie lange dauert es noch?»

«Eine dreiviertel Stunde!»

Dann fuhr General Bologojewskij in seiner Schilderung der Lage fort. Ich entnahm ihr, dass ein gewisser General Horvath eine allrussische Regierung gebildet hatte, dass es aber auch eine sibirische Regierung gab, die sich einerseits dem General Horvath und andrerseits den Bolschewisten widersetzte, und dass es verschiedene Offiziersorganisationen gab, die sich um die eine oder andre Regierung gruppierten, doch manche zogen es vor, selbständig zu bleiben, und alle freuten sich auf eine eventuelle Intervention der Alliierten... Nachdem etwa eine Stunde verstrichen war, unterbrach ich General Bologojewskij, weil ich bemerkte, dass die Suppe noch nicht aufgetragen worden war. Ich rief einen Kellner, der gerade vorbeikam, und sagte ihm, er solle den Kellner holen, der uns bedient hatte.

«Er ist zu Bett gegangen», kam die Antwort, «und ich habe den Nachtdienst.»

«Oh!» Und ich erkundigte mich nach der Suppe.

«Suppe?» sagte der neue Kellner und lehnte offenbar jede Verantwortung für die Dienste seines Vorgängers ab, versprach aber nach einigem Zaudern, uns in etwa einer dreiviertel Stunde die Suppe zu bringen. Der General fuhr dann mit der Erörterung der Lage fort. Er sprach unerträglich lange und unterbrach sich nur ein- oder zweimal, um sich nach der Suppe zu erkundigen und ob sie bald käme. Die Uhr in der Ecke schlug Mitternacht und dann eins. Ich war jetzt rasend hungrig, und der General sah malträtiert aus. Ich rief nach dem Kellner, der in der entlegensten Ecke des Zimmers mit geschlossenen Augen im Stehen schlief. «Was ist mit der Suppe los?» wiederholte ich aufgebracht, als der Kellner Zeichen wiedererwachenden Bewusstseins von sich gab.

«Suppe?» fragte er uns. «Oh, verstehen Sie, Suppe können Sie heutzutage nicht bekommen... höchstens, wenn Sie warten wollen.»

«Warten?» rief ich.

«Etwa eine dreiviertel Stunde», sagte er.

Daraufhin erhob sich der General. Es wirkte bedrohlich. Mir schien, dass die Art, wie er sich erhob, bewusst vorwurfsvoll war - ein ungeheuchelter Protest.

«General!» rief ich ihm nach, als er zu seinem Hut und Degen forteilte. «Kommen Sie doch und essen Sie etwas! Ein Hühnerkotelett! General!»

Aber er war weg. Ich sass allein an meinem Tisch und wartete auf das Hühnerkotelett. Als ich vor mich hin starrte, bemerkte ich an einem etwas abgelegenen Tisch einen Mann mit einem bekannten Gesicht. Ich konnte es nicht glauben! Mein Herz hämmerte los. Ich stürzte von meinem Platz fort.

«Nikolaj Wasiljewitsch!»

«Andrej Andrejewitsch!»

«Ist es möglich? Sind Sie es wirklich?»

Nikolaj Wasiljewitsch küsste mich auf beide Wangen und bestätigte damit, dass er es wirklich war.

«Ich hätte nie gedacht, dass Sie hier sind, Nikolaj Wasiljewitsch! Ich hätte nie gedacht, dass Sie hier sein könnten!»

«Ich bin hier», sagte Nikolaj Wasiljewitsch traurig.

«Und wer ist sonst noch hier, wer sonst noch, Nikolaj Wasiljewitsch?»

«Alle», seufzte er.

«Alle? Wie meinen Sie das?»

«Alle!»

«Ist Fanny Iwanowna hier?»

«Ja, sie ist hier.»

«Und Nina?»

«Ja, sie ist hier.»

«Und Pawel Pawlowitsch?»

«Ja, beide Pawel Pawlowitsche sind hier.»

«Und Eberheim?»

«Ja, der ist auch hier - sie sind alle hier!»

«Ist doch nicht möglich! Und Tschetschedek?»

«Alle sind hier, alle.»

«Und Vera?»

«Ja.»

«Und Sonja?»

«Ja, alle - auch meine Frau und alle.»

«Welche Frau, Nikolaj Wasiljewitsch?»

«Wie meinen Sie das? Ich habe nur eine Frau: Magda Nikolajewna.»

«Oh, Sie haben also Zina nicht geheiratet?»

«Nein, aber sie ist hier. Sie sind alle hier - ihre ganze Familie - Onkel Kostja - alle.»

«Wie geht es allen? Erzählen Sie mir, Nikolaj Wasiljewitsch! Die Grossväter sind vermutlich gestorben?»

«O nein, beide sind hier. Aber ich glaube nicht - niemand glaubt es -, dass sie es noch lange machen. Keiner von beiden.»

«Oh, aber sie leben. Das ist gut. Und Magda Nikolajewna ist also auch hier - mit Tschetschedek natürlich.»

«Ja, und Eisenstein.»

«Hat sie Tschetschedek geheiratet?»

«Nein, sie ist mit niemandem verheiratet - ausser mit mir natürlich. Aber ich vermute, dass es jetzt nicht mehr lange dauert, bis ich die Scheidung bekomme.»

Meine Stimme senkte sich zu vertraulichem Flüstern herab. «Warum sind sie alle hier, Nikolaj Wasiljewitsch?»

«Fragen Sie mich nicht, Andrej Andrejewitsch! Warum sind sie mir die ganze Strecke von Petrograd bis hierher gefolgt? Und als ich in einer geschäftlichen Angelegenheit nur für zwei Wochen nach Japan hinüberfahren musste, sind sie mir auch alle gefolgt, alle samt und sonders. Sie sind eben finanziell gewissermassen von mir abhängig. Deshalb folgen sie mir vermutlich überallhin. Wir sind unzertrennlich - finanziell. Wir sind eine Kette. Nachdem Russland das ist, was es heute ist - zerrissen und weder mit Bahn- noch mit Postverbindungen, auf die man sich verlassen kann –, müssen sie einfach dort sein, wo ich bin, wenn sie Geld von mir haben wollen. Ich verstehe ihre Lage vollkommen. Daher folgen sie mir also, klar?»

«Nikolaj Wasiljewitsch!» Ich drückte ihm lange und herzlich die Hand.

Wir sassen noch bis in den Morgen hinein beisammen, und Nikolaj Wasiljewitsch klagte über sein Los. Das Bergwerk war, wie es schien, noch immer das Haupthindernis, das sich vor sein Glück stellte. Seine Familie, sagte er, hätte beschlossen, Petrograd zu verlassen und in den Osten zu ziehen, weil das Haus, das ihm, streng genommen, nicht mehr gehörte, seit der Bolschewisten-Revolution von einer Schar nicht erwünschter Menschen überflutet worden war und kaum ein Zimmer im Haus übrig blieb, das sie ihr eigen nennen konnten. Ein andrer Grund, der sie bewog, die Hauptstadt zu verlassen, war der, dass die Bolschewisten-Behörde Privatpersonen verboten hatte, Geld von ihrem Konto auf der Bank abzuheben, und was noch wichtiger war: Nikolaj Wasiljewitsch hatte eigentlich nichts mehr auf der Bank, was er hätte abheben können. Daher hatte er sich natürlich seiner andern Einkommensquelle zugewandt, dem Goldbergwerk in Sibirien. In den vergangenen Jahren hatte er beträchtliche Summen in das Goldbergwerk investiert, in der Hoffnung, dass es ihn eines Tages zu einem sehr reichen Mann machen würde. Seit vielen Jahren hatte es immer so ausgesehen, als würde er demnächst sehr reich werden, doch immer hatte sich ein geringfügiger, unvorhergesehener Zwischenfall ereignet, der die Verwirklichung seiner Hoffnungen einstweilen hinauszögerte. Das Goldbergwerk stand im Begriff, sich bezahlt zu machen, als der Krieg ausbrach und die Produktion vorübergehend beeinträchtigte. Im Krieg gewahrte er dann eine Gelegenheit, das Bergwerk auf militärische Basis umzustellen. Der Gouverneur, ein Freund von ihm, hatte versprochen, ihn zu unterstützen, als unglücklicherweise die Revolution ausbrach und der Gouverneur verhaftet und entlassen wurde. Die Zeit unter Kerenski war am lästigsten gewesen. Denn damals begannen die Bergleute, Komiteesitzungen einzuberufen und darüber zu sprechen, was sie tun wollten, wenn sie das Bergwerk beschlagnahmt hätten. Aber sie beschränkten ihre revolutionären Pläne auf wilde Beteuerungen, was sie tun *wollten,* und inzwischen taten sie gar nichts, weder beschlagnahmten sie das Bergwerk, noch bearbeiteten sie es. Mit der Bolschewisten-Revolution kamen die Dinge in Gang, und die Arbeiter beschlagnahmten das Bergwerk. Diese Nachricht war für Nikolaj

Wasiljewitsch ein grosser Schock, denn er wusste, wie viele Familien von ihm abhängig waren. Dann merkte er, dass er das Gold tatsächlich zu genau dem gleichen Preis von den Leuten kaufen konnte, den er für die Produktion hatte zahlen müssen. Er war sehr erleichtert, und zum erstenmal in seinem Leben machte er wirklich gute Geschäfte.

Damals beschloss er, Petrograd zu verlassen und nach Sibirien zu gehen, und natürlich folgten ihm seine Familien und all seine Verwandten und Unterhaltsberechtigten. Er reiste mit Fanny Iwanowna, Sonja, Nina, Baron Wunderhausen, dem Knjas, Eberheim und dem Buchhalter Stanitzkij. Seine Frau war im gleichen Zug, aber in einem andern Wagen, und sie bestand darauf, Vera bei sich zu haben, denn sie fühlte sich nicht wohl, und Tschetschedek war nur ein Mann. Eisenstein folgte ihr nach. Manchmal hatte es den Anschein, als hätte er sie verloren, doch in jeder Stadt, wo sie halt machten, tauchte er unweigerlich mit dem nächsten Zuge auf. Eberheim war die grösste Plage. Er litt schrecklich. Auf mehreren Zwischenstationen mussten sie ihn aus dem Zug holen und in ein Krankenhaus transportieren. Oft war kein Krankenhaus da, nur ein Arzt. Manchmal war kein Arzt da, und Zinas Vater pflegte Eberheim, so gut er konnte. Auch

Eisenstein war hilfsbereit. Bei mehr als einer Gelegenheit waren Zinas Familie - die grösste von all den Familien - und Magda Nikolajewnas Gruppe weitergereist, weil sie nicht wussten, dass Nikolaj Wasiljewitschs Gruppe zurückgeblieben war, und Nikolaj Wasiljewitsch hatte geglaubt, er würde sie nie mehr wiedersehen. Aber sie hatten seine Abwesenheit entdeckt und in der nächsten Stadt an der Bahnstrecke auf ihn gewartet, bevor sie weiterreisten. Die beiden alten Grossväter hatten die Reise alles in allem sehr gut überstanden, wenn man ihr Alter und die Beschwerlichkeiten der Fahrt in Betracht zog. Was die ganze Reise für Nikolaj Wasiljewitsch so unangenehm machte, war die Tatsache, dass die verschiedenen Gruppen, die finanziell von ihm abhängig waren, nicht miteinander sprachen. Er wurde mit Zetteln belästigt, die um private Unterredungen baten, und es kam zu heftigen Auseinandersetzungen, die er zu schlichten aufgefordert wurde. Als er endlich im Hauptquartier seines Goldbergwerks angekommen war, erfuhr er, dass die tschechoslowakischen Truppen während ihrer jüngsten Offensive gegen die Bolschewisten das Bergwerk zurückerobert, die Führer der Bergleute erschossen und viele andre Bergarbeiter verhaftet hatten; dann hatten sie das Bergwerk seinem Verwalter übergeben, woraufhin die Bergarbeiter den Verwalter erschossen und sich weigerten, die Arbeit wiederaufzunehmen. Mr. Thomson, sein beratender Ingenieur, verzweifelte ob der Situation und kehrte nach England zurück. Und Nikolaj Wasiljewitsch entdeckte, dass seine bisherige Methode, das Gold von den Leuten zu kaufen, völlig zusammengebrochen war.

Er erwog jetzt eine andre Methode, die ihm von einer Anzahl von Finanzleuten im Fernen Osten vorgeschlagen worden war und die die aktive Mitarbeit von zwei einflussreichen Generälen bedingte: nämlich eine Strafexpedition zu organisieren und auszusenden, um die Bergarbeiter zur Wiederaufnahme der Arbeit zu zwingen. Dieser etwas komplizierte Plan hatte eine Reise nach Tokio notwendig gemacht, um einen andern russischen General, der dort lebte, für den Plan zu interessieren; und alle Familien, zweifellos überzeugt, dass er versuchen wollte, sich seiner Verantwortung zu entziehen, waren ihm nach Tokio gefolgt und hatten dadurch seine Ausgaben unnötig erhöht. Er hatte grosse Mühe gehabt, um in Wladiwostok für seine Familie eine Unterkunft zu finden; für Fanny Iwanowna, Sonja, Nina, Vera, Baron Wunderhausen und sich selbst hatte er jedoch das Erdgeschoss eines kleinen Hauses beschafft. All die andern hatten sich ebenfalls in

Wladiwostok niedergelassen. Und dem Baron würde es bestimmt schwerfallen, sich vor dem Militärdienst zu drücken.

«Und wie geht es Ihnen?» fragte Nikolaj Wasiljewitsch. «Ich hatte mich schon gefragt, ob Sie vielleicht mit dem Admiral herkommen würden. Wir hatten es halb erwartet. Und wie denken Sie nun über alles?»

«Was ich denke?» rief ich. «Oh, wir sind die Männer der Stunde! Sie hätten die Deputationen und Proklamationen und Ansprachen hören sollen, die ihn als den neuen La Fayette begrüssten! Heute sagte er - natürlich im Scherz -, er müsse einen Stundenplan aufstellen, wann er die Leute empfangen könne. Diktatoren etwa von sieben bis zehn; unumschränkte Herrscher von zehn bis eins; Premierminister könnten zwischen zwei und fünf vorgelassen werden; bis sieben wäre er dann für die einfachen Kabinettsminister frei. Die allerhöchsten Oberbefehlshaber könnten von acht bis eins kommen - und so weiter, bis herunter zu den gewöhnlichen kommandierenden Generälen. Ja, es war kaum übertrieben.»

Nikolaj Wasiljewitsch lächelte sein freundliches Lächeln. «Glauben Sie, dass es sich einrenkt?»

«Sicher», erwiderte ich spontan. «Es ist der Höhepunkt seiner Laufbahn. Er ist von vier vereinten Deputationen aufgesucht worden, die, glaube ich, vier verschiedene allrussische Regierungen vertreten, deren Führer ihm den Titel ‹Allerhöchster Oberbefehlshaber der gesamten bewaffneten, auf russischem Territorium operierenden Armee- und Marine-Streitkräfte› oder dergleichen verliehen haben. Und er hat sie mit einer Ansprache begrüsst und gesagt, dass Foch unrecht hätte und Douglas Haig unrecht hätte und überhaupt all die politischen Wirrköpfe! Der Krieg müsse eben an der Ostfront gewonnen werden.»

«Ich glaube ebenfalls, dass er an der Ostfront gewonnen wird», sagte Nikolaj Wasiljewitsch. «Jedenfalls sollte es so sein.»

«Warum?»

«Ach, weil die Ostfront zweifellos die grösseren Hilfsquellen an Bodenschätzen hat. Wenn man den Krieg gewinnen will, dann sollten vor allem andern die Goldbergwerke vom Feind gesäubert werden.»

«Ja», sagte ich und tat übertrieben tiefsinnig, «das ist zweifellos so.»

Wir vereinbarten, uns am nächsten Tag wiederzusehen, während wir Arm in Arm die schäbige Treppe hinunterstiegen, und es wurde beschlossen, dass Nikolaj Wasiljewitsch mich abholen und zu ihm nach Hause fahren solle, damit ich die Familie begrüssen könne.

Der Regen hatte aufgehört. Wir trennten uns an der Strassenkreuzung.

Als ich in mein Schlafzimmer trat, erblickte ich den Admiral und einen kleinen dunkelhaarigen Mann mit Adlernase, die auf meinem Bett sassen und sich wie zwei Verschwörer unterhielten. Der dunkelhaarige Mann erhob sich mit der allen russischen Offizieren eigenen Korrektheit, und wir reichten uns die Hand. Er war, wie ich hinterher erfuhr, der Admiral Koltschak.

Es wurde sehr spät, ehe ich an jenem Abend einschlief. Ich dachte daran, dass ich am nächsten Morgen die Familie und Nina sehen würde. Ich rief mir ihr Bild ins Gedächtnis, wie ich es von früher in Erinnerung hatte. Und mit diesem Gedanken verwob sich der Gedanke an den tapferen Admiral im Schlafzimmer gegenüber, der zwischen seinen schweren Bettdekken steckte, seine Zähne in einem Glas Wasser auf dem Nachttisch neben sich - kein präsentabler Anblick! -, während er Visionen von einem napoleonischen Ritt quer durch die grosse sibirische Ebene hatte, er an der Spitze seiner riesigen neuen Heere, die vorwärts marschierten, um an der wiederhergestellten Ostfront Stellung zu beziehen.

In den frühen Morgenstunden wurde er dann

von einem kläffenden Hund geweckt, der, eine Katze verfolgend, durch die halb offenstehende Tür seines Schlafzimmers lief. Ich hörte, wie der Admiral ein Streichholz anzündete, dann aus dem Bett sprang und mit seinem Stock unter dem Bett und den Schränken und der Kommode herumfuhrwerkte und offenbar die Tiere aufstöbern wollte. Ich ging zu ihm und bot ihm meinen Beistand bei der Jagd an.

«Können Sie den Hund sehen?» drang die kräftige Stimme des Generals unter einem Schrank hervor.

«Ich suche die Katze, Sir!»

«Eine Katze? Wie kommt die denn her?»

«Ich habe gesehen, wie sie in Ihr Zimmer rannte - hinter einer Ratte her!»

«Unsinn!»

«Bestimmt, Sir, und der Hund rannte der Katze nach.»

Wir fuchtelten mit unsern Stöcken herum.

«Ich glaube nicht, dass eine Ratte da war», sagte der Admiral.

«Doch, Sir, ich habe sie selbst gesehen!»

«Ein Hund macht mir nicht soviel aus. Katzen verabscheue ich. Und Ratten kann ich nicht ausstehen! Warum mussten Sie mir das sagen?»

Ich antwortete nichts darauf.

«Ich kann sie nicht finden, Sir», sagte ich und stand auf.

«Hoffentlich sind sie weg!» seufzte der Admiral.

«Ich glaube, sie haben sich irgendwo versteckt.»

«Verdammt! Dann kann ich die ganze Nacht keinen Schlaf finden.»

«Gute Nacht, Sir!»

Der Admiral konnte nicht schlafen. Ich hörte, wie er wieder aus dem Bett stieg und mit seinem Stock unter den Möbeln herumfuhrwerkte. Nicht zu wissen, wo die Tiere waren, nahm ihm, glaube ich, den Seelenfrieden. Dann hörte ich, wie er wieder ins Bett kroch, und alles wurde still. Ich hörte nur noch den Regen, der gegen die Fensterscheibe trommelte, und dachte bei mir, dass die Katze wohl mittlerweile die Ratte gefressen hatte.

2

Nikolaj Wasiljewitsch sollte mich nach dem Mittagessen abholen. Beim Mittagessen waren viele Gäste da, und die Unterhaltung drehte sich unvermeidlich um die Politik. Ich war ungeduldig, denn Nikolaj Wasiljewitsch konnte jeden Augenblick kommen; und das ganze Thema der «Intervention» schien mir in meiner glühend erwartungsvollen Stimmung als äusserst unbedeutend. Ich beobachtete den Admiral, der auf seine ernste, bedachtsame Art seinem Ehrengast offen in die Augen sah, während der Gast, ein russischer General, kompletten Unsinn daherredete. In der steifen und kriegerischen Haltung, die einem gewissen Typ russischer Offiziere gemeinsam ist (und die sie sich vermutlich als Beweis ihrer grimmigen Entschlossenheit zulegen), sagte der Gast: «All diese Beschwerden wegen Verhaftungen und Hinrichtungen durch die loyalen Truppen! Ich lehne es einfach ab, sie ernst zu nehmen! Bei dem gegenwärtigen fluktuierenden Geisteszustand der Bevölkerung kann man nicht garantieren, dass es nicht Leute gibt, die sich beschweren, weil die Sonne nur tagsüber und nicht auch in der Nacht scheint.»

Der Admiral nickte kräftig, und ich konnte sofort sehen, dass er seinen Gast als «netten Burschen» klassiert hatte. Denn wie ich vielleicht erklären darf, teilte der Admiral die Welt in zwei grosse Lager ein: in die Menschheit, die er «nette Burschen» nannte, und in die Menschheit, die er «Schweinehunde» nannte – und fertig! Ganz einfach! (Allerdings benutzte er ein Synonym für das zweite Wort, aber leider ist das Original nicht salonfähig.) Doch während der Gast in ein Gespräch mit General Bologojewskij verwickelt wurde, nahm ein ruhiger, silberhaariger britischer Oberst die Gelegenheit wahr, dem Admiral auf seine ruhige, silbrige Manier die Schlussfolgerung mitzuteilen, zu der er dank seiner ruhigen, silbrigen Denkart gelangt war, nachdem er viele Monate lang zahllose russische Offiziere interviewt hatte. «Leider ist es so», sagte er, «wann immer man den Plan eines russischen Offiziers für die Sanierung und Rettung seines Landes sehr sorgfältig geprüft hat, läuft es unweigerlich darauf hinaus, ihm einen Posten zu verschaffen.»

Und sofort konnte ich sehen, dass der Admiral den Mann als «Schweinehund» klassierte.

Ich vergass den wesentlichen Inhalt der Gespräche bei jenem Mittagessen, das sich nur deshalb meinem Gedächtnis einprägte, weil es zufällig mit dem Tag zusammenfiel, an dem ich die Familie wiedersehen sollte; doch ich erinnere mich, wie bei einer Bemerkung General Bologojewskijs, er habe vernommen, dass sich die Bolschewisten-Kommissare nie wüschen, das Gesicht des Admirals in verdächtiger Schadenfreude aufleuchtete und man ohne weiteres erraten konnte, dass er die Bolschewisten-Kommissare ablehnte.

Gegen zwei Uhr liess Nikolaj Wasiljewitsch mich herausrufen. Wir fuhren bergauf, und der Kutscher hieb mit unberechtigtem Eifer auf seine beiden Pferde ein. Der Tag war strahlend, aber die Strassen waren von den nächtlichen Regenfluten aufgeweicht. Als wir anlangten, fuhr eine andere Kutsche an der Veranda vor, und aus ihr tauchten Fanny Iwanowna und der Knjas auf. Der Fürst machte unaufrichtige Anstalten, den Kutscher zu bezahlen, aber als Fanny Iwanowna sagte: «Lass nur, ich habe Kleingeld!», sagte der Knjas: «Also gut», und steckte seine leere Geldtasche wieder ein.

Und während der folgenden paar Minuten war die Dreizimmerwohnung des kleinen Hauses der Schauplatz eines fröhlichen Wiedersehens.

Von der Familie fehlte einzig Nina. Fanny Iwanowna ärgerte sich sehr darüber und griff Sonja deswegen an.

«Wie kann ich wissen, wo sie ist?» wehrte sich Sonja. Dann lächelte sie, und ich dachte, dass sie es ganz gut wisse, doch unmittelbar darauf wurde sie zornig, und ich dachte, dass sie es im Grunde vielleicht doch nicht wisse.

«Es steht nicht in unsrer Macht, das zu wissen, Fanny Iwanowna», sagte Baron Wunderhausen.

«Pawl Pawltsch», sagte sie, «bitte rege mich nicht auf! Du regst mich auf mit deinem belanglosen Geschwätz, und ich hatte dich gebeten, dich nicht einzumischen - und dir den Hals zu waschen!»

«Er ist wie Onkel Kostja!» rief Vera. «Badet sich einmal im Jahr, ob er sauber oder schmutzig ist!» Sie war hübsch und versprach noch hübscher zu werden.

Baron Wunderhausen zuckte nur mit der Achsel.

Dann öffnete sich die Tür, und Nina schlüpfte ins Zimmer. Ich war sprachlos über ihr Aussehen. Meiner Ansicht nach war sie unwiderstehlich. Als sie mich sah, blieb sie plötzlich stehen.

«Wo kommst *du* denn her?» fragte sie.

Ich erklärte es verwirrt, und schon eine Minute darauf ging sie über mich und meine Ankunft wie über etwas ganz Alltägliches hinweg und wandte sich den andern zu.

«Nina», fragte Fanny Iwanowna streng, «wo bist du gewesen? Ich verlange, dass du es mir sagst!»

«Ich sag's dir aber nicht», erwiderte Nina schroff.

«Nina», griff ich die Frage auf - im Scherz zwar, aber mit einem hinterlistigen Gefühl heimlicher Autorität, die auf unsrer «Verlobung» vor vier Jahren beruhte -, «wo bist du gewesen? Auch ich verlange, dass du es mir sagst!»

Sie blickte mich mit einem Ausdruck an, wie ihn Kinder annehmen, wenn sie im Begriff sind, einem die Zunge herauszustrecken, und entgegnete: «Ich sag's dir aber nicht!»

«Und wie finden Sie uns?» fragte Fanny Iwanowna. «Sind wir älter geworden? Ich finde, dass ich älter geworden bin. Und Nikolaj Wasiljewitsch auch. Und Knjas.»

«Nein», log ich. Und die Lüge gefiel sichtlich.

«Und die Kinder sind genauso wie früher?»

«Die Kinder sind genauso», gab ich ihr recht. «Ein Bouquet! Drei niedliche Kätzchen!»

Vera begann gleich zu schnurren.

«Aber Sie haben hier nicht viel Platz, scheint mir?» sagte ich.

«Was können wir machen?» erwiderte sie. «Die Stadt ist mit Flüchtlingen vollgestopft. Wir können nichts Besseres finden.»

«A la guerre comme à la guerre», bemerkte der Baron.

«Immerhin ist es behaglicher als das Leben in einem Hotel. Sonja, Nina und Vera schlafen hier auf dem Sofa und auf einem Bett, das wir aus dem andern Zimmer hereinziehen. Das anstossende Zimmer ist für Nikolaj und mich. Das dritte ist für den Baron, Pawl Pawltsch. Die andern sind im Hotel geblieben, ich meine, Knjas und Eberstein. Was Magda Nikolajewna tut, kümmert mich nicht, aber ich glaube, sie hat jetzt ein Haus gefunden. Und Onkel Kostja und die übrigen werden wahrscheinlich im Haus seiner Schwester unterkommen, bei den Olenins. Knjas kommt zu den Mahlzeiten her und verbringt den Rest des Tages bei uns, obwohl er in letzter Zeit» - sie lächelte - «auf die Jagd gegangen ist.»

«Auf die Jagd!» rief ich aus und blickte auf das gut rasierte Kinn des Fürsten.

Mit einer nervösen Geste steckte der Knjas seine Finger zwischen den Kragen und seinen faltigen Hals und kicherte matt.

«Er hat sich eine Flinte gekauft!» sagte Nina.

«Die sollten Sie mal sehen, die Flinte!» rief Nikolaj Wasiljewitsch.

Fanny Iwanowna lächelte, und als wir uns zum Tee hinsetzten, wurde der Knjas von Nikolaj Wasiljewitsch auf dessen scheue, ehrerbietige Art geneckt. «Ich bin einmal mit ihm auf die Jagd gegangen. Es war eine Komödie. Wir sehen einen Hasen - Knjas drückt ab - einmal - der Schuss geht nicht los. Drückt nochmal ab - geht wieder nicht los. Drückt zum drittenmal ab - und das Gewehr geht ein drittes Mal nicht los. Als er zum viertenmal abdrückte, gab es eine schreckliche Explosion: aus der Mündung barst ein Feuerstrahl, und der Kolben schlug ihm heftig gegen die Schulter. Als der Rauch sich allmählich verzogen hatte, sahen wir, dass der Hase offenbar heil entkommen war. Das einzige Opfer war das Mordinstrument. Und ich sah, wie Knjas sein Gewehr betrachtete: der Abzug und der grösste Teil des Laufs waren bei dem Stoss weggeflogen. Doch er stand da, hielt noch immer das Gewehr in der Hand und war sprachlos vor Verwunderung.»

Nikolaj Wasiljewitsch blickte den Knjas an und lächelte freundlich, als wollte er ihn dadurch für jeden Kummer entschädigen, den seine Schilderung vielleicht verursacht hatte.

Nina reichte mir einen Teller mit Bonbons.

Ich blickte sie fragend an.

«Für deinen Tee», sagte sie.

«Zucker gibt es nicht», entschuldigte sich Nikolaj Wasiljewitsch.

«Ich möchte sehr ernsthaft mit Ihnen über die Möglichkeit sprechen», sagte Baron Wunderhausen, «in den englischen diplomatischen Dienst einzutreten.»

«Jetzt, wo Andrej Andrejewitsch hier ist», rief Fanny Iwanowna, «können wir von den Engländern Zucker und überhaupt alles bekommen!»

«Die Engländer sind *all right»,* sagte Nikolaj Wasiljewitsch. «Ich habe immer Vertrauen zu den Engländern gehabt. Wenn die Engländer sich einmal eine Aufgabe vornehmen, kann man sicher sein, dass sie sie auch durchführen.

Und wenn der erste Schritt getan und der Bergwerksbezirk befreit ist, wird der Bolschewismus bald zusammenbrechen.»

«Ich möchte mit Ihnen über meine besondere Qualifikation sprechen, in den englischen diplomatischen Dienst einzutreten. Geboren und erzogen wurde ich in...»

«Pawl Pawltsch! Bitte unterbrechen Sie uns nicht!» rief Fanny Iwanowna. «Andrej Andrejewitsch, ich möchte, dass Sie uns einen englischen Brief übersetzen, den Nikolaj Wasiljewitsch von seinem ehemaligen Bergwerksingenieur Mr. Thomson erhalten hat. Unser Englisch reicht nicht ganz aus, obwohl ich Teile davon verstanden habe.»

Ich nahm den Brief. Mr. Thomson, der aus einem obskuren Ort in Schottland schrieb, erklärte, dass die im Westen vorherrschenden Nachkriegszustände ihn aufrichtig enttäuscht hätten, und ersuchte um eine Aufforderung, die ihn wieder auf seinen früheren Posten als beratender Ingenieur in Nikolaj Wasiljewitschs Goldbergwerk zurückberief.

«Es ist so schade», seufzte Fanny Iwanowna. «Mr. Thomson ist so ein netter Mann. Und jetzt geht es ihm anscheinend sehr schlecht. Es muss furchtbar sein für seine Frau und seine Kinder.»

«Aber ich finde», sagte Nikolaj Wasiljewitsch, «es nützt nichts, dass Mr. Thomson *jetzt* herkommt, solange das Bergwerk noch in den Händen der Bolschewisten ist. Und ich möchte Mr. Thomson keine falschen Hoffnungen machen, denn man kann nie mit Sicherheit voraussagen, was noch in Sibirien geschieht. Doch unter uns gesagt: seit jetzt die Engländer eingetroffen sind und seit, hm, diese Strafexpedition zum Bergwerksbezirk angeordnet wurde, haben wir guten Grund, optimistisch zu sein.»

«Ja, wir wollen hoffen, wir wollen hoffen!»

Aber die drei Schwestern sahen aus, als kümmerten sie sich nicht die Bohne um Mr. Thomson, die Engländer, das Bergwerk oder sonst jemand.

«Gehst du zum Ball?» fragte Nina.

«Zu welchem Ball?»

«Zum russischen Ball!»

«Aber das werden die ganze Zeit nur russische Tänze sein.»

«Schadet nichts!»

«Und auch russische Musik.»

«Zum Krakowiak können wir Foxtrott tanzen, zur Marschmusik geht One-step, und englischer Walzer geht zu allem. Du musst kommen!»

Ich wusste, dass ich gehen würde, aber ich liess mich gern bitten, und um das Vergnügen in die Länge zu ziehen, widersetzte ich mich und zauderte.

Natürlich wollte ich hingehen. Wer hätte dem gleitenden, schrägen Blick widerstehen können, diesem schimmernden Bogen weisser Zähne, die bei jedem vollen Lächeln zu sehen waren, und diesem biegsamen, sylphidenhaften jungen Körper?

Die drei Schwestern führten im Stehen einen Foxtrott aus.

Die Leidenschaft war angefacht.

«Nikolaj Wasiljewitsch! Papa!»

Wie ein widerstrebender Übeltäter wurde er, sich wehrend, zum Klavier gezerrt und musste seinen Walzer spielen, den einzigen, den er konnte. Der Baron sicherte sich Vera. Nina flog ohne weiteres in meine Arme. Ich erinnerte mich wieder an ihren vertrauten Duft, während wir vor dem Sofa und rund um den Tisch tanzten und verschiedenen Stühlen auswichen. Sonja stand sittsam an der Wand; sie war von ihrem Mann zugunsten der jüngeren Schwester im Stich gelassen worden und heuchelte eine nicht überzeugende fröhliche Miene. Dann brach Nikolaj Wasiljewitschs Kunst trotz der Einfachheit der kurzen Melodie zusammen.

«Ich möchte mit Ihnen über das sehr ernste Problem sprechen, zum englischen diplomatischen Dienst versetzt zu werden.» Der Baron hatte sich wieder an mich herangemacht. Und ich nahm meine Zuflucht zu der klassischen Antwort, dass ich bezweifelte, ob ein Posten offen sei.

«Einerlei *wo»,* sagte er. «In Persien oder vielleicht in Mesopotamien. Hier kann ich nicht länger von Nutzen sein.»

Wir sassen schweigend in dem geheizten Zimmer des kleinen Holzhauses, das im Wind ächzte, und ich fühlte mich inmitten all dieser Sonne und der Tannen und der Einsamkeit rings um uns her ganz verloren und vergessen. Nikolaj Wasiljewitsch trank seinen Tee und fragte sich, ob die Bolschewisten ihm sein Haus und sein Geld auf der Bank wiedergeben würden und ob die Tschechen - was sie offenbar tun sollten - ihn für seinen Verlust am Goldbergwerk entschädigen würden. Er setzte grosse Hoffnungen auf die Strafexpedition, sagte er, doch die Sache hatte einen moralischen Aspekt, der ihn sehr beunruhigte. Er fragte sich, ob die Strafexpedition sich als ganz ehrlich erweisen und ihn nicht gänzlich um sein Anrecht auf das Bergwerk prellen würde.

Nachher kam er auf mich zu und sagte mit gedämpfter, müder Stimme: «Hören Sie, heute abend wird es sehr langweilig werden: nichts als russische Tanzmusik! Aufrichtig gesagt, würde es Ihnen nur den Abend verderben, wenn Sie hingingen.»

«Hör nicht auf ihn!» riefen die drei Schwestern gleichzeitig. «Es wird sehr lustig! Er denkt nur an sich!»

«Nikolaj!» rief Fanny Iwanowna. «Was für ein Unsinn! Du hast mir bereits versprochen, mitzukommen! Du bist ihr Vater, und es ist deine Pflicht, deine Töchter auszuführen! Ich weigere mich, allein mit ihnen hinzugehen.»

Als ich den strahlend erhellten Ballsaal betrat, tanzten die drei Schwestern der Veranstaltung zum Trotz Foxtrott, jede im Arm eines alliierten Offiziers. Nikolaj Wasiljewitsch, der einen Smoking trug, sah sehr ärgerlich, sehr einsam und sehr gelangweilt aus, und Fanny Iwanowna blickte verdächtig triumphierend drein.

«Der arme Nikolaj Wasiljewitsch!» sagte ich, als Fanny Iwanowna und ich allein waren. «Seine Smokingjacke sieht unglücklich und entsetzt aus, als empfinde sie den Schimpf, in diese alberne Festfreude verschleppt worden zu sein. Sie scheint zu sagen: ‹Habe ich das verdient?›»

«Einerlei! Es ist besser, dass er hier ist. – Wenn ich nicht darauf bestanden hätte, dass er mitkommt, wäre er nur bei dem Mädchen», fügte sie noch nachträglich hinzu.

«Bei Zina?»

«Ach, Andrej Andrejewitsch! Es macht mich ganz krank, ganz wütend, wenn ich daran denke!»

Dann kam der komisch festliche Nikolaj Wasiljewitsch angeschlendert.

«Hm», brummte er und gähnte in seine Hand, die aus der weissen Manschette hervorsah.

«Ein netter Tanz», sagte ich.

«Für den, der tanzt», murrte er mit einer Stimme, als hätte ich ihn schändlich und betrüblich verraten.

Dann hörte die Musik plötzlich auf. Die drei Schwestern, die unzulänglich, aber prächtig gekleidet waren, schwebten näher und mussten einer unfreiwilligen, kritischen Musterung der Blicke Fanny Iwanownas standhalten, die - allem Anschein nach völlig unnötigerweise - an ihren Abendkleidern herumzupfte.

«Ich hätte Nina beinah nicht erkannt in dieser Frisur!» bemerkte ich hörbar.

Mit sylphidenhafter Geschmeidigkeit glitt sie zwischen mir und Baron Wunderhausen in den Salon.

«Wirklich, Nina», wiederholte ich, «mir gefällt es nicht, wie du dich frisiert hast! Die Stirne ganz frei!»

Sofort verschwand sie in der Garderobe;

und während ihrer Abwesenheit bedrängte mich der Baron wieder wegen eines Postens in Persien oder Mesopotamien. Ich drückte ihm meine milde Verwunderung aus. «Sind wir nicht hierher gekommen, um der nationalen russischen Sache zu dienen? Nehmen Sie denn daran keinerlei Anteil?»

«Ach, wissen Sie», sagte er gleichgültig, «daraus wird ja doch nichts.»

«Warum nicht?»

«Die Tschechen sind so greuliche Schweine. Es sind lauter Bolschewisten!»

Und dann fuhr er fort: «Und die Amerikaner sind auch Bolschewisten! Dieser Präsident Wilson! Nein, aus alledem wird nichts.»

Und unwillkürlich flog mir das Gespräch während des Mittagessens wieder durch den Kopf. Ich fand, in punkto rein «konstruktiver Politik» wäre es dem hier ebenbürtig. Und dann kehrte Nina zurück, jetzt mit ihrer alten Frisur.

Wir sassen unter verstaubten künstlichen Palmen, und mein Ärmel berührte hin und wieder ihren wohlgeformten, nackten Mädchenarm, bis Nikolaj Wasiljewitsch erschien und uns zum Souper aufforderte und darauf bestand, alles selbst zu bezahlen. Ich dachte, als ich die Reste auf dem Tischtuch überblickte und Nikolaj Wasiljewitsch bei dem Kellner die Rechnung beglich, an das arme, leidende Bergwerk, das schliesslich für das alles aufkommen musste.

Als die Musik nach der gebührend langen Pause einen lockenden Walzer anstimmte, strömten wir alle in den Ballsaal zurück.

General Bologojewskij, der im letzten Moment aufgetaucht war, stand neben mir, und wir bewunderten Nina, die jetzt ein sorglos gegebenes Tanzversprechen einhielt. «Was für Augen! Was für Waden! Was für Knöchel!» sagte er. «Hören Sie mal, warum um Himmels willen heiraten Sie sie nicht?»

Als wir durch die dunklen und aufgeweichten Strassen fuhren, sass ich auf dem Klappsitz: alle Mitglieder der Familie waren in den Wagen gepfercht. In der Ecke mir gegenüber sass Nina wie ein schnurrendes Kätzchen. An ihrer Haustür begannen wir uns provisorisch zu verabschieden, aber sie baten mich, ins Haus zu kommen. Es gab kalten Schinken und Lachs und Tee mit Bonbons. Wegen meiner Anwesenheit zu dieser Stunde herrschte eine gewisse verhaltene Erregung, und einmal hörte ich Fanny Iwanownas schrille Stimme aus dem Nebenzimmer, wie sie Sonja erklärte: «Du musst das Bett nicht ins Wohnzimmer ziehen, bevor Andrej Andrejewitsch gegangen ist!»

Ich «ging» seit etwa einer Stunde. Wir hatten uns unzähligemal gute Nacht gesagt. Nina klammerte sich kapriziös an mich und missachtete Nikolaj Wasiljewitschs Wunsch, mich loszuwerden. Sie kamen alle in den kleinen Vorraum und machten es mir um so schwieriger, mich zurückzuziehen. Nina wollte meinen grossen Lammfellmantel schliessen, was ihr wegen der vielen Schnallen Spass bereitete. Ich sollte morgen abend zum Essen wiederkommen, und den Tag danach, und jeden, jeden Tag...

3

Meine verworrenen Erinnerungen an Sibirien kommen mir heute vor allem wie eine Reihe von Bällen, Abendessen, Konzerten und Gartenfesten in den Sinn, die in der Stimmung dem Wetter und den Jahreszeiten angepasst waren, während im Hintergrund ständig die sich auftürmenden Wolken der politischen Lage drohten. Und im besonderen erinnere ich mich an den ersten *thé dansant* des Admirals. Als er meine provisorische Gästeliste überflog, runzelte er die Stirn und knurrte ein wenig. «Wer sind all diese Frauensleute?» fragte er.

«Sie sollten sie sehen, Admiral!» lächelte General Bologojewskij.

Der General küsste seine Fingerspitzen.

«Und wer ist Fanny Iwanowna?»

«Eine Deutsche.»

Ein Schatten flog über sein Gesicht. «Der Teufel hol mich, wenn ich irgendwelche Hunnen in meinem Haus dulde», knurrte er. Aber grollend gab er nach.

Infolge eines Versehens trafen die Offiziere des amerikanischen Flaggschiffs eine halbe Stunde vor der festgesetzten Zeit ein - ein Umstand, der meine Fähigkeit, Alkohol zu verkonsumieren, auf die Zerreissprobe stellte. Ausserdem hatten sie des Guten zuviel getan und uns zwei Kapellen statt einer geschickt - mit dem Ergebnis, dass ihre fast gleichzeitige Betätigung in den zwei aneinanderstossenden, für den Tanz vorgesehenen Räumen sich als ein Erlebnis erwies, das für das Ohr unbefriedigend war. Während die Hawaiian Band einen schmachtenden, klagenden Walzer wimmerte und näselte, wurde sie von der Jazzkapelle nebenan, die in einem ohrenbetäubenden Onestep explodierte, fast erschlagen.

Zwei Stunden davor hatte ich Vera auf der Strasse getroffen. Sie hatte bei ihrer Schneiderin das Kleid abgeholt, in dem sie dann strahlend, aber befangen erschien. Auf ihre Familie folgte fast unmittelbar danach der Zina-Kostja-Flügel und schliesslich Magda Nikolajewna und Tschetschedek. Aber sie sprachen nicht miteinander. Nikolaj Wasiljewitsch hatte sich am Morgen bei mir wegen Zinas Beteiligung erkundigt, und jetzt versuchte er mit ihr zu tanzen. Aber beide waren verlegen und befangen; das Experiment erwies sich als unbefriedigend, und Fanny Iwanowna schaute ihnen spöttisch zu. Während wir tanzten, flüsterte Nina: «Los! Ihnen nach!», und vor Aufregung hüpfte mir ihr dreieckiger, pelzbesetzter Hut ins Gesicht. Und als wir sie überholten, hiess es: «O mein Gott!»

Zina, die wie eine Ente trapste, drehte sich nur, wenn sie vorher dazu aufgefordert wurde, und auch dann nur in einem Halbkreis, und Nikolaj Wasiljewitsch, den seine vergeblichen Bemühungen erbittert hatten, fragte sie ungeduldig: «Tanzt du denn in Galoschen? Hast du Gummisohlen an den Schuhen? Oder was ist los?»

Endlich gaben sie es auf und blieben beschämt und kläglich an der Wand stehen, wo sie jedermann im Wege waren; und Zina sah aus, als bedaure sie ihren hartnäckigen Wunsch, zu diesem Tanz zu kommen.

«Möchten Sie tanzen?» fragte ich.

«Ich habe noch nie getanzt», erwiderte sie. «Aber warum soll ich's nicht versuchen?» Sie blickte zu ihrem Geliebten auf. Der Versuch mit ihm zählte offenbar nicht. Nikolaj Wasiljewitsch lächelte matt.

Den nächsten Tanz tanzte ich mit Magda Nikolajewna, einer schönen Frau, die aber so zart war und für ihr Kleid ein so kunstvolles Gewirr von allerlei Zierat gewählt hatte, dass der Tanz mit ihr keinen andern Eindruck als den einer unendlichen Behutsamkeit hinterliess.

Als *pièce de résistance* tanzte ich mit Olga Olenin, einer kleinen Nichte von Onkel Kostja. Sie war so prall und rund wie ein Fussball, und mit der Harmlosigkeit eines Fussballs stiessen wir unbekümmert gegen Menschen und Wände.

«Heute bin ich zehn Jahre älter geworden», vertraute Nikolaj Wasiljewitsch mir an, als ich zu ihm trat. «Ich werde es nie vergessen.»

«Sie nehmen es viel zu schwer!»

«Ich mache mir Vorwürfe, dass ich so dumm war, auf sie zu hören. Ich wollte gar nicht kommen.»

«Also wirklich, Nikolaj Wasiljewitsch!»

«O bitte, fassen Sie es nicht *so* auf! Es war reizend von Ihnen, uns einzuladen. Ich mag Ihren Admiral sehr gern, auch den andern Offizier, seinen Adjutanten, der immer ‹Grossartig! Grossartig!› sagt.»

«Sir Hugo», ergänzte ich.

Dann gesellte sich Onkel Kostja zu uns, mit Brille und mit der Miene eines tiefsinnigen Philosophen, der sich über seine Eindrücke klar wird. «Ich habe mit Ihrem Admiral gesprochen», sagte er.

«So?»

«Sieht sehr gut aus. Vereint das Gebaren Napoleons des Ersten mit dem Geist Napoleons des Dritten, scheint mir. Will nach Moskau. Doch was er tun wird, wenn er dort hinkommt (falls er dort hinkommt), scheint ihm merkwürdigerweise noch nicht eingefallen zu sein. Die Einfalt des Plans ist rührend. Nehmen wir einmal an, dass er hinkommt und eine verfassungsmässige russische Regierung einsetzt und ein alliiertes Heer in Anspruch nimmt, um sie zu stützen! Will er die alliierten Truppen auf unbestimmte Zeit dort behalten? Und wenn sie schliesslich abziehen, was verhütet dann, dass die Regierung wie ein Kartenhaus zusammenfällt, weil sie einer Bevölkerung ausgeliefert ist, die sich unweigerlich über die ausländische Einmischung ärgert? Nehmen wir dann *Ihr* Land! Sie glauben, dass Ihr Land sie stützen wird. Aber es wird gespalten sein!»

«Ich bin andrer Ansicht», sagte Nikolaj Wasiljewitsch. «Mir wäre es zum Beispiel viel lieber, der Bergwerksbezirk würde von englischen Truppen oder sogar von Japanern besetzt als von den Russen. Ich weiss, was ich sage. Ich bin selbst ein typischer Russe. Es gibt ehrliche Männer in Russland, und es gibt gescheite Männer in Russland, aber es gibt keine Männer in Russland, die ehrlich *und* gescheit sind. Und falls sie es sind, dann sind es wahrscheinlich schwere Trinker.»

Onkel Kostja tat diesen Sturmangriff mit einem «Puh! Puh!» ab, doch Nikolaj Wasiljewitsch fuhr fort: «Nehmen Sie meinen Buchhalter Stanitzkij! Andrej Andrejewitsch kennt ihn. Unehrlicher kann man kaum sein. Und doch bin ich verpflichtet, ihn zu behalten. Warum? Wenn ich einen ehrlichen Mann nähme, würde er einen solchen Kuddelmuddel in all meinen Büchern anrichten, dass ich überhaupt nicht mehr wüsste, wo ich stehe.»

«Aber wissen Sie denn, wo Sie mit einem unehrlichen Buchhalter stehen, Nikolaj Wasiljewitsch?» entgegnete Onkel Kostja mit dem eifrig sprunghaften Interesse, das sehr abstrakt denkende Männer zeitweise für praktische Fragen an den Tag legen - fast als eine Entspannung von ihrem Ich. «Ich bin ein Gelehrter und in keinem Sinne ein Geschäftsmann, und doch scheint es mir...»

«Um aufrichtig zu sein», sagte der andre, «gerade jetzt ist beides nicht sehr wichtig. Ehe wir nicht das Goldbergwerk zurückbekommen, können überhaupt keine Geschäfte gemacht werden. Ich erhalte gelegentlich Vorauszahlungen. Er achtet auf das Zahlen der

Zinsen - die aus der gleichen Summe bestritten werden - und trägt es in die Bücher ein. Das ist gegenwärtig alles.»

«Ich würde deswegen doch etwas unternehmen, falls ich mir erlauben darf, in dieser Angelegenheit einen Rat zu geben», sagte Onkel Kostja.

«Wenn wir das Goldbergwerk zurückbekommen, ist Zeit genug, um zu handeln», antwortete Nikolaj Wasiljewitsch etwas barsch. «Ich erwähnte es nur, um die politische Lage zu veranschaulichen, mit der wir ringen. Die Ausländer hier lachen bestimmt über unsre Methoden.»

«Warum? Sie vermasseln nur unsre Probleme.»

Ich versuchte, Onkel Kostjas Behauptung zu berichtigen, und sagte: «Die Idee ist, dass die alliierten Truppen helfen sollen, russische Kader aufzustellen und zu trainieren und so den Grund zu einer neuen russischen Armee zu legen, die es dann ihrerseits ermöglichen würde, den Staat wieder aufzubauen. Es ist keine Invasion ausländischer Truppen! In dieser Hinsicht können Sie ganz beruhigt sein.»

«Oh! Oh! Wenn das die Idee ist», rief Onkel Kostja mit erhöhtem Stimmaufwand, «dann bin ich doppelt beunruhigt, denn ich kann erraten, was für Elemente das Rückgrat dieser neuen weissrussischen Armee sein werden: Monarchisten, die viel zu dumm sind, um zu begreifen, dass sie hinter einer verlorenen Sache stehen.»

«Ich glaube, die meisten von ihnen würden eine konstitutionelle Monarchie befürworten», meinte Nikolaj Wasiljewitsch.

«In Russland würde eine konstitutionelle Monarchie unweigerlich eher monarchistisch als konstitutionell sein», entgegnete Onkel Kostja.

«Gleichwohl», sagte ich, «lassen Sie uns jetzt einen Drink nehmen!»

Ich konnte Sir Hugos rotes, sonnverbranntes Gesicht sehen, als er Fanny Iwanowna ein Eis brachte; und als ich nähertrat, hörte ich, wie sie auf deutsch zu ihm sagte: «Ich glaube, dass die Bolschewisten bald geschlagen werden, weil es unmöglich ist, Handel zu treiben, solange sie an der Macht sind.»

«Grossartig!» rief Sir Hugo etwas unlogisch. «Grossartig!»

«Wir können unser Bergwerk einfach nicht zurückerlangen, und Nikolaj Wasiljewitsch...»

Sie brach ab.

Sie war eine wuchtige Tänzerin, und jedesmal, wenn ich sie herumschwenkte, kreiselte sie noch ein paarmal aus eigenem Schwung. Sie suchte mich rein durch ihre Willenskraft zu dirigieren. «Wer führt hier, Fanny Iwanowna – Sie oder ich?» fragte ich gereizt.

«Verzeihung, Andrej Andrejewitsch!» erwiderte sie. «Ich tu's unabsichtlich.»

Der Baron fragte mich zum drittenmal wegen Persien oder Mesopotamien, aber das Näherkommen des Admirals verscheuchte ihn.

Wir beobachteten den Knjas, der jedem herzlich die Hand schüttelte, als er sich verabschiedete. «Ihr Fürst sieht aus, als hätte er sich eines Tages ganz gewaltig gewundert – und als wäre es seither so geblieben.»

«Sehen Sie General Bologojewskij an, der mit der geschminkten Dame tanzt!»

Das Gesicht des Admirals verzog sich und wurde dunkler. «Der Mann ist der grösste Dummkopf in der russischen Armee!» Er sann nach. «Die russischen Männer taugen nicht die Bohne. Aber die Frauen sind herrlich. Wie ist's heute abend mit dem tschechischen Konzert? Sie können Ihre Damen in die Loge mitbringen, wenn Sie wollen. Die Männer will ich nicht. Ha! Ha! Ha! Schauen Sie sich den alten Hugo an, wie er mit den jungen Mädchen schwatzt!»

«Ich werde die drei Schwestern mitbringen.»

«Die drei, die da drüben auf dem Fensterbrett sitzen?»

«Ja. Und Fanny Iwanowna», schloss ich.

«All right. Meinetwegen auch Hunnen. - Oh, Nikolaj Wasiljewitsch», wandte er sich an seinen Gast, «wie ich höre, sprechen Sie sehr gut Englisch! Wo haben Sie sich's angeeignet?»

«Nicht doch», erwiderte Nikolaj Wasiljewitsch und wurde rot. Auf russisch fuhr er fort: «Die englische Rechtschreibung ist so schwierig! Im Englischen schreibt man ein Wort zum Beispiel London und spricht es Birmingham aus!»

«Ha! Ha! Ha! Ha!» lachte der General laut, aber mit Würde. Und dann fragte er: «Fühlen Sie sich wohl in Wladiwostok? Können Sie für Ihre Familie alle Lebensmittel bekommen, die Sie haben wollen? Ich hoffe, dass Sie es mir sagen, wenn ich etwas für Sie tun kann?»

«Ich bin Ihnen sehr verbunden», verbeugte sich der Russe.

«Vergessen Sie es aber nicht!»

Und wie die Dinge nun einmal lagen - Nikolaj Wasiljewitsch vergass es nicht. Er wartete auch nicht ab, zweimal aufgefordert zu werden. Auf der Stelle sagte er, dass er gehört habe, der Admiral fahre demnächst mit einem Sonderzug ins Innere, und alles, was er, Nikolaj Wasiljewitsch, ihn bitten wolle, sei ein bescheidenes Abteil in jenem Sonderzug, da er dringend einen gewissen russischen General in Omsk sehen müsse, was mit der bevorstehenden

Strafexpedition zu seinem Bergwerk zusammenhinge.

Der Admiral erwiderte darauf mit der klassischen Antwort: «Ich will sehen, was sich machen lässt.»

«Würden Sie mich bitte der jungen Dame da drüben vorstellen?» bat mich ein sehr eleganter, stocksteifer amerikanischer Marineoffizier und blickte in die Richtung, wo das bewusste Fensterbrett war.

«Welcher?»

Im nächsten Augenblick tanzte er mit Nina.

«Wer ist der Offizier?» fragte General Bologojewskij.

«Holdcroft.»

«Was für Augen! Was für Waden! Was für Knöchel!» seufzte er wieder. «Nein wirklich, weshalb um alles in der Welt heiraten Sie sie nicht?»

«Und jetzt bin ich an der Reihe!» sagte ich, als der Walzer mit den letzten drei Takten ausklang.

«Sag mir», winselten die Niggerstimmen, «warum die Nächte einsam sind!», und die Becken schlugen den Takt. «Sag mir, warum die Tage traurig sind...» Und wir passten uns dem beschwörenden Rhythmus an, neigten uns sanft, zuckten hoch und schaukelten geschmeidig wie Pflanzen im Wasser. Als das

Lied endete, wurde sofort um Wiederholung gebeten. Und als die Kapellen fortgegangen waren, zauderten die Jungen unter uns, eine Handvoll, die es am meisten genossen hatten, und blieben. Wir tanzten - ich und Nina, der Baron und seine geschminkte Dame, und Vera und Holdcroft - zu den Klängen eines heiseren Grammophons, und Sonja sass auf dem Fensterbrett und starrte Holdcroft mit unverhohlener Bewunderung an.

Und am Abend holte ich sie in unserm Wagen ab und führte sie ins Konzert. Wir kamen ein wenig zu spät, weil unsre Fahrt an einer Stelle durch einen Wagen aufgehalten wurde, der die Strasse versperrte. Im Wagen sass ein betrunkener Herr, der vom Fahrer aufgefordert wurde, das Fahrgeld zu zahlen.

«Will nicht zahlen!» sagte der Herr.

«Dann steigen Sie aus!»

«Will nicht aussteigen!»

«Steigen Sie aus, Sie...»

«Zu wem reden Sie so? Wissen Sie nicht, dass ich Offizier bin?»

«Offizier! Von denen gibt's hier haufenweise! Wir kennen euch! Raus!»

«Will nicht raus!»

«Dann bezahlen Sie freundlichst das Fahrgeld!»

«Will nicht zahlen!»

Endlich gelang es unserm Fahrer, unsern Wagen freizubekommen.

«Ich ängstige mich immer so wegen der Kinder», sagte Fanny Iwanowna. «Diese Betrunkenen gebrauchen so entsetzliche Ausdrücke.»

Das Theater glich, als wir in die Loge traten, einer Galerie hoher Generäle, Admiräle und alliierter Hochkommissare, und vom Orchester ertönte die klagende Melodie des bekannten tschechoslowakischen Marschliedes.

Ich sass neben Nina, und der Admiral war in der andern Ecke, durch den staubigen Vorhang den Blicken des Publikums etwas entzogen. Zum grossen Entzücken Sonjas und Fanny Iwanownas wurde die Tannhäuser-Ouvertüre gespielt, und als der Pilgerchor schliesslich wiederholt wurde und der Dirigent die Ausführenden zu immer grösserer Anstrengung anspornte und die Posaunen in höchster Erregung losschmetterten, da flog ein Schmunzeln fröhlicher Genugtuung über das feine Gesicht des Admirals. «In einem Orchester wie dem hier steckt mehr Disziplin», sagte er, «als in einem ganzen Bataillon Matrosen!», und ungestüm klatschte er in die Hände.

Als das Konzert zu Ende war, schickte der Admiral zuerst mich und die Familie in seinem

Wagen fort und wartete auf meine Rückkehr, um ihn abzuholen. Während wir durch die warme, sternklare Nacht heimfuhren, rühmte Fanny Iwanowna die makellose Höflichkeit Sir Hugos, schloss aber: «Er ist schrecklich nervös und fingert die ganze Zeit mit irgend etwas herum.»

«Und sagt dauernd: ‹Grossartig! Grossartig!›» ergänzte Nina. «Und seine Art zu denken ist auch so merkwürdig.»

«Ah, hast du das entdeckt?» Ich lachte. «Es ist ein Erhaschen des Unwesentlichen und eine Leidenschaft für Einzelheiten und für Genauigkeit, die in der Schöpfung nicht ihresgleichen hat. Du kennst ihn nicht. Heute zum Beispiel traf ich ihn vor dem Mittagessen auf dem Treppenabsatz. ‹Hallo!› sagte er. ‹Immer fleissig?› Mir war es aber so vorgekommen, als hätte er gesagt: ‹Immer durstig?›, und natürlich habe ich erwidert: ‹Nicht zu so früher Stunde, Sir!› - ‹Zu welcher Stunde fangen Sie denn an, bitte sehr?› Da ich glaubte, er spräche von Cocktails, antwortete ich: ‹Oh, kurz vor dem Abendessen.› - ‹Hm›, sagte er. ‹Kurz vor dem Abendessen! Das muss ich genauer untersuchen.› - ‹Verzeihung, Sir›, sagte ich, ‹ich habe Sie wohl falsch verstanden. Würden Sie so gut sein und mir wiederholen, was Sie sagten?› - ‹Hm›, sagte er, ‹im Anschluss an meine erste

Frage habe ich mich hier auf dem Treppenabsatz drei volle Minuten mit Ihnen unterhalten, und jetzt fragen Sie mich, was ich gesagt hätte. Ich sagte - und ich glaube, es war wortwörtlich so: ‚Hallo! Immer fleissig?‘› - ‹Immer fleissig?› rief ich. ‹Und ich glaubte, Sie hätten gefragt: ‚Immer durstig?‘› - ‹Immer durstig?› wiederholte er. ‹Immer durstig? Nein, so etwas! Guten Morgen!›, und damit ging er weg.»

Der Wagen hielt.

«Gute Nacht, Andrej Andrejewitsch, und vielen, vielen Dank!»

«Gute Nacht!» lächelten die drei Schwestern.

Der Admiral war sehr vergnügt, als wir heimfuhren. Ich wusste, dass er junge Mädchen gern hatte. Andrerseits liebte er auch reife Frauen. Er bewunderte die drei Mädchen. Ich verriet ihm, dass sie ihn bewundert hatten.

Der Admiral lächelte sein allerreizendstes Lächeln.

«Fanny Iwanowna schwärmte von Ihrem guten Aussehen», sagte ich.

Der tapfere General errötete wie ein junges Mädchen.

«Es hat etwas für sich, wenn man gut aussieht», meinte er schliesslich.

Er blickte in die dunkle und stille Nacht hinaus. Ein paar Minuten darauf sagte er mit voller Überzeugung: «Sie ist eine gute Frau - diese Fanny Iwanowna.»

«Russinnen sind viel interessanter und faszinierender als andre Frauen», schwatzte ich drauflos.

«Ja», gab er zu. «Aber sie ist ein *Boche.»*

«Leider», seufzte ich.

Der Admiral gähnte. «Macht nichts», sagte er. «Ich habe nichts gegen die Deutschen. Wen ich nicht ausstehen kann, das sind die dreckigen Bolschewisten!»

«Russische Mädchen», fuhr ich fort, «sind viel interessanter und klüger als andre Mädchen.»

«Alle Mädchen sind dumm», erwiderte der Admiral.

4

Viele meiner Erlebnisse müssen jetzt wie eine Posse wirken. Das ist nicht meine Schuld. Das Leben ist zum grössten Teil eine lächerliche Posse, und doch spielt sich, wie in der Verklitterung von Nikolaj Wasiljewitschs Familie, alles infolge einer Kette von menschlichen Motiven ganz richtig und gesetzmässig ab. Eine Woche lang bemühte sich Nikolaj Wasiljewitsch dauernd um ein Abteil in dem Zug nach Omsk - jeder unnachgiebigen Weigerung zum Trotz. Dann wurde es bewilligt - nach erheblichem Widerstand von seiten des Admirals und einem leidenschaftlichen, wenn auch etwas unklaren Versuch von seiten Nikolaj Wasiljewitschs, sein persönliches Missgeschick mit dem Unglück «unsres ehrenhaften Russlands» zu identifizieren und die Untaten der Tschechen, der Bergarbeiter und der Strafexpedition (deren Uneigennützigkeit er anzuzweifeln begonnen hatte) mit denen des internationalen Bolschewismus. Als aber Fanny Iwanowna von diesem Schritt hörte, schloss sie gleich, dass Nikolaj Wasiljewitsch versuchte, ihr zu entkommen - ein Argwohn, den sie ständig hegte -, und bemühte sich sofort, den Admiral persönlich zu sprechen; sie bat um zwei weitere Abteile für sich und die drei Schwestern. Der Admiral war Seemann und Gentleman. Er bewilligte ihr zwei Abteile.

Ich habe vergessen, welcher Teil der Familie sich als nächster bewarb. Ich erinnere mich nur, dass sich in jener Woche tagtäglich Bittsteller in unserm Wartezimmer drängten. Der Admiral sagte «Nein!». Er entdeckte, dass er jeden Tag unzähligemal «Nein!» sagte. Nun ist es aber eine wesentliche Seite des russischen Charakters, dass ein «Nein» nicht als «Nein» hingenommen wird. Das wäre dem Russen seiner ganzen Veranlagung nach einfach unmöglich. Seine sämtlichen Institutionen sind eine

Verneinung dieses Prinzips. Und überdies weigert er sich, seine Auffassung auf das Gebiet innerhalb der russischen Grenzen zu beschränken. Er betrachtet sie unter dem Aspekt weltweiter Gültigkeit, da er annimmt, dass sie nichts Geringeres als eine Seite der menschlichen Natur ist.

Der Admiral sagte immer noch «Nein». Er vertrat die Ansicht, dass es hier nicht um die menschliche Natur, sondern nur um die russische Natur ging, und um seinen Standpunkt klarzumachen, wollte er zeigen, dass ein Engländer, wenn er «Nein» sagt, auch wirklich «Nein» meint. Doch keiner von allen wollte verstehen, wie der Admiral ein «Nein» auslegte. Sie waren alle mit dem Gedanken gross geworden, dass «Nein» nach einem ausreichenden Mass an Drängen und Beharrlichkeit «Ja» bedeutet. Das Drängen war verschiedener Art, je nach Alter, Geschlecht und Charakter des Bittstellers. Da gab es Tränen und flehentliches Bitten, da gab es Fragen wie etwa nach dem Vorhaben der Alliierten in Russland, weil sie die besten Züge mit Beschlag belegten und sich weigerten, den Russen in ihren elementarsten Bedürfnissen zu helfen, und da gab es auch sehr persönliche Fragen, von denen man annahm, sie würden die Unnachgiebigkeit dieses «Nein» unweigerlich erschüttern, zum Beispiel: hegte der Admiral den Wunsch, sie verhungern zu lassen, was er offenbar tat, indem er sie von Nikolaj Wasiljewitsch, ihrem Ernährer, abschnitt?

Der Admiral erklärte noch immer, «Nein» sei «Nein», und ob sie das nicht bitte begreifen könnten. Alle erwiderten, dass sein «Nein» nicht der springende Punkt sei; der springende Punkt sei: *was sollten sie tun ohne Nikolaj Wasiljewitsch?* Worauf der Admiral erwiderte, wenn er etwas sage, dann meine er es auch so, und das sei der Prüfstein des britischen Charakters. Doch sie liessen trotzdem nicht ab und behandelten ihn, als wäre er eben auch bloss ein Mensch - wie sie selber. Nun wurde der Admiral ein bisschen wütend. Es ärgerte ihn, dass sie eine grundlegende Tatsache nicht begreifen konnten: dass nämlich ein Engländer kein Russe sei und dass deshalb eine Laxheit, die auf den russischen Charakter zutraf, keineswegs auch auf einen Sohn der britischen Inseln zutraf. Aber trotz alledem redeten die Russen ununterbrochen weiter, bis der Admiral sich herzlich darüber amüsierte, dass sie tatsächlich glaubten, er würde nachgeben, nur weil sie hartnäckig waren; und die Unwissenheit der menschlichen Natur, die, wie er fand, einen solchen Glauben zur Folge hatte - eine sonderbare und kindische Unwissenheit -, begann ihn zu faszinieren. Er blickte sie an und blickte sie immer wieder an, während sie ihm ihren Kummer vorjammerten, und war erstaunt. Ja, ihre rührende Unschuld faszinierte ihn so sehr, dass er schliesslich dachte, er wolle sie beschwichtigen, wie man ja auch dazu neigt, sonderbare und unvernünftige Kinder zu beschwichtigen, die es nicht besser verstehen. Und dadurch, dass er sie beschwichtigte, kam es dann zum Nachgeben. «Nein» sollte (dies eine Mal) «Ja» bedeuten. Sie dankten ihm von Herzen. Er seufzte und wischte sich mit dem Taschentuch über die Stirn. Der russische Charakter hatte den Sieg davongetragen.

Am Abend brachen wir zu unsrer Reise längs der grossen, jetzt jämmerlich aus den Fugen geratenen sibirischen Bahnlinie auf. Es war ein herrlicher Abend im Spätherbst. Der Sonderzug des Admirals war auf das Hauptgeleise gefahren worden, und der General und ich, beide etwas vom Alkohol beschwingt, gingen Arm in Arm auf dem Bahnsteig auf und ab, und in einem jähen Gefühlsüberschwang sprach der General klagend von seiner verwüsteten Seele und seinem vergeudeten Leben und wie er es empfand und was er empfand und warum er es so empfand. Der Admiral und Sir Hugo hatten schon im Salon des Wagens Platz genommen und tranken. Als der Zug anrückte, stiegen auch wir in den Wagen und warfen uns auf unsre Betten; und die Hand des Generals griff zur Flasche. Ich aber lag im dunklen Abteil in dem angenehmen, halb unbewussten Zustand, der bekanntlich dem Schlummer vorausgeht, an allerlei und nichts Besonderes sinnend, während der Zug in Richtung Omsk weiterratterte.

Zwei Wagen hinter uns war Nikolaj Wasiljewitsch mit einem ansehnlichen Teil seiner Familie - alle auf dem Wege nach Omsk. Wenn ich meine Augen schloss, konnte ich Nina sehen, und meine schläfrigen Gedanken umkreisten sie: «Sie ist *à moi...* im gleichen Abteil mit ihren Schwestern... *à moi...* jetzt kleiden sie sich aus, um zu Bett zu gehen... *à moi...* nur auf Armeslänge. Immer da. Aber es hat noch Zeit. Oh, Leben... gemächliches Leben...!»

Der General weckte mich, und wir gingen zum Admiral und zu Sir Hugo. Wie es schien, waren sie beide «beduselt», wie man so sagt.

«Sie sind betrunken!» begrüsste mich der Admiral.

«Und Sie auch», sagte ich.

«Weiss ich, verdammt nochmal!»

Und wir waren alle sehr lustig und sangen *Stenka Rasin,* das russische Räuberlied, während der Zug westwärts ratterte. Und die Augen des Generals waren tränennass: in seiner Schwermut war er glücklich. Und gefühlvoll und tränenselig stahl er sich zum Admiral, klammerte sich an ihn und versuchte ihn zu küssen.

«Huch nein!» rief der Admiral wie ein unschuldiges junges Mädchen, dem man sich ungebührlich nähern wollte, und dann, etwas männlicher im Ton: «Zum Teufel mit Ihnen!»

Und dann räkelte sich der General mit der für seinen Zustand typischen, übertriebenen Lässigkeit und sang ein russisches Zigeunerlied. Er sprach von der schönen alten Vorkriegszeit. Er seufzte, seufzte abgrundtief. Jetzt schien alles schiefzugehen, weil seine Frau, die ihn regierte, nicht hier war und auf ihn achtgab. Aber er hoffte, dass sie käme, und dann würde alles gut sein. Wenn er in Schwierigkeiten steckte und wenn er Schulden hatte (was unweigerlich der Fall war), dann wandte er sich einfach an seine Gläubiger und sagte: «Ich verstehe das alles nicht. Wartet, bis meine Frau kommt! Ohne meine Frau ist's nämlich eine ganz verdammt schwierige Kiste! Meine Frau ist klug. Sie bringt's alles in Ordnung mit Ihnen. Meine Frau ist ein Dragoner!»

In der Nacht hielt der Zug an einer Bedarfshaltestelle, und es hatte den Anschein, als wolle er nie mehr weiterfahren. Daraufhin schickte der Admiral den General hinaus, er solle erforschen, was los sei; und Sir Hugo, der die Ursache einer schlechten Organisation zuschrieb, machte den Vorschlag, mit dem Bahnhofsvorsteher «zu unterhandeln». Doch der General sagte, er hielte den Bahnhofsvorsteher für einen «verfluchten Schweinehund», und in einem solchen Falle verliesse er sich meistens auf «elementare» Massnahmen. Dementsprechend zog er seine Pistole und drohte, den Bahnhofsvorsteher wie einen Hund abzuknallen, wenn er die Strecke nicht umgehend freigäbe. Der an solche Methoden gewöhnte Bahnhofsvorsteher kümmerte sich nicht um die Warnung, sagte aber, er würde auf dem üblichen Dienstweg kräftig Protest erheben. Woraufhin der General die Pistole wieder in die Tasche steckte und bemerkte, das Leben sei eine «verdammt dreckige Affäre».

Was für eine Reise!

Am Morgen beobachtete ich den Admiral, wie er auf seine zielbewusste Art mit Fanny Iwanowna sprach und ihr in die Augen blickte. Und dabei erhielt ich den Eindruck, dass der Admiral fand, Fanny Iwanowna gehörte zu den *«good fellows»*. Aber die drei Schwestern, so schüchtern sie waren, wenn er sich auf englisch mit ihnen unterhielt, hatten ihn irgendwie vernachlässigt. Nina hatte allerdings einmal bemerkt: «Wie furchtbar komisch er immer die

Lippen vorstülpt, wenn er einen so ernsthaft ansieht. Dann bin ich scheu, weil ich spüre, dass er's auch ist.»

«Mit all dem englischen Einfluss im Rücken sollte Nikolaj Wasiljewitsch in der Lage sein, etwas Handgreifliches über sein Bergwerk in Omsk herauszufinden», vertraute Fanny Iwanowna mir an. «Und diesmal reisen wir wirklich bequem, das steht fest! Die Kinder geniessen es! Sie sind ja noch so kindlich! Eine Abwechslung wie diese gefällt ihnen.» Und dann, mit leiserer Stimme: «Übrigens versichere ich Ihnen - so etwas wie zum Beispiel die Liebe - darüber wissen sie absolut nichts! Es sind noch solche Kinder!»

«Aber Sonja ist doch verheiratet!» widersprach ich.

«Ach, wie mich das ärgert! Und mit wem, mit *wem?* Er kann sich nicht mal den Hals waschen! Immer ist's die Mutter!»

Und so legten wir Werst um Werst zurück, während unser Luxuszug, der frisch lackierte, schön möblierte und bewundernswert gepflegte, durch das vom Elend heimgesuchte Land eilte. Mit unsrer vorzüglichen Lokomotive sausten wir blitzgeschwind dahin, oder wir mochten auch lange Stunden auf einer Zwischenstation stehen, und die Pracht unzähliger elektrischer Lampen in unsern Wagen bot einer Gemeinde von halb verhungerten Flüchtlingen das hämische Bild des Admirals und seines «Stabes» beim Abendessen.

Und so gelangten wir zum Baikalsee, dem kristallenen Meer, das ein Kranz schneebedeckter Berge in Fesseln hielt. Wir liessen den Zug anhalten, standen auf den Felsen und konnten uns nicht losreissen: wir nahmen das Zusammenspiel der seltsamen Beleuchtung und des gläsernen Wassers, des Schnees und der Tannen und der makellosen Stille in uns auf; und als wir dem Baikal, dem stolzesten aller Seen, endlich Lebewohl gesagt hatten, brach ein furchtbarer, wütender Sturm über die heitere Lieblichkeit herein und peitschte himmelhohe Wogen in die tintige Schwärze der Nacht.

Immer weiter fuhr der Zug; er eilte und schwankte durch die stürmische Weite der Steppe.

Was für eine Reise! Wie wir während der ganzen langen Fahrt diskutierten und stritten! Manchmal hätten wir uns fast geprügelt, denn der durchschnittliche Russe diskutiert nicht: er brüllt, und sein Gegner brüllt lauter und schneller, um mehr Punkte zu erzielen. Der russische General vereinte in sich intellektuelle Unklarheit mit einem gefühlvollen Temperament, und da er es zuwege brachte, sein Land mit seiner

Klasse gleichzusetzen, entdeckte er, dass sein Land scheusslich von mir beleidigt worden sei. Er wollte nie wieder mit mir sprechen.

Aber am Abend, nach dem Essen, sassen wir bei einer Flasche Whisky zusammen, und der General wurde gefühlvoll. «Sie sind jung und töricht», sagte er zu mir, «und Sie wissen wahrscheinlich nicht, worüber Sie sprechen. Ich weiss es nicht. Aber Sie lieben Russland. Sagen Sie mir, dass Sie Russland lieben - das tun Sie doch? Alle beide lieben wir Russland. Russland ist geschändet und niedergetrampelt, aber es ist ein herrliches Land. Es wird sich wieder aufrichten. Es muss sich wieder aufrichten. Und wir lieben Russland beide!» Er schluchzte. «Sagen Sie mir, dass Sie Russland lieben! Sagen Sie mir, dass Sie es lieben! Wir Russen sind faule, betrunkene, nichtsnutzige Schweine, aber wir sind gute Menschen, nicht wahr? Es ist ein heiliges Land. Und es ist ein frommes Volk. Schauen Sie's doch an!» Er starrte aus dem Fenster.

Ich stand auf und stellte mich neben ihn, und wir blickten beide auf Russland, das an uns vorbeiwirbelte. Dann verliess ich ihn. Als ich zurückkehrte, lag der General noch immer auf dem Sofa, aber seine Schwermut war verschwunden, und er spuckte gegen die Decke - vermutlich, weil er nichts Besseres zu tun hatte.

Immer weiter fuhren wir. Vor zwei Tagen hatten wir Irkutsk verlassen. Der Zug sauste und heulte und ratterte. Es war ein Wetter, das Pessimisten ausbrütet. Ich stand da und blickte auf die Steppe hinaus, die unendliche, eintönige sibirische Ebene, die im Regen öde und schwermütig dalag, als Zina zu mir kam und sagte, ihre Mutter wünsche mich allein zu sprechen. Als ich in ihr Abteil trat, trank die alte Dame gerade Tee. Sie forderte mich auf, Platz zu nehmen.

«Es ist wegen Onkel Kostja», begann sie. Sie seufzte, und eine lange Pause entstand. «Klugheit! Weisheit! Oh, ich weiss wirklich nicht, Andrej Andrejewitsch! Gott im Himmel» (sie bekreuzte sich) «weiss, dass wir im dunkeln tappen, und keiner von uns weiss, um was es geht, oder kennt sich aus, und ich bin eine alte, unwissende, sündige Frau. Aber wenn Sie mich fragen, Andrej Andrejewitsch: mir ist ein dummer Mann genauso lieb wie ein kluger. Nehmen Sie Onkel Kostja! So ein kluger Mann! Und was nützt das alles? Ich bin dumm, bin wunderlich auf meine alten Tage, aber ich sehe wirklich nicht ein, was für einen Zweck all seine Klugheit hat. Und ich finde, es wird Zeit, dass er etwas tut und endlich aufhört, auf Kosten andrer zu leben. Zina erklärt mir, sie könne Nikolaj Wasiljewitsch nicht ewig um Geld bitten, und ich finde wirklich, es wird Zeit, dass Onkel Kostja zu arbeiten beginnt und etwas veröffentlicht. Ich dachte, vielleicht könnten Sie den Admiral dazu bewegen, Onkel Kostja bei einer Zeitung unterzubringen - für Propaganda oder dergleichen. Es ist ja nicht so, dass man Onkel Kostja ungern unterstützt. Er ist klug, das sagen alle. Er hat, weiss der Himmel, lange genug auf Kosten seines Bruders gelebt, und nie hat man ihm ungern gegeben, was er brauchte, weil der Mann ja klug ist, verstehen Sie, und schreibt! Aber jetzt kann man nichts mehr geben, weil einfach nichts mehr da ist, verstehen Sie? Ich möchte nicht hartherzig oder gefühllos erscheinen, aber ich dachte, vielleicht könnten Sie mal mit Onkel Kostja darüber sprechen. Ich weiss, dass er Sie gern hat, und vielleicht hört er ja auf Sie.»

Ich versprach, mein möglichstes zu tun, und ging.

Als ich an die Tür von Onkel Kostjas Abteil klopfte, war es später Nachmittag. Der Zug eilte weiter, und die traurige, eintönige Steppe wirbelte am Fenster vorbei und entschwand. Draussen und drinnen begann es zu dämmern. Das Licht brannte noch nicht. Dann wurde die Abteiltür aufgeschoben, und Onkel Kostja wurde sichtbar, der auf dem Sofa sass und sich müde die Augen rieb. Ich fragte, ob ich ihn gestört hätte. Er versicherte mir, dass es nicht der Fall sei. Er träufelte etwas Eau de Cologne auf seine Hände und fuhr sich damit übers Gesicht - ein Ersatz fürs Waschen -, und dann machte er mir neben sich Platz auf dem Sofa, rieb sich mit den Fäusten die Augen, gähnte herzhaft und schaute aus dem Fenster. Die Schwermut der sibirischen Ebene musste sich auf uns beide übertragen haben. Eine Zeitlang sassen wir schweigend da und betrachteten die grauenhafte Unordnung im Abteil. Ich bemühte mich, mir einen passenden Satz zurechtzulegen und das Gespräch zu eröffnen, aber er kam mir zuvor.

«Da sitzt es!» sagte er und klatschte sich mit der Handfläche auf die Stirn. «Und dabei nennt man mich einen klugen Mann! Andrej Andrejewitsch, ich habe nachgedacht. Ich habe in den letzten Tagen erheblich nachgedacht.» Unvermittelt brach er ab.

«Worüber haben Sie nachgedacht, Onkel Kostja?» fragte ich ihn.

«Das ist ja gerade das Dumme», antwortete er. «Ich kann es Ihnen nicht sagen!»

Ich wartete.

«Ich weiss es selber nicht», erklärte er.

Ich wartete immer noch.

«Ich habe an dies und das und weiss nicht was gedacht, tatsächlich an mancherlei - wertvolle, aber schwer fassbare Gedanken, Andrej Andrejewitsch. Herrliche Empfindungen! Ein Kaleidoskop der feinsten Farben, wenn ich mich so ausdrücken darf. Und es hat mich eine grosse Wahrheit gelehrt, Andrej Andrejewitsch. Es hat mich gelehrt, wie vergeblich alles Schreiben ist.»

«Nein, hören Sie, Onkel Kostja!» wandte ich ein.

«Unterbrechen Sie mich nicht!» sagte Onkel Kostja. «Es ist eine bekannte Tatsache, dass nur zehn Prozent - falls überhaupt so viel - des Kerngehalts unsrer Gedanken und Gefühle zu Papier gebracht werden können. Es geht einfach nicht, Andrej Andrejewitsch, und mehr gibt's nicht darüber zu sagen.

Und wenn ich bedenke, was für ein Dummkopf ich gewesen bin: all die Jahre habe ich geschrieben, geschuftet, mich wie ein Sklave am Schreibtisch abgerackert - anstatt nachzudenken, einzig und allein nachzudenken!»

«Aber Onkel Kostja...», begann ich.

«Andrej Andrejewitsch, es nützt nichts! Wie kann ich *niederschreiben,* was ich denke? Die Subtilität, das Eigenleben, die erlesene Intimität, die tausenderlei unerklärlichen Impulse, die das Denken ins Leben rufen und anspornen und das Gefühl schüren - Andrej Andrejewitsch, wie kann ich? Bedenken Sie: wie kann ich? Oh, Sie sind hoffnungslos, ein hoffnungsloser Fall. Ich habe heute nachgedacht. Es wird Ihnen nichtig erscheinen, wenn ich es Ihnen sage; es wird mir nichtig erscheinen, wenn ich es sage; aber glauben Sie mir, im Moment, als ich es dachte, war es etwas unendlich Tiefes, unendlich Verwickeltes, unendlich Schönes - und ohne die Mühsal der Anstrengung.»

«Was war es, Onkel Kostja?» erkundigte ich mich.

«Es war unbestimmt», sagte er ausweichend.

«Also bitte, Onkel Kostja!»

«Wie kann ich es sagen? Ich weiss zuviel.»

Ich wusste selber um das unangenehme Zusammenschrumpfen von Ideen, wenn man sie zu Papier brachte. Daher fuhr ich beharrlich fort: «Also bitte, Onkel Kostja! Heraus mit der Sprache!»

«Nun ja», sagte Onkel Kostja, und sein Gesicht nahm einen mystischen Ausdruck an, «ich dachte zum Beispiel... aber ob Sie mich verstehen werden? - ich dachte: *wohin* gehen wir alle?»

«Hm!» machte ich vielsagend.

«Ich dachte: *warum* bewegen wir uns alle?»

«Da brauchen Sie nicht lange nach Beweggründen zu suchen. Ich vermute, dass es für jeden einzelnen Fall Beweggründe gibt.»

«Beweggründe!» rief er. «Das ist ja gerade

der springende Punkt! Die Beweggründe sind nichtig. Es geht um die Konsequenzen. *Wohin* gehen wir? *Warum* gehen wir? Bedenken Sie doch: wir bewegen uns. *Gehen* irgendwohin. Tun *irgend* etwas. Der Zug durcheilt Sibirien. Die Räder bewegen sich. Die Heizer füttern die Lokomotive mit noch mehr Brennmaterial. Warum? Warum sind wir hier? Was tun wir in Sibirien? Wohin streben wir? Irgendwohin. Zu irgendwas. Aber *was? Wohin? Wozu?*»

Ich glaube, ich muss Onkel Kostjas subtile Gedanken falsch verstanden haben. Oder kam es vielleicht daher, weil ich ständig meinen Auftrag im Kopf hatte? Jedenfalls fragte ich: «Bedrückt Sie vielleicht das Gefühl Ihrer Nutzlosigkeit, Onkel Kostja?»

Seine Augen blitzten. Ungeduldig erwiderte er: *«Meine* Nutzlosigkeit! *Ihre* Nutzlosigkeit! Was zum Teufel kommt es darauf an, *wessen* Nutzlosigkeit? Ist Ihr Admiral sehr nützlich, wenn ich fragen darf? Ich hatte sagen wollen, dass wir uns alle benehmen, als ob wir etwas *tun,* und dass wir diesen sibirischen Express besteigen, als wollten wir am Ende der Reise etwas *tun,* während die Reise an sich faktisch mehr ist als alles, was wir vermutlich zustande bringen.»

Doch ich dachte, wir sollten lieber zur Kernfrage kommen, das heisst, zu *meiner* Kernfrage.

«Dann würden Sie also lieber nicht in diesem Zug reisen, Onkel Kostja?»

Ein besorgter Ausdruck stahl sich in seine Augen.

«Warum? Ich reise gern in diesem Zug. Ich habe es behaglich.»

«Aber die Vergeblichkeit der Reise?»

«Oh!» stöhnte Onkel Kostja, weil ich so begriffsstutzig war. «Verstehen Sie denn nicht, dass es gerade diese physische Vergeblichkeit ist, die mich zu einem Gefühl geistiger Wichtigkeit aufbläht?»

Ich sah ihn verwirrt an.

«Wenn ich zu Hause - ich meine, irgendwo - zum Stillstand gekommen bin, dann fühle ich mich unerträglich elend. Ich schreibe, und ich denke...» Er brach ab.

«Was?»

«*Wozu* ich schreibe: wozu in aller Welt ich denke!»

«Sie haben also Zweifel?»

«Ja, in gewissen Augenblicken packen mich die Befürchtungen: wozu das alles? frage ich mich.»

«Aha!»

«Jetzt dagegen ist es anders. Wir bewegen uns, *tun* anscheinend etwas, *gehen* irgendwohin. Man hat das Gefühl, etwas zustande zu bringen. Ich liege in meinem Abteil und denke:

es ist gut so! Endlich tue ich etwas. Ich lebe, anstatt zu registrieren. Ich lebe! lebe! Ich schaue aus dem Fenster, und mein Herz jauchzt: Leben! Leben! Und indem ich lebe, lebhaft lebe, sinke ich in meinen gewohnten Meditationsbereich, und ehe ich genau weiss, wo ich bin, fange ich an zu meditieren: wohin gehen wir alle? Ist unsre Reise nicht der Inbegriff der Sinnlosigkeit? Und so, gewissermassen durch den Gegensatz, bekomme ich ein Gefühl für die Wichtigkeit der Meditation. - Ja, so täuschen wir uns selber, Andrej Andrejewitsch.»

«Und das tun Sie, obwohl Sie sich der damit verbundenen Täuschung bewusst sind?»

«Ich war mir dessen *nicht* bewusst», sagte er. «Nicht, bevor Sie mich zur Selbstbeobachtung gezwungen haben.»

Nach einer Pause juckte es mich dann, ihn zu fragen: «Warum wollen Sie nicht etwas darüber... hm... veröffentlichen, Onkel Kostja?»

Onkel Kostjas Hand umklammerte seinen Bart. Er sah mich eher mitleidig als verächtlich an und machte eine Bewegung, als wolle er vor lauter Ekel ausspucken, doch offenbar besann er sich eines Besseren. «Sie haben eine eiserne Stirn», sagte er. «Ich kann nicht zu Ihnen vordringen.»

«Aber hören Sie, Onkel Kostja», rief ich ungeduldig. «Sie sollten vernünftig sein und an den armen Nikolaj Wasiljewitsch denken! Er kann doch nicht ewig alle Welt ernähren!»

«Hat er etwas darüber gesagt?» fragte er besorgt.

«Nein... aber...» Ich machte eine Pause, um ihm Gelegenheit zu geben, sich zu stellen.

«Nein, das würde er nicht tun», sagte Onkel Kostja. «Er ist wundervoll. Ich bewundere ihn!»

Ich kehrte in mein Abteil zurück. Es war Abend geworden, und die Lampen flammten auf. Düstere Waldungen erstreckten sich über Hunderte von Wersts. Ich lehnte mich an, und die Gedanken, die durch Onkel Kostja ausgelöst worden waren, begannen in meinem Kopf zu rumoren. Und ich dachte: wohin steuern wir? Warum? Wozu das alles? Und dann dachte ich an den Krieg mit seiner hysterischen Betriebsamkeit. Ich stellte mir alles vor: Soldaten, die in Züge einstiegen, um an die Front zurückzukehren; Schiffe, die mit Kriegsmaterial beladen wurden; die Geschäftigkeit im Kriegsministerium. Ich dachte an die Deutschen, die auf genau die gleiche Art vor Energie übersprudelten, und im Gegensatz dazu verglich ich im Geiste diese sich überstürzende Betriebsamkeit und diese verkrampfte Tüchtigkeit mit der erbarmungswürdigen Schwäche in der intellektuellen Planung des Konflikts, und ich begriff, dass der Mann im wesentlichen recht hatte und dass unsre Reisen über unsre Leistungen hinausgingen. Unser Leben war ein unbeholfenes Spiel mit ein paar unverhältnismässig guten Auftritten darin. Dann, während ich so weiterträumte, hörte ich, wie Fanny Iwanowna im benachbarten Abteil mit jemandem sprach. Ich schob meine Tür auf und konnte jetzt ihre Stimme deutlich hören. Ich hörte zu. Es amüsierte mich ungeheuer. Ich fragte mich, wem sie wohl jetzt ihre Lebensbeschreibung anvertraute. Dann hörte ich, wie sich Sir Hugo hin und wieder in seinem kargen und vorsichtigen Russisch zustimmend äusserte. Ich beugte mich vor, die Aufmerksamkeit in Person.

«Und abends kam er immer zu mir und sagte: ‹Fanny, ich weiss nicht, was ich ohne dich tun sollte...›»

«Eines Abends im April kam er zu mir und sagte: ‹Fanny, ich muss sehr ernst mit dir sprechen...›»

«‹Es ist Liebe, Fanny, diesmal ist es die wahre Liebe. Ich glaubte immer, dass ich geliebt *hatte,* dass ich *dich* geliebt hatte, Fanny. Aber das hier ist die Liebe, die nur einmal im Leben kommt und der man sich frohlockend und selig überlässt, sonst wird man zermalmt und zerbrochen und beiseite geworfen...›»

Ich spürte, wie heftig mir das Herz klopfte, und ich wartete auf Sir Hugos pedantisches Kreuzverhör, aber eigentlich kam es nicht recht dazu. Nur einmal, als Fanny Iwanowna von Nikolaj Wasiljewitschs Frau sprach, unterbrach sie Sir Hugo, entschuldigte sich und fragte: «*Welche* Frau?»

Der Zug eilte durch die Herbstnacht; die Fenster waren jetzt schwarz und gaben nichts preis. Mein Ohr konnte dann und wann Bruchstücke des wohlbekannten Monologs auffangen, in den sich das Lärmen und Quietschen und Rattern der Räder mischte.

«‹Nikolaj!› rief ich, ‹du bist verrückt! Wahnsinnig!›»

«Ich weinte, und er weinte mit mir...»

«‹Denk an die Kinder, Nikolaj! Es sind deine Kinder...›»

«Ich sagte zu ihm: ‹Ich werde warten, bis du mich auszahlst. Andernfalls gehe ich nicht weg.›»

Ich glaubte wirklich, auf dem Gipfel des Daseins zu stehen. Warum war mir ein Blick in so tolle Abgründe der Ironie vergönnt? Dort über den Wolken lachten die Götter - und sie lachten geniesserisch. Ich konnte nicht stillsitzen. Von ganzem Herzen gelüstete es mich, verstohlen hineinzuspähen, wenn auch nur auf Sir Hugos Gesicht. Für mein Leben gern hätte ich gewusst, was für ein Urteil er über die Situation fällte. Lautlos schlich ich mich auf den Gang hinaus, und indem ich mich mit der grössten Umsicht vorbeugte, spähte ich ins Innere des Abteils. Sie sassen nebeneinander. Über dem abgeschirmten Licht schaute das rötliche, wettergebräunte Gesicht Sir Hugos hervor. Sir Hugo sah aus - aber wie soll ich das beschreiben? -, er sah aus, als fände er, es sei ein Fall von verdammt schlechter Organisation.

Der Zug eilte weiter und schwankte lärmend durch die Stille der Nacht. Ich kehrte in mein Abteil zurück, und als ich an Onkel Kostjas Ställchen vorbeikam, schnappte ich das Finale einer Diskussion zwischen Onkel Kostja und dem General auf - vermutlich einer hitzigen theologischen Diskussion. Der General war betrunken, seine fundamentalsten Glaubensansichten waren entwurzelt und lagen unordentlich im Abteil herum; aufgebracht und mit zerzaustem Haar schrie er Onkel Kostja an: «Also *gibt* es einen Gott, oder gibt es *keinen* Gott?»

«Wie kann ich das wissen?» schnauzte Onkel Kostja ärgerlich. «Gehen Sie weg!»

5

Als der Zug in Omsk eintraf, war inzwischen das neue Regime unter Koltschak eingesetzt worden. Der Admiral war entschieden erfreut über den Umschwung, denn er glaubte nicht länger daran, dass man dem russischen Volk eine konstitutionelle Regierung geben könne, weil er allen Grund zu der Ansicht hatte, dass die Russen, falls man ihnen diese Gelegenheit gab, es wahrnehmen und eine andre Regierung, also nicht unter Koltschak, wählen würden. Und der Admiral hatte ziemlich viel für den kleinen Koltschak übrig, der den Begriff einer Demokratie so deutete, dass man dem Volk die Wahl einer Regierung bis zu einem bestimmten Zeitpunkt verweigern müsse, wenn dank eines unklaren, geheimnisvollen, aber irgendwie hinausgezögerten Erziehungssystems ihre Wahl, wie er hoffte, auf seine eigene Administration fallen würde. Wir wohnten in unserm Zug - etwa eine Werst vom Bahnhof entfernt - in einer durch und durch ungesunden Gegend, und der Admiral verbrachte einen grossen Teil seiner Zeit damit, leere Tabakdosen auf die Schweine zu werfen, die in den Gräben rechts und links vom Zuge hausten. «Man hat keine Ahnung, was ein Schwein ist», sagte er, «bis man ein Omsker Schwein gesehen hat.»

«Grossartig!» sagte Sir Hugo. «Grossartig!»

«Da ist sie wieder!» schrie der Admiral und traf eine dicke alte Sau mit einer Büchse Navy-Cut-Tabak.

«Grossartige Leistung!» sagte Sir Hugo. «Grossartige Leistung!»

«Denen werd' ich's zeigen!» brüllte General Bologojewskij. «Verdammte Schweine!» Doch es blieb, wie immer, bei der leeren Drohung.

Aber während die meisten von uns völlig im ungewissen waren, weshalb wir uns eigentlich in Omsk befanden, schien Nikolaj Wasiljewitsch gegen jeden Zweifel gefeit. Weil er der Strafexpedition misstraute, war er zum Sitz der antibolschewistischen Administration gefahren, um hier Wiedergutmachung und Entschädigung betreffs seines Goldbergwerks zu erlangen. Ich glaube, es war hauptsächlich wegen meiner britischen Uniform, dass Nikolaj Wasiljewitsch mich bat, ihn auf seinem Besuch beim General des Generalstabs zu begleiten, dem er seinen Fall vortragen wollte. Es war mir aufgefallen, dass Nikolaj Wasiljewitsch eine merkwürdige Gewohnheit hatte, stets zwischen seiner persönlichen Beschwerde und einem starken äusseren Einfluss einen Zusammenhang herauszuknobeln, wie zum Beispiel dem allgemeinen Problem der alliierten Intervention, und er bestand auf seiner Ansicht, dass er und wir und die Intervention im Grunde ein und dasselbe seien und dass daher eine günstige Lösung seiner finanziellen Schwierigkeiten ein wesentlicher Bestandteil des grösseren Plans sei, der die Niederlage des Bolschewismus zum Ziel hatte.

Wir betraten ein grosses, schmutziges Wartezimmer, wo Scharen von Antragstellern mit einer Geduld, die an Resignation grenzte, darauf warteten, dass sie an die Reihe kämen: nach russischer Manier wünschten sie alle, den Chef persönlich zu sprechen, der infolgedessen sein Leben mit Interviews zubrachte. Eine widerliche, schmutzige kleine Frau mit einem widerlichen, schmutzigen kleinen Kind zeigte mit ihrem schmutzigen Finger auf mich und fragte ihren heulenden Sprössling, im Bemühen, ihn zu beschwichtigen: «Ist das dein Papi? Ist das dein Papi?»

Der General verstand sich auf Ausflüchte; er war ein gerissener Mensch und ein Meister in der Kunst, Kompromisse zu schliessen. Er war der Abgott der Alliierten, denn er war einer der wenigen, die sich aus allem herauswinden und Begünstigungen so in der Schwebe halten konnten, dass er gleichzeitig die zahlreichen Alliierten zufriedenstellte und sich obendrein bei einer grossen Mehrheit der Russen einschmeichelte. Sein Vorgehen war gewöhnlich so: wenn ein Alliierter ihn zum Beispiel um die Zuweisung eines bestimmten Gebäudes bat, versprach er es stets ohne Vorbehalt. Dann erhob die russische Organisation, die von dem Gebäude Besitz ergriffen hatte, stürmischen Protest, und er versicherte ihnen sofort, dass es ihnen gestattet würde, das Gebäude zu behalten, und erklärte ihnen, die ganze Sache sei ein reines Missverständnis. Dann blieb die russische Organisation, und wenn der Alliierte zu ihm kam und eine Erklärung verlangte, antwortete der General mit reizendem Lächeln: «Ach, hören Sie, das Gebäude ist wirklich nicht sehr geeignet für Ihren Zweck! Ich finde etwas Besseres für Sie!» Dann wartete der Alliierte. Man müsse ihm Zeit lassen, sagte der General, und tatsächlich setzte er stets auf die Zeit, auf die «Entwicklung». Denn in der Zwischenzeit kam es zu einem *coup d'état,* oder die russische Organisation machte bankrott, oder der betreffende alliierte Beamte, der ihn geplagt hatte, war durch einen andern ersetzt worden, mit dem der General das Spielchen wieder von vorne begann, oder die alliierten Truppen standen im Begriff, zurückgezogen zu werden, oder die Stadt wurde wieder von den Sowjets besetzt, oder eine Feuersbrunst brach aus und die Korrespondenz wurde von den Flammen zerstört. Er war ein Mann, der nichts wissen wollte von «freiem Willen», sondern der gänzlich auf «Prädestination» setzte.

Der General hörte sich Nikolaj Wasiljewitschs erregten Bericht sehr freundlich an, und liebenswürdig lächelnd erhob er sich und gab ihm die Hand, wie um anzudeuten, dass das Interview beendet sei, wobei er sagte: «Sie können versichert sein, dass alles geregelt wird. Kommen Sie gelegentlich einmal wieder!»

Nikolaj Wasiljewitsch ging nun hinaus und strahlte. «Oh», sagte er, «es scheint in Ordnung zu sein.» Ich sprach ihm meine herzlichen Glückwünsche aus.

Dann suchten wir den General «gelegentlich» zum zweitenmal auf. Nikolaj Wasiljewitsch legte grossen Nachdruck auf das hinterhältige Vorgehen der Tschechen - einer Nation, die damals bei der Regierung in Omsk gerade indiskutabel war -, aber der General sagte nur: «Warten Sie, bis der Höchstkommandierende aus Perm zurückkehrt. Ohne den Höchstkommandierenden kann ich nichts tun.»

Nikolaj Wasiljewitsch wartete also auf die Rückkehr des Höchstkommandierenden, und dann sprachen wir wieder vor. Das Verhalten des Generals war, als er uns empfing, beträchtlich weniger «sonnig» als bei den zwei vorausgegangenen Anlässen. «Sie sind schon mehrfach hier gewesen», begrüsste er Nikolaj Wasiljewitsch. «Sie müssen Geduld haben und warten!»

«Warten?» fragte Nikolaj Wasiljewitsch mit einer Stimme voll heimlichen Entsetzens - dem Entsetzen eines Mannes, der sein Leben lang nichts andres getan hatte - und die Bedeutung verstand.

«Ja, ich empfehle Ihnen zu warten. Haben Sie Geduld!»

«Wie lange?» fragte Nikolaj Wasiljewitsch.

«Wie kann ich das wissen?» erwiderte der General. «Warten Sie - dann werden Sie sehen.»

Verhielt es sich nun so, dass Nikolaj Wasiljewitsch lange genug gewartet und nichts gesehen hatte? Oder fand er jetzt, dass es den Umständen entsprechend zu sehr nach Hohn klang? Oder kam es zur Explosion einer gärenden Rastlosigkeit, die sich in den Jahren immer wiederkehrenden Wartens bei ihm angesammelt hatte, einem letzten Aufpuffen unwirksamen Aufbegehrens vor dem endgültigen Absinken in hoffnungslose Resignation? Jedenfalls wurde Nikolaj Wasiljewitsch plötzlich wild. Ich hatte ihn noch nie in einer solchen Verfassung gesehen. Er beschimpfte den General mit übertrieben heftigen Ausdrücken. Er beschuldigte ihn zuerst, ehrliche Leute zu Bolschewisten zu machen, und dann, im Solde

Moskaus zu stehen. Er drohte, einen Aufstand gegen den Koltschak-Staat anzuführen. Nikolaj Wasiljewitsch hörte auf, ein Mann zu sein: er verkörperte einen Typ, den Typ des Menschen, der die Geduld verloren hat - die ob des Wartens rasend gewordene Menschheit. Mit Donnerstimme brüllte er seinen Widersacher an, und seine vernichteten Hoffnungen waren der Jammer des Menschengeschlechts. Als er dann seine geistigen Hilfsquellen aufgebraucht, jedoch seinen seelischen Grimm noch lange nicht erschöpft hatte, spielte er auf den Tag des Jüngsten Gerichts an. Die Tür der Kanzlei flog auf, und der Personalchef, der Adjutant und die Leiter der verschiedenen Abteilungen stürzten herein, weil sie sich fragten, was um Himmels willen geschehen sei. Und Nikolaj Wasiljewitsch brüllte laut und schleuderte Schimpf und Schande auf den Personalchef, den Adjutanten und die Leiter der verschiedenen Abteilungen. Und dann fiel er im Wartezimmer über einen zufällig anwesenden Admiral her, einen Bittsteller gleich ihm selbst, und schleuderte auch auf ihn Schimpf und Schande.

«Also gut», sagte der General schliesslich. «Also gut! Wenn Sie nicht Vernunft annehmen wollen, muss ich zum legalen Vorgehen Zuflucht nehmen. - Wache!» Und er befahl den Wachsoldaten, Nikolaj Wasiljewitsch abzuführen. Nikolaj Wasiljewitsch raste und tobte noch immer, und die Wachsoldaten traten mit allen Anzeichen von Respekt und Unentschlossenheit auf ihn zu. «Kommen Sie doch!» überredeten sie ihn. «Es ist ihm wirklich ernst damit!» Und indem sie ihn jeder unter einen Arm nahmen, zogen sie ihn ins Freie hinaus.

Wir gingen wieder zum Zug.

«Diese Leute können einfach nicht begreifen», sagte ich, um mich ihm anzupassen, «dass man nicht von Luft leben kann. Vom Warten wird man nicht satt, und mit Warten kann man sich nicht bekleiden, und wenn man eine Familie hat...»

«Man kann natürlich borgen», sagte Nikolaj Wasiljewitsch.

«Ja, das natürlich», gab ich zu.

Fanny Iwanowna begrüsste ihn: «Wie steht's, Nikolaj? Alles in Ordnung?»

Sein Gesicht nahm einen satanischen Ausdruck an, als sagte er: «Zum Teufel ist's das!», und war um so satanischer, weil er es *nicht* sagte.

Sie seufzte hörbar. Und ihr Seufzer liess ihn nervös erschaudern. Seine stahlgrauen Augen blickten hasserfüllt auf sie. «Sogar ihr Seufzen ist beleidigend», sagte er zu mir, «als wollte sie mir auch noch zur Last legen, dass sie seufzen muss.»

«Nikolaj!» rief sie. «Lass dich nicht vor

Fremden gehen! Was soll Andrej Andrejewitsch von dir denken? Du weisst, dass es nicht meine Schuld ist, wenn das Bergwerk nicht zahlt. Und du solltest dich erinnern, dass ich dir schon vor langer Zeit riet, es zu verkaufen, und wenn du auf mich gehört hättest, sässen wir nicht so in der Klemme! Aber ach, es hat keinen Sinn, jetzt zu streiten. Wir müssen eben warten, das ist alles.»

Jetzt erwies sich die Ironie der Situation als unwiderstehlich faszinierend. «Es gibt ein englisches Sprichwort», tröstete ich. «‹Wer wartet, dem fällt alles in den Schoss.›»

«Hm!» sagte Nikolaj Wasiljewitsch.

«Und noch ein andres: ‹Rom ist nicht in einem Tage erbaut worden.›»

«Ausgezeichnete Sprichwörter!» sagte er trocken.

Der Knjas steckte wie eine Maus den Kopf hinter seiner Zeitung hervor und sagte: «Und dann unser russisches Sprichwort: ‹Wer langsam fährt, kommt auch zum Ziel.›»

«Hör, Knjas, du solltest lieber deine Zeitung lesen!» erwiderte Nikolaj Wasiljewitsch scharf. «Was gibt's Neues?»

Ich stand am Fenster des abgestellten Zuges und beobachtete, wie im zunehmenden Dunkel die verdämmernde Landschaft um uns her versank. Warum schien die winterliche Luft so auffallend fremd, wie durchtränkt von irgend etwas, von einer Art Zärtlichkeit, einer warmen, verklärenden Liebe...? Nikolaj Wasiljewitsch trat neben mich und schaute zu, die Hände in den Hosentaschen.

«Schweine im Graben», grübelte er, «Schweine in den Amtsstuben, Schweine überall! Eine Stadt für Schweine! Dieser General - puh! was für ein Schwein!»

6

Dass Eisenstein zu unsrer Reisegesellschaft «gehörte», hatte er seiner Beharrlichkeit zu verdanken. Als der Admiral noch in Wladiwostok war, brauchte er dringend einen Zahnarzt, und rein zufällig stiess er auf Eisenstein, der dort eine Praxis eröffnet hatte. Obwohl der Admiral ein Judenhasser war, hatte er einen günstigen Eindruck von Eisenstein bekommen, denn während seines ersten Besuchs hörte er mit an, wie Eisenstein seinen chinesischen Diener kräftig herunterputzte. Er sah Männer gern, die wussten, wie man «diese Leute» zurechtwies, Männer, die ihre Autorität durchzusetzen verstanden, Männer, die nicht über «Gleichheit» und ähnlichen Blödsinn redeten (der im Widerspruch zu ihrer Einstellung stand), und nicht über «Utopia», «Sozialismus» und dergleichen Dinge, die jetzt viel von sich reden machten, und so weiter und so weiter. Es gab überhaupt viel zuviel Bolschewismus in der Welt, und das energische Vorgehen des Zahnarztes gegen seinen Chink gefiel ihm ungemein.

«Diese ewige Forderung, Männer von unten nach oben steigen zu lassen, statt Persönlichkeiten der alten regierenden Klasse von oben her einzusetzen!» rief er. «Das ist alles verdammt leicht gesagt, aber unterdessen soll die Anarchie unbehindert weitermachen dürfen. Es hat ganz den Anschein!»

«Orright! Orright!» sagte Eisenstein.

Es schien das einzige englische Wort zu sein, das er kannte. Aber das störte ihn nicht im geringsten; im Gegenteil, er zog es jeder vernünftigen Unterhaltung auf russisch vor, sich mittels ständiger Benutzung dieses einen Worts auf englisch zu unterhalten, und wenn der Admiral Russisch mit ihm sprach, erwiderte er trotzdem *«Orright! Orright!»*. Der Admiral hatte bemerkt, dass Eisenstein ein ganz erstaunlicher Zahnarzt war. Die Zähne des Admirals und die Zahnheilkunde waren Themen, die ihn am wenigsten interessierten. Er sprach über Politik und Finanzen. Ab und zu eilten seltsame Männer und Frauen mit stark hebräischem Einschlag ins Sprechzimmer, und Eisenstein liess den Admiral mit weit aufgerissenem Mund und Watte unter der Zunge einfach dasitzen und tauschte mit den dunklen Eindringlingen rasche und aufgeregte Fragen aus. Der Admiral konnte zum Beispiel solche Sätze aufschnappen: «Wie steht der Yen heute? Wieviel gilt der Dollar?» Und wenn der Admiral zufällig finanzielle Probleme streifte, stürzte sich Eisenstein mit Fragen auf ihn: «Brauchen Sie Dollars? Wieviel Dollars? Oder kann ich Ihnen Francs verkaufen?» Oder er konnte den Admiral plötzlich um Befürwortung bitten, damit er die britische Staatsangehörigkeit erhielt. Was gab's denn da für Schwierigkeiten? Er konnte seinen Namen Eisenstein ohne weiteres in Ironstone ändern, was, wie er meinte, auf englisch riesig nett klang.

In entscheidenden Augenblicken warf er seine Instrumente auf den Fussboden und verliess sich auf seine blossen Hände, die er übrigens zwischen einem Patienten und dem nächsten niemals wusch. In seiner Einstellung war er stets radikal das eine oder das andre: entweder war er äusserst optimistisch, dann sagte er, der heftigste Schmerz sei nicht schlimm, oder er war sehr pessimistisch, dann sagte er, man könne nichts tun, um den Schmerz zu lindern. Manchmal war er äusserst nachlässig und behauptete, alles stehe zum besten und es sei nicht nötig, etwas zu tun; und manchmal war er wild begeistert für riesige Eingriffe, für höchst drastische und durchgreifende Verbesserungen, für das Ausziehen sämtlicher noch vorhandenen Zähne im Mund des Admirals, um sie ganz und gar durch Gold und alle möglichen Kronen und Brücken seiner eigenen Erfindung zu ersetzen, die sich auf vierstellige Zahlen in Dollars belaufen hätten und offenbar lose im Mund des Admirals herumhängen sollten. Er sprach die ganze Zeit und drängte dem Admiral seine eigenen politischen Ansichten auf, dass nämlich die Engländer sowohl Dummköpfe wie gerissene Gauner seien. Dieser eindeutige Widerspruch störte ihn nicht im geringsten, und wenn der Admiral sich aufgelegt zeigte, einer so bestürzenden Unterstellung zu widersprechen, dann drückte Eisenstein einfach ein bisschen auf den Bohrer, bearbeitete den nächstbesten Nerv und brachte jeden Protest zum Verstummen. Er sprach von der Börse in Wladiwostok und wie leicht es sei, Geld zu machen, und wenn er gefragt wurde, wie denn? - pflegte er zu antworten, man brauche nur eine Währung in eine andre umzutauschen, einerlei ob Dollars, Pfunde, Yen oder Rubel, und ein riesiges Vermögen sei einem sicher, offenbar ganz unabhängig von der Reihenfolge der Transaktionen oder der betreffenden Währung und dem angelegten Betrag oder dem Kurs, zu dem die Transaktion vorgenommen wurde. Er sprach ständig; während der ganzen Zeit, die sein Patient da war, schwieg er nicht, und zu guter Letzt steckte er ihm einen feuchten Wattebausch in irgendein Loch irgendeines Zahns, kümmerte sich nicht um Einspruch und sagte nur, er solle wiederkommen - irgendwann, an irgendeinem Tag -, um ihn dann stundenlang warten zu lassen. Er begleitete ihn hinaus und rief auf dem Flur als Antwort auf jede Frage, die er haben mochte, *«Orright! Orright!»,* schloss einfach die Tür hinter ihm und wandte sich dem nächsten Patienten zu.

In Wladiwostok behandelte Eisenstein die Zähne des Admirals zweimal, und als er dann von einer Drittperson erfuhr, der Admiral sei nicht ganz zufrieden mit dem Ergebnis seiner Arbeit, verliess er Wladiwostok aus eigener Initiative, gesellte sich in Omsk zum Admiral (um dem Militärdienst in der Etappe zu entgehen) und erklärte, ein Mitglied der Reisegruppe des Admirals zu sein. Ihm folgte Baron Wunderhausen, der dann Leutnant in Koltschaks Armee wurde, in Omsk lebte und den Admiral bat, ihn als Dolmetscher zu beschäftigen. Der junge Baron, der von sich sagte, er sei zu jeder Hilfe bereit, entfaltete eine merkwürdige Verständnislosigkeit oder - wenn er es auf Schmeichelei anlegte - eine merkwürdige Unkenntnis dieser Kunst. Er behauptete, dass Russland eine «feminine» Nation sei, die von einer «maskulinen» Nation wie England überwacht und gelenkt werden müsse, und dass Grossbritannien ein Heer aus Burjäten, Kirgisen, Kalmücken und andern einheimischen Völkerschaften aufstellen, ausrüsten und mit Offizieren versehen solle, um Russland zu erobern. Was ihn selbst betraf, so wollte der Baron mit der ganzen Sache nichts zu tun haben, sondern ins britische Heer eintreten, seine russische Staatsbürgerschaft aufgeben und irgendwo in Persien oder Mesopotamien einen Posten annehmen. - Mit der Zeit hatte man mehr und mehr den Eindruck, als wäre alles Bemühen, Weissrussland auf die Beine zu helfen, wie der Versuch, ein Federbett aufrecht hinzustellen.

Hin und wieder besuchten wir die Front, und der Admiral mischte sich dann in alles ein. Er beobachtete und schüttelte den Kopf: Tempo und Methode der Ausmerzung des Feindes erschienen ihm völlig unangemessen. Wir standen hinter einem Kanonier, der ständig auf einen Baum schoss, einzig und allein auf den Baum.

«Worauf schiessen Sie?» fragte der Admiral.

Der Mann zeigte auf den Baum.

«Sind Rote dahinter?»

Der Mann zuckte die Achsel. Die Frage schien ihm nebensächlich zu sein.

«Ist dort ein Telephon?»

Der Mann schüttelte den Kopf.

«Aber worauf zielen Sie?»

Er zeigte auf den Baum.

Es verlautete, dass an genau jenem Morgen vier Regimenter, welche die Division gebildet hatten, zum Feind übergegangen seien. Von der Division blieben nur vierzehn Mann übrig, der Kommandeur und sein Divisionsstab, aus etwa dreihundert Offizieren bestehend. Wir besuchten den Kommandeur in seinem Dienstraum und fragten ihn, was er zu tun gedenke. Er sagte, er wolle warten; er glaubte, die Soldaten würden vielleicht zurückkehren.

«Auf wen verlassen Sie sich da?» fragte der Admiral sarkastisch. «Auf Gott?»

«Ja, Exzellenz», seufzte der Kommandeur. «Wir haben sonst niemanden, auf den wir uns verlassen können.»

Und der Admiral fühlte sich beschämt.

Aber die Soldaten kehrten anscheinend doch nicht zurück. Sie rannten, so schnell ihre Beine sie tragen konnten, zur Front der Bolschewisten, und die Bolschewisten glaubten, sie würden von einer überwältigenden Menge angegriffen, und machten sich in wilder Flucht davon.

Der Admiral war verdriesslich. Während unsrer raschen Fahrt schnitt uns der Wind ins Gesicht. Langsam und allmählich ging der Nachmittag in den Abend über.

«Die *Peking and Tientsin News»,* unterbrach ich das Schweigen, «scheint etwas pro-bolschewistisch zu sein?»

«Die ist immer pro-irgendwas», murrte der Admiral.

Er blickte aus dem Wagenfenster über die weite, schneebedeckte Ebene, die sich ringsum ausdehnte, und grübelte düster vor sich hin.

«Manche Leute», sagte er, «finden Schnee schön. Ich finde ihn blöd!»

Obwohl die Anwesenheit der Familie Nikolaj Wasiljewitschs in unserm Zug im Grunde nur eine vorübergehende Massnahme war, wussten doch alle aus jenem tieferen menschlichen Instinkt heraus, der jeder Selbsttäuschung trotzt, dass sie von einer Dauer war, die von ihrer Punktzahl sogar noch dem Eichbaum hätte abgeben können. Natürlich hätte der Admiral seinen Zug jederzeit von der Familie säubern können, indem er sie einem anhaltenden Maschinengewehrfeuer aussetzte; doch wie bei Soldaten, Diplomaten und Politikern ist die persönliche Moral auch der Seeleute ihrer nationalen Moral weit überlegen. Muss ich es noch sagen, dass sie blieben? Als Motiv ihrer Reise war angegeben worden, dass Nikolaj Wasiljewitsch wegen seines Goldbergwerks ständig gezwungen war, diesen oder jenen General in irgendeiner Stadt längs der Bahnstrecke zu sprechen, denn sein zunehmender Argwohn ob der Ehrlichkeit der Strafexpedition hatte sich jetzt als vollauf begründet erwiesen. Und während die Zeit verstrich, hatte sich dann das Motiv, wie es Motive an sich haben, in eine Gewohnheit umgewandelt. Doch die Beziehungen zwischen der Zina-Onkel-Kostja-Gruppe und der andern mit Fanny Iwanowna und den drei Schwestern waren alles andre als zufriedenstellend. Auf Bedarfsstationen oder bei einem unvorhergesehenen Halt in Feldern, Wiesen und Tälern, wenn wir alle den Zug verliessen, um uns schleunigst etwas Bewegung zu verschaffen, war es zu peinlichen Situationen gekommen; und wenn die drei Schwestern zufällig an Zina oder einer ihrer kleinen Schwestern vorübergingen, versäumten sie nie, ihnen die Zunge herauszustrecken – vermutlich als ein Zeichen, wie sehr sie es missbilligten, dass Nikolaj Wasiljewitsch sie billigte.

Als wir wieder in Wladiwostok waren, trennten wir uns von ihnen; doch sie fuhren fort, auf unsern Gesellschaften zu erscheinen, und das

Gerücht verbreitete sich, dass Fanny Iwanowna sozusagen *bien vue* am «Hofe» des Admirals sei. Nur ein einziges Mal blies eine kürzlich im Hafen eingetroffene, sehr hochmütige Frau eines untergeordneten Offiziers das Alarmsignal: «Ein Problem hat sich in der Gesellschaft erhoben: können wir eine Deutsche empfangen?» Doch wie so viele Probleme segnete auch dieses Problem das Zeitliche, ohne gelöst zu werden.

7

Es war am Tage nach dem erfolglosen Aufstand des Generals Gaida. «Sie sind mit den drei amerikanischen Marineoffizieren spazierengegangen», berichtete mir Fanny Iwanowna, als ich dort vorsprach. «Nur wir beide sind hier, wie gewöhnlich», schloss sie etwas bitter. Der Knjas sass in seiner Ecke und bestätigte ihre Erklärung gewissermassen hörbar, denn er lutschte Bonbons. Ein schwerer Geruch nach Eau de Cologne hing im Zimmer.

«Wie reizend!» rief ich und beugte mich vor, um ein winzig kleines Jäckchen zu betrachten, das sie strickte.

«Oh, das ist für mein Patenkind.»

«Für wen?»

«Oh, für das kleine Mädchen, das ich über die Taufe hielt. Madame Olenins kleine Tochter. Sie ist heute genau drei Wochen alt. Ein liebes kleines Ding.»

«Noch eine Nichte von Onkel Kostja, was? Eine sehr fruchtbare Familie! Zina hat mehr Kusinen als jedes andre Mädchen von der Welt.»

«Ach», sagte Fanny Iwanowna, «das kleine Ding kann nichts dafür, dass sie Zinas Kusine ist. Und Madame Olenin ist wirklich sehr nett. Was macht es schliesslich aus, dass sie Zinas Tante ist? Ich achte sie trotzdem, und sie wünschte so sehr, dass ich die Patin würde, und das kleine Mädchen ist nach mir ‹Fanny› genannt worden.»

Der hin und her hüpfende Kanarienvogel unterstrich die flinke Bewegung ihrer geübten Finger.

«Mein lieber Andrej Andrejewitsch», platzte sie mit ihrer Antwort auf meine Frage heraus, wann Nikolaj Wasiljewitsch wieder dasein würde, «es gab einmal eine Zeit, als ich über all seine Schritte im Bilde war. Aber jene Zeit ist vorbei. Je länger wir leben, desto mehr spüre ich, wie mein Einfluss auf ihn schwächer wird. Mit jedem Tag spüre ich ihn schwächer und schwächer werden, und er entgleitet mir, und ich bin machtlos, ihn zu halten. Und bald werde ich überhaupt aufhören, mir deswegen Gedanken zu machen. Wenn es ihm gefällt, soll er ruhig die ganze Nacht dort bleiben!»

«Ich bin Zina neulich begegnet. Sie sieht sehr erwachsen aus.»

«Oh, was ich für Kopfschmerzen habe!» Sie tauchte ihr zusammengefaltetes Taschentuch in eine Schale mit Eau de Cologne und drückte es auf die Stirn. «Wenn ich nicht Nina hätte, die mich tröstet! Oh, Sie haben keine Ahnung, was für ein zärtliches, liebevolles Herz unsre Nina hat!»

«Nina - ist *zärtlich?*»

«Sie kennen sie eben nicht. Erinnern Sie sich an den Tag, als Sie zum erstenmal hierher kamen und als ich so besorgt war, wo sie sein könnte? Sie wollte es mir nicht sagen, weil... weil sie fürchtete, ihr Plan könne misslingen. Hinterher hat sie es mir erzählt. Sie hatte ihre Mutter besucht.»

«Ist das alles?»

«Anscheinend ist es so, dass ihre Mutter sich mit mir versöhnen will. Sie möchte nämlich mit mir zusammen ein Geschäft aufmachen. Damenhüte.»

«Und wollen Sie das nicht?»

Sie dachte ein Weilchen nach. «Ich glaube, ich könnte es nicht», gestand sie schliesslich. «Nach dem, was sie über mich gesagt hat...»

Eine lange Pause entstand, die der Kanarienvogel jedoch nicht respektierte. «Aber wenn ich es tue, dann allein wegen Nina. Das arme

Kind - sie möchte so gern Frieden zwischen uns stiften.»

«Aber will denn Sonja als die Älteste nie die Führung übernehmen?»

«Sonja?» Sie lachte. «Schauen Sie doch Sonja an! Wir haben einen Spitznamen für sie: Miss Mondschein! Der passt ausgezeichnet zu ihr! Und Sonja ist unaufrichtig. Gestern hat sie mich belogen. Sie sagte mir, sie hätten ihre Mutter besucht, doch Nina hat mir nachher erzählt, sie wären mit Mr. Ward und Mr. White und Mr. Holdcroft zum Tanz auf dem amerikanischen Kreuzer gewesen.»

«Nein, so etwas!»

«Ja, ich bin auch sehr dagegen!» vertraute sie mir an. «Ich war empört! Ich sagte zu Nina: ‹Andrej Andrejewitsch und euer Vater wären beinah umgekommen, als sie während der Schiesserei überall nach euch Ausschau hielten.› Aber sie sagte nichts weiter als: ‹Das war gar nicht nötig.›»

«Sie waren auf dem amerikanischen Flaggschiff gewesen... - auf dem amerikanischen Flaggschiff...» Diese Neuigkeit konnte ich einfach nicht schlucken. Als gestern die Schiesserei begann, war Nikolaj Wasiljewitsch zu mir hereingestürzt und hatte gerufen, die drei Schwestern wären seit dem Umsturz unauffindbar. Ich hatte mit Sir Hugo in dem kleinen

Büro gesessen, wo Sir Hugo einen Brief an einen tschechischen Oberst aufsetzte und sich entschuldigte, dass er den Namen des Obersten kürzlich falsch geschrieben habe. Nachdem er das getan hatte, blätterte er in alten Protokollen über frühere Sitzungen, um nachzuforschen, ob irgend etwas nicht gründlich genug erörtert war. Er glaubte gerade, etwas gefunden zu haben, als ein Flintenknall die Luft zerriss, auf den sofort eine Unmenge weiterer Schüsse folgten. Wir standen auf und blickten aus dem Fenster. Der geplante Putsch hatte begonnen.

Dann hörten wir anhaltendes Maschinengewehrfeuer. Das Bahnhofsgebäude und der Platz davor wurden von Gaidas Leuten angegriffen und von den britisch geschulten Kadetten der russischen Inselschule verteidigt. Ein unerschrockener Kadett in britischer Khaki-Uniform lag in voller Sicht auf der Brücke, die die Geleise überquerte, und liess sein Maschinengewehr losballern; dann blieb er liegen. Mehrere Soldaten lagen auf dem Platz; einige waren bereits tot, andre krümmten sich vor Qual.

Ehe die Kämpfe gefährlich wurden, waren die meisten Mitglieder der Familie in eine leere Kaserne beim Bahnhof gebracht worden. Doch erst, als wir uns auf die Strassen hinausbegaben, fragten wir uns, wie wir unsrer Aufgabe nachkommen wollten. Wir gingen weiter und weiter, schauten hier und dort in Häuser hinein und erkundigten uns in Privatwohnungen, aber im Grunde unsres Herzens wussten wir, glaube ich, dass wir es eher taten, um unser Gewissen zu beruhigen, denn wir hatten nicht die leiseste Ahnung, wo wir die Schwestern suchen könnten. Als wir zurückkehrten, erblickten wir die beiden Mütter, die den Tod eben dieser Kinder beklagten (den sie sehr schnell als Tatsache angesehen hatten), doch noch immer sprachen sie nicht miteinander. Durch eine verirrte Kugel war eine Fensterscheibe eingeschlagen worden.

Die Schiesserei liess nach und begann wieder und nahm an Heftigkeit noch zu, als sich die Dunkelheit auf die Stadt senkte. Ein nasser Novemberschnee fiel jetzt auf die kämpfenden Truppen. Der Bahnhof ging mehr als einmal in andre Hände über. Einige Verwundete waren aufgelesen und in ein Hospital geschleppt worden, das man behelfsmässig in der Kaserne eingerichtet hatte, und die ganze Nacht hindurch hörte man das Stöhnen und Ächzen, während die Stadt unter dem Beschuss der Feldgeschütze erbebte.

Der Morgen hob sich über einem schaurigen Bild. Der Schnee, der in der Nacht gefallen war und noch immer fiel, bedeckte jetzt ein paar Zoll hoch den Boden und die Leichen. Der Platz, die Strassen, die Höfe, die Geleise und die verschiedensten Gräben zeigten sie, wie sie, tot oder sterbend, in grausigen Verrenkungen herumlagen. Alle, die nicht tot waren, wurden, sowie die «loyalen» Truppen sie entdeckten, unter grässlichem Geschrei «fertiggemacht». Dann lagen sie still und steif in entsetzlichen Stellungen da. Männer und Frauen beugten sich unsicher über sie und stierten sie an. Vielleicht ist nichts imstande, die Wahrheit von der vergänglichen Natur des Menschen eindrücklicher zu beweisen, als der Anblick einer Leiche. Was noch vor einem Augenblick ein Mensch voller Leben und Streben gewesen war, war jetzt ein Ding - wie ein Stein oder ein Stock.

«Diese Nacht werde ich nie vergessen», sagte Fanny Iwanowna, «und auch nicht das, was ich heute morgen sah. Die Gesichter der Gefangenen, manche fast grün vor Angst, wie sie mit erhobenen Händen im kalten grauen Morgenlicht standen, und das Babygesicht des Kosakenleutnants, eines wahren Muttersöhnchens, der sie in zwei Gruppen einteilte. Und dann das Gesicht des andern jungen Burschen, der etwa gleich alt wie der kleine Leutnant war und sehr, sehr hübsch aussah! Er hatte sich die ganze Nacht im Kamin versteckt und war übersehen worden, und man erinnerte sich erst an ihn, als die andern Gefangenen zum Bahnhof abkommandiert waren, um erschossen zu werden. Doch dann kam ein Soldat mit ihm angerannt, der Soldat vorneweg und der junge Bursche hinter ihm drein, in Eile, um noch zur Exekution zurechtzukommen. Aber gerade in dem Augenblick waren die Erschiessungen beendet. Der Junge holte ein zusammengefaltetes Blatt Papier aus seiner Tasche, gab es dem Soldaten und verschwand im Bahnhof. Und ein paar Minuten drauf hörte man die drei einzelnen Schüsse.»

«Als ich in den Bahnhof trat», sagte ich, «sah ich Haufen von Leichen auf den Treppenstufen herumliegen, über die bis unten hin das Blut tröpfelte, und zuoberst der hübsche Junge, dem der Hinterkopf weggeschossen war. Man hatte sie mit Maschinengewehren beschossen, während sie die Steintreppe im Bahnhof hinuntergejagt wurden, und ihre Henker hatten ihnen die Stiefel ausgezogen und sie sich angeeignet. Nach drei Stunden lag ein Mann noch da und atmete schwer. Blutend lag er auf den Stufen, von andern blutenden Körpern überdeckt. Ein andrer Mann in dem Leichenhaufen war nur leicht getroffen. Er lag allein zwischen den Leichen und stellte sich tot, während der neugierige Pöbel und die schaulüsterne Soldateska überall herumgingen. Nach drei Stunden stand er auf und stahl sich fort, wurde aber erwischt und erschossen.»

«Grässlich!» sagte sie. «Es ist eine Schande! Die Weissen töten die Roten, die Roten töten die Weissen - und keiner kommt dabei weiter. Wenn die Menschen doch nur begreifen würden, dass Blutvergiessen das allererste ist, was sie *nicht* tun sollten!»

«Ein Ziel, das sich von selbst verstehen sollte! Aber wie es scheint, ist der einzige Gedanke der Koltschak-Anhänger Blutvergiessen, um das Blutvergiessen zu beenden - und das ist zufällig auch der einzige Gedanke der Bolschewisten, und das finden die Koltschak-Anhänger empörend.»

«Warum können die Menschen ihre Probleme nicht durch Konferenzen lösen?»

«Dafür müssten sie Menschen sein, Fanny Iwanowna!»

«Sir Hugo könnte doch sicherlich...»

«Sir Hugos Hauptbeschäftigung bei einer Konferenz besteht darin, einen andern alliierten Herrn dahin zu bringen, dass er zu jedem vorgebrachten Punkt ‹Ja› sagt, und ihn dann durch eine Reihe von meisterlichen, wohldurchdachten und trügerischen Vorstössen zu verführen, dass er ‹Nein› sagt, und dann auf den Widerspruch hinzuweisen. Das nennt Sir Hugo, ‹den guten alten Kämpfergeist zeigen›. Seine Aufmerksamkeit widmet er im wesentlichen dem sorgfältigen Ablegen von Dokumenten, die zufällig den Weg in unser Amt finden, Dokumente, die er an sich als unwesentlich und unwichtig betrachtet. Und der Admiral verabscheut Sir Hugos Liebe für Beiwerk und Genauigkeit, die anscheinend nichts anderes bezweckt, als ihm sehr klar und deutlich die Ungewissheit und Unsicherheit seiner eigenen Lage zu beweisen.»

Sie seufzte.

«Es ist ein Trost», sagte sie, «dass es ausser uns noch andre unnütze Menschen in der Welt gibt.»

Der Schnee fiel noch immer in dichten Flokken nieder, als ich nach Hause ging; es wurde merklich kälter, und man spürte den Ansturm des Winters. Unterdessen wurden die Gefangenen, wie es hiess, im Gefängnis umgebracht - geräuschlos, aus Rücksicht auf die Alliierten.

8

Wer kann je erschöpfend das Gefühl völliger Hoffnungslosigkeit vermitteln, das einer sibirischen Winternacht anhaftet? Wo sonst noch hat man dieses drohende, erregende Gefühl von gefrorenem Raum und Schnee und Eis, in tintiger Schwärze versunken, das schauerliche Gefühl nie endender Nacht und unsagbarer, grenzenloser schwarzer Verzweiflung und Einsamkeit? Hinzu kommt das Wissen um einen Bürgerkrieg, der sich blindlings durch den Schnee tastet, und um schlecht ernährte, schlecht gekleidete und apathische Menschen, die kalt und unglücklich und krank auf der gefrorenen Erde liegen. Ein Schneesturm bläst wütend, das Holzhaus ächzt und jammert durch die Nacht, das Blechdach quietscht gepeinigt, voller Angst, es könnte den Winden vorgeworfen werden, und der Sturm heult bald wie eine wilde Bestie, bald wimmert er wie ein Kind, verstummt dann und sammelt Kräfte für einen neuen Überfall.

Das Haus war warm und behaglich und hell erleuchtet. Es war das Haus des Admirals. Aber der Admiral war nicht da, und in seiner Abwesenheit hatte ich es für durchführbar erachtet, eine Dinner-Party zu geben. Die Tischordnung für die Gäste zu machen, war eine heikle, aber köstliche Aufgabe gewesen. Ich hatte Fanny Iwanowna an die Seite von Magda Nikolajewna plaziert. Ich hatte Nikolaj Wasiljewitsch neben Eisenstein gesetzt. Ich hatte etliche von Zinas Schwestern zwischen die drei Schwestern gesprenkelt. Und da war Sir Hugo, der auf französisch mit Zinas Mutter (die Gott fürchtete und nicht französisch konnte) über die russische Situation sprach, und während er sprach, verriet es sich eindeutig, dass seine Tageszeitung nicht der *Daily Herald,* sondern eher die *Morning Post* war.

Der Tisch war mit Flaschen des allerbesten Weins bestückt, den der Privatkeller des Admirals geliefert hatte, und der Gesichtsausdruck meiner Gäste wurde - wie er es unter dem Einfluss guten Weins eben wird - impulsiver und weniger der Kontrolle des Willens unterworfen. Mit dem Fortschreiten des Festes schien der Wille immer weniger der Autorität des Gewissens unterworfen. Der Knjas hatte die Cocktails *en gros* getrunken. Früher hatte er nie Cocktails angerührt, und nun fand er, sein Leben sei vertan. «Cocktails sind exquisit!» sagte er.

«Das sind sie», bestätigte Sir Hugo. «Sie verleiten dazu, den Kostenpunkt zu vergessen. Oh, nein, nein, Fürst! So habe ich es nicht gemeint! Nehmen Sie noch einen Cocktail!»

Ich sass seltsam aufgewühlt zwischen meinen Gästen, und das weite Meer russischen Lebens schien über mir zusammenzuschlagen. Ich sah, wie Fanny Iwanowna mit Magda Nikolajewna sprach, vielleicht etwas schüchtern und mit unnötiger Zurückhaltung, aber immerhin *sprach* sie. Eisenstein strahlte stille Genugtuung aus, als er «die Familie» überblickte. Ich glaube, er fand, dass er endlich einer von ihnen und jetzt gut dran war. Nikolaj Wasiljewitsch redete Eisenstein bei mehr als einer Gelegenheit liebenswürdig, wenn nicht familiär *sotto voce* als Moisej Moisejewitsch an. Zinas Mutter sprach sehr eifrig auf Sir Hugo ein und erzählte ihm etwas über die Verfolgung der russischen Priester durch die Bolschewisten, aber ein Grossteil ihrer Beredsamkeit liess ihn gleichgültig. Sir Hugos Kenntnisse ihrer Sprache waren trotz seines langen Aufenthalts in Russland unerklärlich gering. Wenn er gefragt wurde, ob er gut Russisch sprechen könne, antwortete er: «Mittelmässig.» Doch tatsächlich war seine Gabe, sich auf russisch auszudrücken, darauf beschränkt, eine Kutsche zu bestellen, indem er das Wort *«Iswostschik»* rief und dann, wenn er sich gesetzt hatte, das Wort *«Poscholl!»* zu brummen, das er gewöhnlich falsch aussprach, was aber nichts zu bedeuten hatte.

General Bologojewskij, der zu meiner Linken sass, erging sich über die Lage.

«Sieht ziemlich hoffnungslos aus», bemerkte ich.

«Nein, keinesfalls!» erwiderte der General.

«Aber sie ziehen sich doch überall zurück!»

«Absichtlich», sagte der General.

«Weshalb denn nur?»

«Oh, da war, wie ich vermute, eine Konferenz der Generäle, die es so beschlossen haben. Ich halte es auch für richtig.»

«Warum, General?»

«Oh - wir werden sie in eine Falle locken.»

«Ich bin äusserst pessimistisch.»

«Ich bin durchaus optimistisch - und ganz siegesgewiss.»

«Warum, General?»

«Wegen Denikin.»

«Er rückt sehr langsam vor!»

«Ah, er ist aber im Begriff, in grossrussisches Gebiet einzudringen.»

«Und was bedeutet das?»

«Oh», erklärte er, «die Grossrussen sind die einzigen wirklich anständigen Russen. Ich bin selbst Grossrusse.»

Ich nickte verständnisvoll, wie um anzudeuten, dass die Situation dadurch ein anderes Gesicht erhielte.

Dann sass Fanny Iwanowna wieder einmal stumm da. Vielleicht dachte sie an das Unsichere und Unkonventionelle ihrer Lage und dass sie nicht mehr gebraucht wurde und unerwünscht war - und an ihre Instinkte, die so gar nicht mit ihrem Leben in Einklang standen, da sie stets auf der Seite der Ehrbarkeit und der Reinheit des Familienlebens und der Heiligkeit der Ehe gewesen waren - gerade für die Dinge, die ihr immer versagt blieben, ihr so sehr versagt blieben, dass sie in ihrer unsicheren, fragwürdigen Lage nun erst recht streng auf diesen Idealen bestanden hatte und im Herzen immer daran erinnert wurde, dass sie kein Recht hatte, eine solche Forderung durchzudrücken, und keinen Anspruch, ausser einem schmerzlichen Sehnen nach den Anstandsformen von Sitte und Brauch. Vielleicht hatte die Anwesenheit von Nikolaj Wasiljewitschs anderen Frauen sie an die qualvolle Ironie ihres Lebens erinnert; vielleicht hatte der Wein sie ebenso melancholisch gestimmt wie mich. Vielleicht grübelte sie über ihr zerbrochenes Leben nach, über die Opfer, die unbemerkt gebracht worden waren; oder sie hatte sich ihre etwaige Rückkehr nach Deutschland ausgemalt und das grausame Erstaunen derer, für die sie ihr Leben geopfert hatte. Und vielleicht war es ihr wie eine verspätete nachträgliche Überlegung in den Sinn gekommen, dass sie möglicherweise zu oft und zu sehr ausgenützt worden war.

Aber nein, es war nicht ganz so. Es lag etwas Fatalistisches und doch beinah Herausforderndes in ihrem Blick. Eine Mischung aus Optimismus und Resignation. Was war es? Was entdeckte sie gerade? Warum das Lächeln? Es war, als hätte sie Nikolaj in ihrer

Verzweiflung die Zügel schiessen lassen und zu ihrem Erstaunen entdeckt, dass er nicht so fest am Zaum zog, wie wenn sie ihn kurz hielt.

Ich bemerkte, dass meine Dinner-Party sich gut anliess. Ich fing Fanny Iwanownas Blick ab und hob mein Glas; und sofort liess ich ihr Glas nachfüllen. Der Kopf begann mir zu schwimmen. Ich stellte eine angenehme Wärme in meinem Körper fest, und ich schien den Ausdruck, der sich offenbar in meinem Gesicht zeigte, nicht mehr beherrschen zu können. «Fanny Iwanowna», rief ich, «stossen Sie sich nicht an meinem Gesichtsausdruck! Ich weiss, dass er töricht ist. Er hat sich von selber eingestellt, und ich kann ihn nicht ganz vertreiben, obwohl ich glaube, dass jetzt jeden Augenblick ein Lächeln auftauchen kann!»

«Sieh bloss», sagte Nina zu Sonja, «wie furchtbar komisch, wenn sein Ausdruck vom Lächeln in Ernst übergeht! Da sieh!»

Ich lächelte betrunken.

«Da, sieh: wieder!»

Ich hätte hier erklären sollen, dass ich eine leidenschaftliche Vorliebe für die weisse und teigige Masse habe, welche die Russen zu Ostern essen: für Paska nämlich, und seit ich in Russland war, hatte ich es mir angewöhnt, Paska zu jeder Jahreszeit zu essen. Ich hielt eine Pyramide von beträchtlichen Ausmassen im

Safe unter Verschluss. Und jetzt, gegen Ende des Dinners, kam das Geheimnis an den Tag. Alles stürzte sich darauf. Die Gäste bewaffneten sich mit Messern, Gabeln und Löffeln, gruben sich in die Masse ein und trugen sie in weniger als zwanzig Minuten ab. Dann räkelten sie sich stöhnend und litten nicht zu knapp unter der Einwirkung der Paska auf ihre übervollen Mägen.

Wir waren lustig, ausgelassen, egozentrisch und sentimental. Ich war eindeutig zufrieden mit mir selbst. Ich weiss nicht, warum: es ist das Geheimnis guten Weins. Manche Leute lachten; andre hätten nach Art der Slawen am liebsten geweint; und draussen wütete der Schneesturm einer sibirischen Winternacht.

Fanny Iwanowna und Magda Nikolajewna, Tschetschedek, Eisenstein und Nikolaj Wasiljewitsch sassen angelehnt auf Sofas und Sesseln, rauchten und tranken Likör. Und Sonja, Nina, Vera, Zina und ihre Schwestern und Baron Wunderhausen lärmten in den anstossenden Zimmern und stellten die Möbel auf den Kopf.

Onkel Kostja stand benommen und mit hochrotem Gesicht auf dem Kaminvorleger und salbaderte sehr ausführlich: seine russische Seele war ein Staubecken überflutender Gefühle. «Mir ist ausgesprochen seltsam zumute», sagte er. «Ich kann es beschwören, dass mir noch nie so zumute war. Denken Sie, während einer Diskussion nickte ich bei einem gewissen Punkt, mit dem ich zufällig einverstanden war, mit dem Kopf, und zu meiner grössten Verlegenheit musste ich ganz gegen meinen Willen fortfahren zu nicken und nicke immer weiter - sehen Sie mich, Fanny Iwanowna? -, obwohl jene Stelle der Diskussion, der ich meine Zustimmung gegeben hatte, längst in Vergessenheit geraten ist. Ich weiss, dass es der Wein ist. Es ist guter Wein, und - um es kurz zu machen - ich bin betrunken. Aber es ist mir einerlei! Das ist heute eine aussergewöhnliche Nacht. Es ist eine denkwürdige Nacht. Fanny Iwanowna und Nikolaj Wasiljewitsch und Magda Nikolajewna, Moisej Moisejewitsch, Zina und Sonja, Nina, Vera und Knjas: ich schwöre, dass ich mich euch noch nie so nahe gefühlt habe, wie ich es heute nacht tue! Mir ist grässlich sentimental zumute. Ich möchte am liebsten laut losheulen! Mir ist so zumute, als könnte ich in der nächsten Minute herumgehen und jeden einzelnen von euch der Reihe nach küssen! Blickt in eure eigenen Herzen! Was nützt alle Verstellung? Wir sind eine einzige Familie, und Nikolaj Wasiljewitsch, unser herzlich geliebter und sehr geschätzter Nikolaj Wasiljewitsch, ist unser Vater und Beschützer. Er stand uns bei in der Stunde der Not. Seine Aufgabe war eine Sisyphus-Leistung - aber hat er sich über uns beklagt? Nicht ein einziges Mal! Er hat die Bürde vieler Familien ohne einen einzigen Protest getragen. Um von mir selbst zu sprechen: wir Schriftsteller müssen uns auf den Beistand starker Männer stützen können, wie Nikolaj Wasiljewitsch einer ist, und tatsächlich sind Kunst und Literatur in hohem Masse auf ihre grosszügige Hilfe angewiesen. Bekanntlich sind wir Schriftsteller keine Geschäftsleute, aber wenn ich mir als Schriftsteller und als Erforscher des menschlichen Lebens und der menschlichen Natur erlauben darf, einen Rat zu geben: verliere nicht den Mut, Nikolaj Wasiljewitsch! Erinnere dich stets, dass wir alle hinter dir stehen; wir werden dir, wenn es sein muss, bis ans Ende der Welt folgen. Mut, Nikolaj Wasiljewitsch! Lass nicht locker! Lass nicht locker!»

Wir wurden aufgeregt. Wir sprachen alle gleichzeitig, vielleicht einzig aus dem Grund, weil wir so lange nicht sprechen durften. Und dann beruhigten wir uns plötzlich, denn im Stockwerk über uns, das eine russische Familie bewohnte, spielte jemand Klavier. Es war Chopin! Wir hörten auf die Musik und wurden still, und unsre Seele war ganz Musik, als hätte er ihre Saiten angerührt. Und das Haus schien verzaubert, und die rauhe sibirische Nacht schaute zu den Fenstern herein und lauschte stumm... Denn sein ist die Anmut und die süsse Schwermut der Poesie, und sein das Lachen silberner Trompeten, und Tränen, funkelnd wie der Tau in der Morgenröte. Seine Trauer ist nicht ernster als die Trauer eines rotgoldenen Sonnenuntergangs, und sein Schluchzen ist das Schluchzen des Meeres und das Echo der Wellen, die auf den Klippen weinen. Und alles ist ihm ein Traum in Musik gewesen, und wenn wir es hören, träumen wir mit ihm...

«Und Fanny Iwanowna», sagte Nikolaj Wasiljewitsch, «ist jetzt eine Witwe!»

Ein Gedanke schoss mir durch den Kopf. «Fanny Iwanowna», rief ich, «ich hatte Sie fragen wollen, was das für ein Leichenzug war, an dem Sie gestern alle teilgenommen haben?»

«Der von meinem Mann!» sagte sie, und ihre freudige, triumphierende Stimme fiel mir unangenehm auf.

«Von Eberheim?»

«Ja», lächelte Nikolaj Wasiljewitsch. «Sie ist jetzt eine Witwe. Eine *lustige Witwe!*» Und Fanny Iwanowna lachte laut und schrill. Es schien sonderbar, dass mir ein so naheliegender Kandidat nicht gleich eingefallen war, als ich den Leichenzug unter meinem Fenster vorbeiziehen sah, sondern dass ich vermutet hatte, die Leiche sei ein Opfer des Gaida-Aufstandes. Wir alle fanden, dass es für Eberheim das Beste war, und es wurde nichts mehr darüber gesagt. Eisenstein, der in einem unmöglichen Zustand war, sang - sich selbst auf dem Klavier begleitend - sentimentale Zigeunerlieder, und vor dem Klang seiner Stimme versteckte sich die Katze im Haus und konnte noch drei Tage hinterher nicht gefunden werden; und Nikolaj Wasiljewitsch begleitete ihn mit einem ziemlich schüchternen Stakkato-Bariton. Sonja, Nina, Vera, Zina und ihre Schwestern, Baron Wunderhausen und ich tanzten im Nebenzimmer. Fanny Iwanowna und Magda Nikolajewna sassen Seite an Seite auf dem Sofa und besprachen - wie es schien, noch etwas scheu - Magda Nikolajewnas Vorschlag, zusammen ein Hutgeschäft aufzumachen, aus Peking sowie Schanghai moderne «Pariser» Hüte kommen zu lassen und sie mit hohem Gewinn in Wladiwostok zu verkaufen; und Zinas Vater schlief mit weit offenem Mund in seinem Sessel.

9

Es schneite fröhlich, und sie ging, in den bekannten Pelz gehüllt, rasch ihres Wegs.

«Nina!»

Sie drehte sich um und blieb lächelnd stehen.

Und der strahlende weisse Wintertag schien mit ihr zu lächeln. Es war der Tag des *coup d'état* der Sozialisten-Revolution. Früh am Morgen hatten Truppen der Sozialrevolutionäre die Stadt friedlich besetzt und unter den wilden Beifallsrufen der Einwohner die öffentlichen Gebäude eingenommen. Die russische Landesflagge war heruntergeholt und an ihrer Stelle eine rote Fahne gehisst worden. Umzüge mit Bannern der Partisanen erschienen, und die ganze Stadt war rot geschmückt. «Hast du das Neueste gehört?» fragte sie. «Pawel Pawlowitsch, der Baron, ist heute nacht nach Japan geflohen, ohne uns ein Wort zu sagen!»

«Natürlich - er lief Gefahr, hier von den Roten verhaftet zu werden», sagte ich. «Aber ich nehme an, dass er eines Tages zurückkehren wird.»

Sie schüttelte den Kopf. «Das glaube ich nicht.»

«Was denkt Sonja?»

«Sie ist froh.»

«Froh?»

«Ja. Sie war drauf und dran, ihn zu verlassen und Holdcroft zu heiraten. Aber jetzt...»

«Was denn, jetzt?»

«Aber jetzt hat *er* sie verlassen.»

«Um so besser. Es erspart viel Mühe.»

«Es ist... beschämend.»

Wir gingen zusammen weiter, und als wir in die Nähe der Wohnung kamen, stapften wir durch aufgehäuften Neuschnee. Es war ein Uhr. Die Sonne schien gelblich. Sie steckte ihre Hand in meine Manteltasche. Zarte Flocken fielen vom Himmel und blieben auf ihren Brauen und ihren Wimpern haften. Wir tapsten und alberten im Schnee herum, und mit ihrem Vogelblick sagte sie zu mir: «Heute... mag ich dich.»

Gestern abend beim Tanz im amerikanischen Hauptquartier war sie seltsam und unerklärlich feindselig gewesen, und Fanny Iwanowna hatte es schlimmer gemacht, indem sie Nina ermahnte, gegen ihren Willen mit mir zu tanzen. Und natürlich waren Ward und White und Holdcroft da. Ich erinnere mich, dass ich dagesessen und mich beleidigt gefühlt hatte. Was war los? Hatte ich mir widerrechtlich zu viele ihrer Tänze gesichert? Mir war wie einem Mann zumute, der in einem Augenblick besonders guter Einstellung zur Menschheit entdekken muss, dass ihm ein Taschendieb die Uhr gestohlen hat. Ich sagte nichts, bemühte mich aber, meinen Gesichtsausdruck sprechen zu lassen. Sie kam zu mir und war hinreissend und herrlich. Sie hatte einen beunruhigenden, schwer deutbaren Charme. «Ich habe dir gesagt, dass ich dich liebe. Was willst du mehr?»

Sie sagte es mit eben jener quälenden Mischung aus Lächeln und Ernst, der man nicht entnehmen konnte, wie es gemeint war: und sehr wahrscheinlich hatte sie gerade das beabsichtigt. Ich erinnere mich, dass ich mir den Kopf nach einem verletzenden Wort zerbrach. «Du kannst nicht lieben», sagte ich. «Du bist keine Frau - du bist ein Fisch.» Es ist nicht recht, Liebesgeplänkel zu analysieren, wenn nicht eine ähnliche gefühlsbetonte Temperatur herrscht. Als die Tanzerei vorbei war und wir in den Mänteln dasassen und auf den Wagen warteten, sah Nina ziemlich mürrisch aus. - Dagegen heute: was für eine Veränderung hatte der Sonnenschein bewirkt!

Wir erreichten das Haus. «Komm mit rein!» sagte sie.

«Nein.»

Sie ging hinein und zog den Mantel aus, und während ich noch zögerte, erschien sie wieder und stand auf der Treppe.

«So wirst du dich erkälten!»

Sie schüttelte den Kopf.

«Ich wünschte», sagte ich, «dass die Frauen den Männern einen Antrag machen würden. Liebend gern würde ich antworten: ‹Oh, können wir nicht einfach Freunde bleiben?›»

Sie sah mich an. «Würdest du das zu *mir* sagen?»

«Im Scherz natürlich.»

«Dann werde ich dir keinen Antrag machen.»

«Und wenn ich es im Ernst sagte, würdest du mir dann einen Antrag machen?»

«Ja», lachte sie.

«Aber sind wir nicht angeblich verlobt?»

«Sind wir das?»

«Ich glaube es.»

«Wir wollen heiraten und uns sofort wieder scheiden lassen», sagte sie, «und dann getrennt leben und uns nur einmal im Jahr treffen.»

Und dann ging die Tür auf und Nikolaj Wasiljewitsch sagte etwas verärgert zu mir: «Kommen Sie entweder rein oder gehen Sie! Wenn sie hier steht und nicht angezogen ist, wird sie sich erkälten!» Und als er sich zurückzog, schlug er die Tür zu.

«Geh ins Haus, Nina, sonst wird er ärgerlich!»

«Du musst ihn nicht beachten. Keiner von uns beachtet ihn, deshalb ärgert er sich.»

«Dann komme ich mit hinein», sagte ich. Und wir gingen beide ins Haus und hörten, wie Fanny Iwanowna sagte: «Glaube mir, Sonja, es ist alles zu deinem Besten. Wenn du magst, schick ihm eine Postkarte: ‹Glücklich losgeworden!› Weiter brauchst du nichts zu schreiben.» Und während ich zuhörte, kam es überdies zutage, dass Baron Wunderhausen kein

Baron und nicht einmal ein Wunderhausen war.

Sonja war niedergeschlagen. «Was zum Teufel kommt es überhaupt drauf an», schalt Nikolaj Wasiljewitsch, «noch dazu, wo er jetzt weg ist - ob er ein Baron war oder nicht und ein Wunderhausen oder nicht?» Aber davon wollte Sonja nichts hören. Dass er sie verlassen hatte, ohne ein Wort zu sagen! Dass er sie all die Jahre so belogen hatte! Ausserdem hatte sie ihn immer wegen seines Titels verspottet und ihn lächerlich, fast wie ein bewusstes Getue gefunden. Doch seit die Wahrheit ans Licht gekommen war und sie wusste, dass er nie einen Titel gehabt hatte, fand sie, dass sie schändlich beleidigt worden und unter Vorspiegelung falscher Tatsachen geheiratet worden war. Jedenfalls würde sie auf einer Scheidung bestehen, und sie würde schon achtgeben, dass sie die erste war, die darauf bestand. Holdcroft war ganz ungewöhnlich hübsch. Er schien sich zwar eher für Vera zu interessieren. Aber wie wundervoll er tanzte!

Und gerade in dem Augenblick drang aus dem Grammophon, an dem Vera herumgefingert hatte, ein berauschender One-step. Nina, die danebenstand, wiederholte den Schluss von jedem Kehrreim: «Mein Kel-ler!», während die Musik in Synkopen davongaloppierte.

«Wessen Grammophon ist das?»

Es gehörte Olga Olenin, der schüchternen, fussballrunden Nichte Onkel Kostjas.

«Da sind sie!» rief Sonja. Drei US-Marine-Uniformen tauchten vor dem Fenster auf.

«Hätten wir nur mehr Platz hier!» seufzte Fanny Iwanowna. Aber wie tadellos sauber hielt sie das wenige, das da war!

«Ich muss auf ewig Seifen-blasen pu-sten», kreischte das Grammophon.

«Fu - fu-fu-fu-*fu* - fu-fu», pfiff Nikolaj Wasiljewitsch. Und Sonja vergass ihren Gatten, den Nichtsnutz von einem Baron, und tanzte in Holdcrofts Armen zwischen Stühlen und Sofa herum, während der Knjas auf seinem Eckplatz sass, wo er allen im Wege war, und seine Zeitung las und Bonbons lutschte.

«Möchtest du gehen?» Fanny Iwanowna sah Nikolaj Wasiljewitsch mit gütiger Besorgnis an, aus der das Verlangen sprach, seinen Wünschen zuvorzukommen. «Gut! Dann wollen wir jetzt Tee trinken! Sonja! Nina! Vera! Tee!»

«Es eilt ja nicht», beruhigte er sie.

Während des Tees war er fröhlich. Er war auf der Strasse gewesen und hatte sich unter die Menge gemischt. Was für fröhliche, glückliche Menschenscharen! *Jetzt* musste etwas geschehen! Er sagte, dass er glaube, es würde nur ein paar Tage dauern, bis die Sache endgültig geregelt sei. Er beabsichtigte, einige von den neuen Ministern aufzusuchen. Eine recht gute Regierung, wie es den Anschein hatte, und welche Ordnung, wenn man alles in allem nahm! Die Sozialrevolutionäre hatten ein doppeltes Parteiprogramm: sie wandten sich an alle, die nichts von internationalem Militarismus auf umstürzlerischer Basis wissen wollten, und an alle, die nichts von einem Umsturz auf nationaler Basis wissen wollten. Und Nikolaj Wasiljewitsch meinte, dass so verständnisvolle, vernünftige Leute seinen Standpunkt bezüglich des Goldbergwerks begreifen müssten. Ich sass da und hörte ihm zu, und unter dem Einfluss meines unerwarteten Glücks ass ich mehr, als ich eigentlich wollte; denn ich fand, sie sei wieder einmal *à moi*.

Doch endlich ging er, und Fanny Iwanowna schloss hinter ihm die Tür. Sie blickte mich an und lächelte, und dann stiess sie einen leichten Seufzer aus. «Ich lasse ihm seinen Willen», sagte sie. «Vielleicht ist es besser so. Wir werden sehen.»

Als es dunkel wurde, brachten wir Olga nach Hause. Wir schlurften durch den tiefen Schnee, trugen das unbequem schwere Grammophon und marschierten in verschiedenen Formationen, blieben stehen, marschierten wieder weiter und dann, als Höhepunkt, trugen wir Nina wie in einem Leichenzug. Bei den Olenins tanzten wir wieder; ich beschlagnahmte Nina, und die drei Amerikaner-Boys mussten sich mit dem begnügen, was das «nächstbeste» war. Madame Olenin, die einen Säugling in einem Jäckchen auf dem Arm hatte, stand auf der Schwelle und schaute zu. Ein zehnjähriger Kadett in einem Zivilistenmantel war ihr bis ins Zimmer gefolgt, blieb neben ihr auf der Schwelle stehen und gaffte uns an. «Unser Peter», sagte sie, «ist ein loyaler kleiner Monarchist und weigert sich trotz des *coup d'état* der Roten, seine Schulterstücke zu entfernen.» Die mütterliche Hand strich mit einer zärtlichen Geste über das Haar ihres Sprösslings. «Aber ich habe verlangt, dass er darüber seinen Zivilmantel trägt. Es ist sonst gefährlich.»

Ich ging zu ihr und liebkoste die kleine Fanny auf ziemlich ungeschickte Art und teilte uneingeschränktes Lob aus, wie es die klassische Methode ist, wenn man mit einer Mutter über ihr Baby spricht. Und dann begann die kleine Fanny, wie es die klassische Methode von Babys ist, aus keinem ersichtlichen Grund zu brüllen, und brüllte wie verrückt. Ich wurde aufgefordert, Klavier zu spielen, und bemerkte mit Freuden, dass Nina für mich Reklame machte und mit mir angab, als wäre ich ihre alleinige Spezialität. Von der Abendsonne war der

Schnee im Hof rot geworden, während wir auf dem Sofa herumsprangen. Nina nahm Wasser in den Mund und blies es mir ins Gesicht, woraufhin ich sie in eine Ecke drängte und tüchtig knuffte, und die andern schauten belustigt zu. Sie versuchte, mich in die Hand zu beissen, und als wir dann hinausgingen, bestand sie darauf, mir unbedingt den Mantel zuzuschnallen.

Die andern trödelten hinterher, und wir gingen voraus und konnten hören, wie ihr Lachen immer leiser wurde. Der Schnee knirschte lustig unter unsern Füssen. Es war fünf Uhr, und die ersten Zeichen der Dämmerung stellten sich ein. Wir gingen an der düsteren Silhouette ihres kleinen Holzhauses vorbei. Ach, wie traurig sah das alles im Winter aus... Die Dunkelheit brach schnell herein. Wir gingen durch das Gehölz. Die hohen, mit einer dicken Schneeschicht bedeckten Fichten standen stumm da und träumten ins Zwielicht; nur ihre Wipfel bewegten sich sehr, sehr sachte hin und her und raunten eine ungewisse Klage.

Dann plötzlich traten wir wieder ins Freie und sahen das Meer. Es war in eine Rüstung aus Eis gekleidet und so glatt wie ein Spiegel. Hier und da ragte ein riesiger, schneebedeckter Klumpen hervor. Der Himmel war grau und grämlich, und von Minute zu Minute senkte sich die Dunkelheit tiefer auf uns. Die Sonne warf im Untergehen einen schwachen Schimmer gelben Lichts über die Oberfläche und flimmerte in verschiedenen Farbtönen auf dem Eis, dem Schnee und den Blöcken. Der Wind wurde stärker, und die Kälte biss mir in die Ohren.

«Sag was! Sag was!»

«Was soll ich sagen?»

«Meine Güte, du bist schlimmer als der Knjas!» rief ich.

Sie lächelte.

«Sag, dass das Meer einen betörenden Anblick bietet, dass der Mond - ach, irgendwas ist und die Sonne kupferrot.»

Sie sah aus, als sei das alles nichts und als sei nur sie allein wirklich. «Warum die Stimmung verfälschen? Es ist da: ich kann es sehen!»

«Ist es denn nicht herrlich? Du bist ein sonderbares Geschöpf! Man weiss nie, wie man dich packen kann. Ich spreche mit dir über - über - *das da»* (schwungvolle Geste aufs Meer hinaus), «und du sagst mir, es sei falsch.»

«Das da» (sie ahmte meine schwungvolle Geste nach) «ist *all right.* Aber bitte sprich nicht zu mir darüber!»

Sie schwieg.

Dann sagte sie: «Heute morgen hatte ich dich gern. Aber *jetzt...!»*

«Der Kummer mit dir ist eben», sagte ich,

«dass du von nichts anderem als von Foxtrott sprechen kannst.»

«Gestern abend auf dem amerikanischen Ball», sagte sie, «habe ich mit Ward getanzt.»

«Weiss ich. Ich habe euch gesehen», sagte ich mit ablehnendem Ton.

«Er ist sehr nett, ich mag ihn gern; aber ich kann über nichts mit ihm sprechen. Er fragte mich: ‹Mögen Sie Foxtrott?›, und ich sagte: ‹Ja.› Und als wir nachher Walzer tanzten, fragte er: ‹Mögen Sie Walzer?› Und ich sagte: ‹Ja.› Und er sagte: ‹Ich auch.›»

«Da hast du's!» rief ich triumphierend. «Du musst dich an mich halten und alle andern zum Teufel schicken!»

«Du bist nett», sagte sie, «und an manchen Tagen habe ich dich gern - obwohl *du* nie weisst, wann das ist. Aber... ich kann nicht mit dir sprechen.»

Und sie setzte hinzu: «Ich gehe nach Hause.»

Die Sonne sank und wurde roter und schwächer, je heller der Mond schien und auf die Weite ringsum sein gleichmässig gelbes Licht goss. Nervöse, phantastische Schatten zuckten über das Eis. Alle Dinge um uns her wurden schwarz. Das Dunkel umfing uns jetzt unerbittlich.

Als wir heimkehrten, flimmerte der Mondschein auf dem Schnee.

10

Sechs Wochen verstrichen, und im Tal schmolz der Schnee. Wenn die Sonne hinter den Bäumen erschien, zeigten die mit Wasser vollgesogenen Birken einen Silberglanz, der unbeschreiblich schön war. Der Frühling lag in der Luft.

Es war anlässlich eines Dinners, eines formellen, langweiligen Saufgelages, an dem ich unbedingt teilnehmen musste. Ich sass zwischen General Bologojewskij und einem britischen Flaggleutnant, der sich auf den ersten Blick in Nina verliebt hatte und jetzt alles, was ich ihm über sie sagen konnte, gierig in sich hineinschlang. In dem Gebäude hier hatten vor nicht gar so langer Zeit andre Männer den Tod erlitten. Bei jedem *coup d'état* war das Haus belagert worden. Flüchtlinge hatten in seinen Räumen Schutz gesucht. Sogar auf dem Sofa dort war ein Mann erstochen worden. Und jetzt feierten und lärmten wir hier. Die dunkle, dunkle Vorfrühlingsnacht war greifbar gegenwärtig - atmete, beobachtete. Die kahlen, weissgetünchten Wände schienen die Ohren zu spitzen.

Was war geschehen? Nichts. Die Nächte wurden kürzer. Die drei Schwestern waren zu einer Tanzerei gegangen. Und ebenso Ward,

White und Holdcroft. Wenn ich jetzt dort vorsprach, traf ich die älteren Leute häufig allein an. Wie schwermütig, wie seltsam faszinierend waren jene Abende: ein Beieinander von Seelen, die mit dem Leben unzufrieden waren, jedoch immer geduldig auf Besserung warteten und die unbefriedigende Gegenwart ertrugen, weil sie glaubten, dass diese Gegenwart im Grunde überhaupt nicht *Leben* war, sondern dass das *Leben* irgendwo in der Zukunft lag und dass dies hier nur eine zeitweilige und vorübergehende Phase darstellte, die mit geduldigem Warten verbracht werden musste. Und daher warteten sie jahrein, jahraus und hielten Ausschau nach dem *Leben,* während das Leben unbemerkt und lautlos die Jahre aufgestapelt hatte, die sie, wartend, gleichgültig weggeworfen hatten, und stand hinter ihnen - während sie weiter warteten.

Worauf Nikolaj Wasiljewitsch eigentlich wartete, war ihm selbst am besten bekannt. Er hatte seine Hoffnungen auf der Annahme errichtet, dass er sein Goldbergwerk plötzlich wiedererlangen würde, eine Möglichkeit, die er irgendwie mit der politischen Entwicklung im Fernen Osten verknüpfte. Es wäre nicht fair, die Gründe für seine anspruchsvolle Erwartung von irgendeinem rationalen Standpunkt aus kritisch zu untersuchen. Nikolaj Wasiljewitsch hatte Luftschlösser von seltener Grösse und Schönheit auf diesem etwas zerbrechlichen und trügerischen Fundament errichtet, und jetzt hätte er das Fundament nicht mit kühlem Verstand untersuchen können, ohne seine Träume zu zerstören. Und ferner war Nikolaj Wasiljewitsch zum ständigen Aufrechterhalten seiner Illusionen verpflichtet, weil er gewisse feste Versprechen finanzieller Natur, die er Zina und ihren Angehörigen, seinen Töchtern, Fanny Iwanowna, seiner Frau und dem Knjas gegeben hatte, im Geiste mit seinen Träumen identifizierte, und zwar auf eine Art, dass seine Träume für sie eine lebenswichtige Realität geworden waren, und dieser wichtige Umstand hatte dem zusätzlichen Zweck gedient, seinen Träumen einen um so grösseren Anschein von Wirklichkeit zu verleihen. Natürlich hatte er geheime Zweifel; aber er fegte sie auf männliche Art beiseite; er konnte es sich nicht leisten, etwas anderes zu tun. Er wartete auf einen politischen Umschwung. Er war sich nicht ganz klar darüber, was für ein spezieller politischer Umschwung seinem Zweck dienen würde. Er wusste es nicht. Er war klug genug, um zu wissen, dass man in Situationen, die so verwickelt und vielfältig wie die in Sibirien waren, nicht voraussehen kann, welche spezielle politische Kombination sich auf sein Goldbergwerk günstig auswirken würde. Überdies wollte er es gar nicht wissen. Er wollte es nicht wissen, weil er meinte, falls er es wüsste, würde sein Glück von da an notwendigerweise von der einen Chance jener speziellen politischen Kombination abhängen, die einzig und allein versprach, sich auf sein Goldbergwerk günstig auszuwirken, wenn sie an die Macht kam. Viel lieber dachte er, dass sein Glück von *irgendeinem* Umschwung am politischen Horizont abhinge - einer aussichtsreicheren Möglichkeit.

Endlich sah er hoffnungsvolle Anzeichen. Die Partisanen der Sozialrevolution hatten die Stadt besetzt, und von Tag zu Tag wartete er auf ein Zeichen, wie sie sich bezüglich seines Goldbergwerks verhalten würden. Dieses Zeichen ward ihm endlich zuteil, als sie ihn nämlich abholten und ins Gefängnis steckten, weil er sich an der beklagenswerten Strafexpedition beteiligt hatte, deren Hauptleidtragender er im Grunde gewesen war. Die Zeit seines Aufenthalts im Gefängnis, so unangenehm sie war, hatte jedoch dem guten Zweck gedient, seine zahlreiche Familie noch inniger zusammenzukitten. Seine Töchter, Zina, Tschetschedek, der Knjas, Fanny Iwanowna, seine Frau, Eisenstein, Onkel Kostja, Zinas Vater und der Buchhalter Stanitzkij trafen sich alle bei ihren häufigen Besuchen in der Zelle ihres Ernährers.

Das Dinner schleppte sich hin. General Bologojewskij, der neben mir sass, erzählte mir, dass er im Grunde seines Herzens Demokrat sei und dass er aufrichtig wünsche, eine Regierung zu erleben, die demokratischer als «das verdammte alte Regime unter dem Zaren» war. Ja, sein Herz sei demokratisch, sagte er, und sogar wenn er sich in Tokio aufhielt, konnte er es nicht ertragen (und hier legte er die Hand aufs Herz), ja er konnte es einfach nicht ertragen, sich, so gross und stark er war, von einem Knirps von Rikscha-Kuli ziehen zu lassen. Er liess den Kuli einsteigen und zog selber die Rikscha. Und gestern ging er mit seinem chinesischen Koch ins chinesische Theater und sass während der ganzen Vorführung in einer unglaublichen Luft. War das etwa nicht Demokratie? Und wenn es das nicht war, dann würde er gern die Frage aufwerfen, was Demokratie eigentlich sei. Er jedenfalls tat sein Teil. Was wollten die Leute sonst noch? Sie waren nie zufrieden.

Und dann pfefferte die graue Eminenz, der seltsame alte Mann Sir Hugo, eine wahre Perle ab. Da ich gegenübersass, konnte ich hören, wie ein Kapitän zur See von der amerikanischen Marine über das Nachlassen der Disziplin sprach, worauf Sir Hugo in seiner stichelnden Art antwortete: «Ich glaube nicht,

Kapitän Larkin, dass ich mit Ihnen übereinstimme. Wenn Sie gestatten, wäre ich eher geneigt, die Vermutung nahezulegen, dass Ihre Leute nicht so diszipliniert sind wie unsre Leute, oder vielleicht sollte ich lieber sagen, dass sie nicht die gleiche Erfahrung in der Disziplin gehabt haben.»

«Hm, vielleicht - vielleicht auch nicht», erwiderte der Kapitän. «Es scheint aber, Sir Hugo, dass sie immerhin im Krieg ungefähr ebenso tüchtig gewesen sind.»

Woraufhin sich Sir Hugo vor Heiterkeit nicht zu lassen wusste. «Grossartiger Mann, der Kapitän Larkin! Gut so! Sehr gut! Grossartig! Ha, ha, ha, ha! Wissen Sie, Kapitän Larkin, Sie sind ein Diplomat. O doch, das sind Sie! Sehr klug, wirklich sehr diplomatisch! Ha, ha, ha, ha! Wie ich hörte, benutzten Sie das genau richtige Wort. Ha, ha, ha, ha! Sie sagten: *es scheint.* Sie legen sich nicht fest, nicht wahr, eh?»

Kapitän Larkin ass schweigend seinen Fisch. Wohin kam es noch mit der Welt?

Das Dinner schleppte sich hin. Die schwarzen Scheiben der grossen, kahlen Fenster glotzten dreist. Ja, die drei Schwestern waren mit den drei amerikanischen Boys zu einem Tanz gegangen, und ich konnte über einen andern, privaten kleinen Tanz nachsinnen, als ich mich absichtlich mit ihr gestritten hatte, um die Sache zu einer Entscheidung zu bringen und zu erfahren, woran ich war. Aber der Streit war eine Fehlzündung gewesen, und ihre Einstellung war so unbegreiflich vage wie nur je. Dann sass ich da und sah ihre Figur... Was für ein Mädchen!... Und ihre schrägen Vogelblicke...

Zwei italienische Sänger traten ein und zupften an ihren Gitarren. Wir lehnten uns an, beobachteten, wie der Zigarrenrauch sich auf den Wein senkte, und hörten zu, wie die südländisch weichen Stimmen die nachlassende Strenge der Vorfrühlingsnacht herausforderten.

«Morgen», sagte der Flaggleutnant, «kommt um sieben Uhr dreissig der Eisbrecher, und wir schaukeln weg - aufs offene Meer!»

«To-o-re-e-*ador!* To-o-rrre-ado-o-o-*or!* Tamtram-taram-tam...»

«Zwei Wermut!»

«Ja, den mögen sie!»

Die Sänger leerten ihr Glas, die Hand auf dem Herzen.

«Stenka Rasin! Stenka Rasin! Das russische Räuberlied!» verlangte die Tischrunde.

«Ah, je ne connais pas, messieurs!»

Und wir sangen das russische Räuberlied, so gut wir's vermochten, und die beiden Italianos fielen ein, sobald sie es heraus hatten. Nach dem Essen sassen wir irgendwie herum, und ein andrer Solist, ein ungarischer Kriegsgefangener, trug halb jammernd, halb schluchzend ein russisches Lied vor, das mit dem verzweifelten Kehrreim endete: «Nie mehr, *nie mehr,* nie mehr... nie mehr...» Die Augen des russischen Generals zwinkerten durch den Zigarrenrauch. «Wie heisst es doch in dem Stück - erinnern Sie sich: ‹Das sind keine Tränen, 's ist das Blut meiner Seele, Blut meiner Seele...›» Dann spielte die alte Hawaii-Kapelle (wir waren an jenem Abend gut versehen) auf Verlangen «Sag mir».

«Das spielten sie damals auf dem Ball», sagte der Flaggleutnant. «Morgen um sieben Uhr dreissig fahren wir los. Möchte mal wissen, ob wir je wiederkommen.»

«Das sind keine Tränen, 's ist das Blut meiner Seele...»

Als wir ins Empfangszimmer gingen, wurden die Geladenen rüpelhaft. Ein französischer Oberst warf, die Zigarre im Mund, Grammophonplatten auf den Boden, als wären es Wurfscheiben, und rief mir mit glückselig schiefem Lächeln zu: *«Les disques!»* Jemand hatte das Grammophon angestellt, und ein lärmender One-step war das Ergebnis. Cocktails, Wein, Liköre, Whisky... Sieben Uhr dreissig, der Eisbrecher, Blut meiner Seele, nie mehr, nie mehr, *les disques...* Wie Bodensatz waren sie aufgerührt worden, stiegen auf und begannen mit der hereinrollenden Flut hierhin und dorthin zu schweben. Abgerissene Eindrücke drängen sich in meinem Gehirn. Nina. Der Frühling. Ein Ausflug im Auto zur Gartenstadt. Wir verirren uns. Ein bärtiger Student, einer von den Intellektuellen, erbietet sich, uns den Weg zu zeigen, steigt ein, setzt sich neben den Fahrer, gibt ihm Anweisungen, findet sich jedoch bald auch nicht mehr zurecht. «Der Hügel», sagt er, wie um sich zu rechtfertigen, «war sonst auf dem rechten Ufer des Flusses.» - «Weiss der Himmel, was mit ihm passiert ist», sage ich. Sie lacht. Oh, wie sie lacht! Wir kommen endlich hin und, o Schreck, begegnen ihrem Vater und Zina. Im neuen Kasino-Restaurant essen wir zu Mittag. Der alte Besitzer schüttelt seinen Gästen ehrerbietig die Hand, aber die Kellner drangsaliert er. Es ist Sonntag. Auch das sonnenhelle Meer sieht festlich und geruhsam aus. Wir gehen in einen öffentlichen Park mit dem Schild «Für Rindvieh und niedrige Ränge verboten!». Abendessen im Kasino-Restaurant. Als es Abend wird, verlangen die drangsalierten Kellner, die vom Nahen der Roten Armee gehört haben, ausser ihrem Lohn noch einen Anteil an den Einnahmen. Der alte Besitzer ruft lauter als sonst und sucht beim Publikum moralische Unterstützung. - «Bolschewismus wird hier nicht geduldet!» schreit er und ersetzt durch Stimmaufwand, was ihm an Gewicht fehlt; und alle spüren, dass er Angst vor ihnen hat. Wir sprechen mit zwei russischen Soldaten. Der eine hat noch nie von Admiral Koltschak gehört. «Du Esel», sagt der andre, «das ist doch der englische General, der dir was anzuziehen gibt.» Am frühen Abend kehren wir zurück. Der Himmel ist gerötet; die Datschas sind von Laub überwuchert. Das Meer - eine sonnenbeglänzte Strasse. Rotes Licht überall. Der nahende Sommer, das Gefühl, dass wir im Einklang mit der Natur leben sollten, und das vernichtende, niederdrückende Gefühl, dass wir es nicht wagen - aus, oh! so vielerlei Gründen! Das Warten, das Abstellen aller Pläne wegen des Bürgerkriegs - unter anderm. Die vorherrschende russische Stimmung: chronische Ungewissheit. Feldblumen im Gras am Strassenrand. Am Abend der amerikanische Regimentsball. Sie sieht mich an, sitzt neben mir. Ich helfe ihr in den Mantel, dann in den Wagen. Und die nächtliche, mondhelle Heimfahrt... Jugend! Ihre herrliche, wundervolle Jugend! Wie banal, wie gross! Wie viel, wie wenig! Das ist's, wie wir leben: ein Aufblitzen hier, ein Duft dort. Vorbei - und unmöglich, es wiederzubekommen.

Die grossen schwarzen Fensterscheiben glotzen noch immer unmanierlich, und deshalb schmettert jemand eine Flasche hindurch. Das Grammophon jagt schmerzliche Erinnerungen durch mein fieberndes Gehirn. Jetzt tanzt sie mit ihnen. - Mit einem zerknüllten Stück Papier spielen sie Rugby auf dem Fussboden. Oh, die Bilder! Jemand hat ein Zündholz an die künstliche Palme gehalten. Bravo! Und ein andrer hat eine Flasche Whisky ins Klavier gegossen. Stürmisches Gelächter. Ein dicker, schlaffer Major steht auf dem Tisch und ruft: «Charing Cross! Alles umsteigen!», und dann fängt er an, wie bei einer Auktion, die Möbel zu verkaufen und mit dem gleichen Atemzug einen Bolschewisten-Redner nachzumachen. Ich werde auf den Tisch gezerrt. Rufe: «Ansprache! Ansprache!» Mein Mund beginnt sich zu bewegen, aber die Stimme scheint wie aus einem leeren Fass zu kommen: sie und ich scheinen jemand anders zu sein. Der Tisch fängt wie ein Schiff zu schwanken an - ein Pendel - und ich spüre, dass ich nur durch etwas ausser mir auf den Beinen gehalten werde. *Les disques.* Das Blut meiner Seele. Ha, ha, ha, ha! Ich lache matt, aber furchtbar komisch, während ich, unter den Armen gestützt, hinausgetragen werde. Mein Zimmer. Nie mehr, *nie mehr...* Oh!... Das Bett ist ein Karussell, ein

Kreisel! Ich falle auf den Fussboden. Der Fussboden dreht sich andersherum. Verdammt! Irgend jemand legt mir ein feuchtes Tuch auf die Stirn und sagt: «Du bist ein toller Kerl...» Nina. *Les disques...* Jugend... Deine herrliche, wundervolle Jugend...

11

Dann kam der Abend, an dem ich sie aufsuchte, um mich zu verabschieden, denn wir fuhren am nächsten Morgen. Die Sache fiel zeitlich mit Nikolaj Wasiljewitschs Entlassung aus dem Gefängnis zusammen - im Anschluss an die Besetzung der Festung durch die Japaner. Durch die Fenster blickte bereits der Vorfrühlingsabend. Die Kirchenglocken läuteten an jenem Ostersonntag, dem höchsten Feiertag des Jahres, traurig durch die christliche, von einer heidnischen gelben Rasse eroberte Stadt und verkündeten bessere Tage.

Wir hatten wieder eine unruhige Nacht gehabt, denn das Hauptquartier des russischen Semstwo war während der Nacht heftig bombardiert worden. Als das Gebäude endlich von den japanischen Truppen gestürmt wurde, fanden sie zu ihrer Verwunderung, dass niemand da war. General Bologojewskij, der seit kurzem dem russischen Generalstab angehörte, entdeckte am folgenden Morgen, dass er über Nacht noch ein weiteres Regime verloren hatte. Die rote Fahne kam herunter, und hinauf stieg die Fahne mit der aufgehenden Sonne. Russische Gefangene, die an ihre koreanischen Kameraden gefesselt waren, wurden wie Vieh an einem Seil durch die Strassen geführt. Dann – nachdem auch diese Menschenleben vernichtet, auch dieser Schaden angerichtet worden und «die Ehre wiederhergestellt» war, wie die Offiziere Nippons erklärten, wandten sie sich an die auseinandergesprengte Regierung und ersuchten sie, in ihre zerstörten Amtsräume zurückzukehren und ihre unterbrochenen Arbeiten wiederaufzunehmen. Und nachdem Nikolaj Wasiljewitsch aus dem Gefängnis entlassen war, neigte er dazu, die kleinen Japse im grossen ganzen für nette Burschen zu halten.

Fanny Iwanowna und er waren allein zu Hause und wollten gerade Tee trinken. Der Kanarienvogel in seinem Käfig schien mit dem nahenden Frühling lebhafter zu werden. Die Katze wurde dicker. Der Samowar wollte nicht funktionieren. Nikolaj Wasiljewitsch, der noch seinen Morgenrock trug, zog weisse Lederhandschuhe an und wurde furchtbar schwarz, als er sich ungeschickt an dem grossen Samowar zu schaffen machte, der auf dem kleinen Flur schwarze Rauchsäulen ausstiess, während Fanny Iwanowna ihm wie üblich vom Nebenzimmer aus Ratschläge zurief, was nur dazu diente, ihn zu verärgern.

«Nehmen Sie Platz, Andrej Andrejewitsch», sagte sie, «er ist gleich fertig. Nikolaj, hast du's bald geschafft?» rief sie. «Andrej Andrejewitsch wartet auf seinen Tee!»

«Halt du den Mund!» drang seine zornige Stimme gleichzeitig mit einem zornigen, widerspenstigen Zischen des Samowars zu uns herüber.

«Nikolaj, bitte! Was soll Andrej Andrejewitsch von dir denken?»

Es gab weder Kulitsch noch Paska. Aber Fanny Iwanowna hatte den Tisch so festlich wie möglich gedeckt; die armseligen Ergebnisse, die sie erzielt hatte, wirkten rührend, wenn man sie mit der Üppigkeit der Vorkriegs-Osterwoche in Petersburg verglich. Wir sassen bei Tisch, und keiner sprach. Nikolaj Wasiljewitsch war traurig. War er traurig, weil er aus dem einen Gefängnis in ein anderes, wenn auch in gemilderter Form, zurückgekehrt war? War es deshalb, weil die Unsicherheit zu lange angehalten hatte und weil er, wartend, unterlegen war? War es, weil er plötzlich und insgeheim, ohne einen besonderen Grund, am Vorabend grosser Veränderungen den Glauben an die Wiedererlangung seines Bergwerks verloren hatte? Oder war es einfach eine Reaktion auf die unerwartete Entlassung aus der Haft? Wieviel vom einen, wieviel vom andern zutraf, wer kann das sagen? Die Regungen der Seele sind schwer zu fassen. Stimmungen sind von einer Subtilität, die keine Beobachtung erträgt. Diese Vorfrühlingsnächte in Wladiwostok sind so unerträglich traurig, dass man oft einzig und allein deshalb weinen möchte, weil das Leben unberührt und unverwirklicht verstreicht, eine Plackerei mit nur einem Lichtstrahl Schönheit.

Erst im Verlauf des Abends ging aus seinen Worten hervor, dass er unsicher war. Er schwankte, was er tun sollte. Verwirrung und Zweifel plagten ihn. Seine Geldmittel näherten sich dem Ende. Sollten sie alle dem Baron Wunderhausen nach Yokohama folgen - auf die unsichere Aussicht hin, dass er sich dort einen Posten verschafft hatte? Aber dann fiel ihm ein, dass der Baron kein Baron war, nicht einmal ein Wunderhausen, und er fand, es wäre sicherer, nicht auf ihn zu bauen. Sie könnten dem Admiral nach England folgen, wie es der russische General tat, oder mit Eisenstein zusammen in Wladiwostok bleiben, denn Eisenstein begann hier ein erfolgreicher Zahnarzt zu werden - es herrschte auch Knappheit an Zahnärzten -, und hier warten, bis das Bergwerk greifbare Wirklichkeit wurde. Vielleicht sollte er lieber warten! Die Dinge schienen endlich in Fluss zu geraten, und vielleicht bestand jetzt mehr Hoffnung als bisher.

Nach dem Abendbrot kamen der Admiral und Sir Hugo, um sich zu verabschieden. Allmählich stellte sich auch die Familie ein. Das Zimmer war jetzt voller Menschen. Das Gespräch glitt wie immer in die Politik über. Die Russen haben eine Art, den Alliierten unerhörte Gemeinheiten zu unterschieben, und zwar so sehr, dass sogar die erstaunliche Unschuldsmiene, welche die Vertreter der Alliierten gewählt haben (die von ehrlicher Ahnungslosigkeit sind), die wahre Lage richtiger zu spiegeln scheint. Der Ansporn zum Blutvergiessen in dieser elenden russischen Affäre, wie übrigens der Ansporn zu jeglichem Mord, ist nicht so sehr eine Frage verantwortungsloser Schlechtigkeit als vielmehr verantwortungsloser Ahnungslosigkeit: eine metaphysische Verwirrung der Beweggründe, ein chaotisches Denken, eine Frage unklarer Ethik. Es gehört wesentlich zur Gastfreundschaft der Russen, dass sie einen «Alliierten» ins Gesicht als Lump behandeln, wegen gemeiner Machenschaften, die seine Regierung in auswärtigen Angelegenheiten praktiziert. Das Ergötzliche daran ist, dass diese Anpöbeleien so betrüblich widerspruchsvoll sind. Man wird zum Beispiel wegen des «Verrats» an Koltschak oder der «Annektierung» des Kaukasus und der Aushungerung durch Blockade von seinem Gastgeber heruntergeputzt, der darauf beharrt, dass all diese teuflischen Untaten vorsätzlich von Mr. Lloyd George geplant wurden, um Russland für das frühe Ausscheiden aus dem Krieg «zu demütigen». Doch eigentlich ist all diese zornige Denunziation beinah als ein Kompliment gemeint: um zu zeigen, wie sehr sie dich persönlich lieben - trotz der Gemeinheit deiner Regierung, die sie für ausgemacht halten. Wenn man solchermassen angerempelt wird, kann man leicht hitzig werden, sich für die Regierung seines Landes einsetzen und die Tatsachen aufbauschen. Dann wird das Zimmer zu einer Negerversammlung.

Eisenstein eröffnete die Attacke. «Ihr alliierten Diplomaten», sagte er, «seid hoffnungslos! Vor einigen Monaten hatte ich Gelegenheit, einen dieser ehrenwerten Vertreter des diplomatischen Korps wegen einer Anzahl Juden zu sprechen, die Gefahr liefen, von Koltschaks Offizieren ermordet zu werden. Der Diplomat (übrigens ein Patient von mir) war ein grossartiger Sprachenkenner und ein Muster an Menschlichkeit. Da sass er vor mir, und in achtundzwanzig Fremdsprachen wahrte er ein höchst bedauerliches Schweigen.

‹Ich bitte Sie›, sagte ich, ‹sich für sie einzusetzen und zu verhindern, dass sie massakriert werden! Ich flehe Sie an, Sir, Protest einzulegen!›

‹Mein lieber Mr. Eisenstein›, sagte er endlich, ‹wie kann ich Protest einlegen, bevor sie erschossen sind? Ich brauche Tatsachen, auf die ich mich stützen kann. Ich kann nicht handeln, bevor ich Tatsachen in der Hand habe. Tatsachen, Mr. Eisenstein, Tatsachen!›

‹Sir›, rief ich, ‹Sie werden von schrecklichen Tatsachen hören, falls Sie sich damit begnügen, abzuwarten!›

‹Jedenfalls›, erwiderte er, ‹werde ich meinen Ruf nicht für derartig windige Gerüchte aufs Spiel setzen. Ich bin jetzt seit sechsunddreissig Jahren im diplomatischen Dienst, Sir, und nicht ein einziges Mal habe ich etwas gesagt, das man... hm... falsch auslegen konnte, so dass es etwas bedeutet. Und auch jetzt werde ich meine Haltung bestimmt nicht ändern.› Und das war alles, was ich bei ihm erreichte.»

«Ihr Alliierten», sagte Onkel Kostja, «habt keinen Sinn für Humor. Ich bin ein geistiger Arbeiter mit sitzender Lebensweise, ein Literat und in keinem Sinne ein Kämpfer. Ich sitze den ganzen Tag am Fenster und beobachte Ihre Intervention gewissermassen vom Fenster aus. Und es amüsiert mich festzustellen, wie Sie sich unsertwegen abmühen und immer in der falschen Richtung abzappeln - wie Clowns in einem Zirkus. Ein Herr von Ihrer Marine trifft zum Beispiel grün und ahnungslos von hoher See im Hafen ein und fühlt sich veranlasst, bei seinen erfahreneren Kameraden Aufklärung über folgende, ziemlich elementare Frage zu erbitten: ‹Wer ist Koltschak? Ist er ein Bolschewist?› Er wird in seiner irrigen Meinung bestärkt, und eine Woche darauf beginnt er dann, sich ein bisschen mit russischer Politik zu befassen und kurze Ausflüge längs der Küste zu unternehmen, wo er hin und wieder etwas wahllos auf Gruppen von Dorfleuten schiesst, die er in seiner Einfalt für Bolschewisten hält: bumm - bumm - bumm - bumm! Er jagt sie in alle Himmelsrichtungen auseinander und knallt vielleicht eine Kuh oder etwas dergleichen ab. Nach einem solchen Ausflug kehrt er vergnügt und guter Laune in den Hafen zurück, und nach einer kleinen Weile kehren auch die verscheuchten Dorfleute in ihr Dorf zurück, verspeisen die Kuh und nehmen ihre unterbrochene Tätigkeit wieder auf. - Wunderbare Köpfe haben Sie! Sie unterstützen irgendeinen unterbegabten General und schicken Berge von Kleidungsstücken und Munition. Und das Ergebnis? Die Bolschewisten-Divisionen tragen britische Uniformen mit königlich britischen Knöpfen, und die Minderheit der Bolschewisten wird angesichts der ausländischen Feinde in ihrem Nationalgefühl gestärkt. Ich sitze an meinem Fenster und lese und schreibe, und die Nachricht tröpfelt herein: ‹Omsk gefallen. Koltschak erschossen. Die Alliierten pakken zusammen.› Es scheint... töricht.»

«Sehr richtig», sagte der Buchhalter Stanitzkij. Es war merkwürdig, dass der Buchhalter Stanitzkij sich erst in Nikolaj Wasiljewitschs Haushalt blicken liess, als die Abwesenheit von Geldmitteln in der Firma Nikolaj Wasiljewitschs ihm nichts mehr zu buchen übrig liess. Nikolaj Wasiljewitsch ging noch immer jeden Nachmittag in sein Büro, um mit Stanitzkij die Lage zu besprechen und vielleicht auch das Gefühl aufrechtzuerhalten, dass er noch immer ein Geschäftsmann war; und manchmal kam Zina und besuchte ihn in seinem Büro. Stanitzkij freute sich über diese Besuche, denn er liess dann die Zeitung sinken, die er gelesen hatte - zu tun gab es rein gar nichts -, und beteiligte sich an ihrer Unterhaltung. Je mehr das Geschäft allmählich bis auf den Nullpunkt zusammenschrumpfte, desto weniger, fand man, war der Buchhalter Stanitzkij ein Angestellter, und desto mehr wurde er zu einem Freund und Anhängsel der Familie. Für Nikolaj Wasiljewitsch war er völlig unentbehrlich, denn Stanitzkij war Optimist.

«Koltschak war impulsiv und meinte es gut», sagte Eisenstein, «aber unglücklich in der Wahl der rechten Männer. Er entliess General Dit-rich, der Omsk aufgeben wollte, um die Armee zu retten, und ersetzte ihn durch General Sacharow, der Omsk zu halten versuchte, woraufhin General Sacharow sowohl Omsk wie auch die Armee verlor.»

«Ihr Juden», sagte der Admiral, «seid allesamt verdammte Bolschewisten!» Wenn der Admiral von Juden sprach, war er wutentbrannt, und komischerweise nahm sein Gesicht dann gewisse semitische Züge an.

«Ich war es nicht, Admiral», entgegnete Eisenstein. «Ich könnte jetzt einer werden. Dort könnte wenigstens ein Hoffnungsstrahl sein. Hier ist keine Hoffnung.»

«Ich war auch keiner», rief der Knjas, und seine Augen blitzten leidenschaftlich, «bis ihr Alliierten mich zu einem gemacht habt!» Im Zimmer wurde es still. Wir drehten uns alle um und starrten ihn an. Er war vor etwa einer Stunde erschienen, hatte nichts gesagt und ganz allein eine Schachtel Schokolade leergegessen. Seit über zwanzig Jahren hatte er nie etwas gesagt. Wir fanden, dass er reichlich Zeit gehabt hatte, tiefsinnige Gedanken zu entwickeln, und nun endlich brach es aus ihm hervor; er liess uns teilhaben an dem Gewinn all jener

Jahre stummen Nachsinnens, indem er der unterdrückten Inbrunst seiner gedemütigten und niedergetrampelten Vaterlandsliebe freien Lauf liess.

«Knjas! Knjas!» rief Fanny Iwanowna besorgt. «Knjas!»

Aber er liess sich nicht mehr zum Schweigen bringen. Er sprach mit aller Erregung und Glut eines Mannes, der zwanzig Jahre lang den Mund gehalten hat. Wir waren vor Staunen überwältigt, aber er selbst schien nicht weniger überwältigt zu sein und war rot geworden und wunderte sich, was über ihn gekommen war. «Wenn ich persönlich dagegen bin, dass Sie sich in unsre Angelegenheiten einmischen», rief er, «dann deshalb, weil Sie damit indirekt den Eindruck erwecken, als könnten Sie mit Ihren eigenen Angelegenheiten fertig werden!» Sein leidenschaftlicher Mund spie schreckliche, flammende Worte aus: «Irland! Indien! Ägypten!» Und so weiter und so weiter.

Wenn einem Admiral von einem Erwachsenen widersprochen wird, der nicht den Marine-Vorschriften unterworfen ist, dann ist er im Nachteil. «Die da sind bloss ein Pack verdammter Bolschewisten, die ganze Bande, und weiter nichts», sagte er.

«Vermutlich von Juden angeführt?» lachte Eisenstein.

«Die russische Frage», fuhr der Admiral fort, «ist ein sehr ernstes Problem, und ich beabsichtige nicht, es hier zu erörtern.»

«Sie haben es erst zu einem grossen Problem gemacht», schrien alle, «weil Sie, als es noch ein kleines Problem war, nicht genügend Phantasie hatten, um vorauszusehen, dass es sich zu einem grossen Problem auswachsen würde!»

«Ich wüsste gern», sagte der Admiral, «ob Sie diese Ansicht beständig während der ganzen Revolution gehegt haben und immer gegen unsre Hilfe waren?»

«Als ich glaubte, Sie würden eine gemässigte demokratische Partei unterstützen», sagte der Knjas, «hatte ich wenigstens mehr Hoffnungen für das Endergebnis.»

«*Welche* gemässigte demokratische Partei, bitte sehr?»

«Awksentjews Regierung. Das Direktorium!»

«Pah, die!» höhnte der Admiral. «Die taugten nicht viel! Sie glaubten nicht an Armeen und Kämpfe und dergleichen.»

Der Fürst blickte zu ihm auf, betrachtete grübelnd die Uniform des Admirals und dachte wahrscheinlich, dass Kämpfen an sich für den wackeren Seemann bereits ein Ziel sei, und schloss mit den Worten: «Und nachdem Sie jetzt unsre Probleme gründlich vermasselt haben, überlassen Sie uns der zarten Fürsorge der

Japaner!» Aber Sir Hugo, der begriff, dass sie nicht mehr sachlich diskutierten, nahm ihm das Wort vom Munde und trat mit viel Würde zwischen die beiden. Er hatte wohl gefunden, dass der Fall einen klaren Kopf wie den seinen erfordere, um das Missverständnis zu klären.

«Ich glaube, Fürst Borisow» (wir blicken alle auf den Knjas: es war so bezeichnend, dass Sir Hugo der erste war, der den Namen des Fürsten kannte), «dass Sie sich über das Ziel der Alliierten in Sibirien völlig im Irrtum befinden. Sie benutzten das äusserst unglückliche Wort ‹Invasion›. Es handelte sich nie um eine ‹Invasion›. Als wir nach Russland kamen, war unser einziges Ziel - und das wird Ihnen der Admiral bestätigen -, ein geeintes nationales Russland zu schaffen, indem wir eine starke, einige russische Armee aufstellten - und wie ich mit Freuden sagen darf, haben wir dieses Ziel jetzt erreicht.»

«Ein nationales Russland! Entschuldigen Sie, aber - aber - aber - aber wenn es heute überhaupt ein nationales Russland gibt, dann findet man es einzig und allein auf der andern Seite. Was die russische Armee betrifft, so ist die einzige russische Armee jetzt die Armee der Bolschewisten!»

«Ho! Knjas ist ein Bolschewist!» rief Fanny Iwanowna.

«Hoho!» riefen die andern.

«Ich will mich nicht mit Ihnen über Einzelheiten streiten, Fürst Borisow. Ich bin kein Biologe, und ich seziere nicht. Und ich beabsichtige nicht, mich in eine pedantische, mikroskopische Analyse hineinziehen zu lassen, welches die spezielle politische Partei ist, der die Armee im Augenblick den Treueid schwört. Ich bin zufrieden, dass es eine starke *russische* Armee ist, die aufzustellen unser Ziel war. Und jetzt möchte ich mich von Ihnen allen verabschieden und Sie bitten, meine allerbesten Wünsche für das Wohlergehen Ihres grossen Landes, Sir, und auch für Ihr persönliches Wohlergehen entgegennehmen zu wollen. Guten Abend!»

Daraufhin verschwanden der Admiral und Sir Hugo mit Nikolaj Wasiljewitsch, und Fanny Iwanowna folgte ihnen auf den kleinen Flur, um sie hinauszubegleiten, während ich im Zimmer zurückblieb.

«Sonja! Vera! Nina!» kam es von Fanny Iwanowna. «Schaltet das *elektritschno* an!»

«Warum erklärt ihr denn Fanny Iwanowna nicht», fragte ich die drei Schwestern, «dass es nicht *elektritschno,* sondern *elektritschestwo* heisst?»

«Wir haben's ihr hundertmal erklärt», erwiderten sie einstimmig, «aber sie will nun mal bei ihrem *elektritschno* und *elektritschno* bleiben.»

Der Aufbruch des Admirals brachte alles in Bewegung. Sehr bald hatten sich die meisten verabschiedet. Und dann geschah das Unglaubliche: die drei Amerikaner-Boys erschienen und holten die drei Schwestern zu einem Tanz ab! Und das am Vorabend meiner Abreise! Ich hörte ihre lachenden Stimmen auf der Strasse, nachdem sich die Tür hinter ihnen geschlossen hatte. Damit war der Fall klar. Wie sie sich freuten! Wie sie sich ihres Lebens freuten! Was mich betraf: ich musste nach Hause gehen und packen. Damit war der Fall klar.

Ich sass allein bei Nikolaj Wasiljewitsch und Fanny Iwanowna.

«War Knjas nicht grossartig?» fragte Nikolaj Wasiljewitsch.

«Wer hätte solche Beredsamkeit hinter dem Knjas vermutet?» sagte Fanny Iwanowna.

«Gestern abend», erzählte Nikolaj Wasiljewitsch, «sassen Fanny Iwanowna und der Knjas allein und tranken. Als ich nach Hause kam, waren sie richtig betrunken!» Und er lachte auf seine traurige, freundliche Art.

«Wir tranken bloss ein bisschen Portwein», erklärte Fanny Iwanowna. «Knjas trank, sagte aber nichts. Er ist wirklich ein komischer Mensch. Er brachte lebende Küken, und jeden

Tag beim Abendessen erzählt er mir, dass er mir bald frische Eier bringen wird - sobald die Küken gross geworden sind und zu legen anfangen. Das ist nämlich sein Beitrag zu dem Essen, das er hier verzehrt. Die Küken hatten reichlich Zeit, zu alten Hennen heranzuwachsen - aber Eier gibt es keine. Und wenn ich ihn frage: ‹Knjas, wie steht es mit den Eiern?›, dann antwortet er mir in einem Ton, als hätte ich ihm unrecht getan: ‹Aber Fanny Iwanowna, es sind ja noch Küken!›»

«Er leiht sich immer Geld von mir», erzählte Nikolaj Wasiljewitsch, «und er schuldet mir viele hunderttausend Rubel - wir haben den Überblick verloren: kein Wunder bei dem Kurs! -, und vor zwei Tagen hat er sich vierzig Rubel von mir geliehen, nur um sein Taxi zu bezahlen. Den ganzen Tag spielt er Karten, und gestern hat er zwanzigtausend Rubel gewonnen, und als Fanny Iwanowna vorschlug, er solle mir seine Schulden abbezahlen, wenigstens etwas davon, da gab er mir die vierzig Rubel!» Nikolaj Wasiljewitsch lächelte wieder auf seine traurige und freundliche Art. Was für schöne und freundliche Augen er hatte...

Und hernach sprachen wir von Petersburg und der alten Zeit, vom Vorkriegs-Ostern und von ihrem entzückenden Haus an der Mochowaja.

«Und erinnern Sie sich noch an Tschechows *Drei Schwestern,* Nikolaj Wasiljewitsch?»

«Und wie! An jenem Abend war ich so wütend, weil ich eine Verabredung mit Zina aufgeben musste. Oh, wie wütend war ich an jenem Abend!» Er blickte auf seine Uhr.

«Hm», sagte er und erhob sich gähnend. «Ich muss gehen.»

Er zog den Mantel an, denn die Nacht war kühl und feucht, und auch die Überschuhe, weil die Strassen ganz aufgeweicht waren. Wir hörten, wie die Tür hinter ihm ins Schloss fiel, als er hinausging.

«Immer zu Zinas Familie?»

«Ja», sagte Fanny Iwanowna. «Aber es ist schon recht. Sie spielen jeden Abend Karten.» Und dann - zwecks weiterer Beruhigung: «Karten spielt er leidenschaftlich gern, und er ist dann beschäftigt.»

«Und erinnern Sie sich noch an das andre Schauspiel im Saburow-Theater?»

«Ja», sagte sie. «Ja. - Oh, wie war denn der Schluss von dem Stück? Wir mussten vorher weggehen. Ich war gespannt, wie es wohl enden würde. Aber Sie blieben, glaube ich, bis zuletzt?»

«Ja. - Sie wartet auf ihn und denkt, er kommt wieder zu ihr. Sie wartet zuversichtlich, weil er seinen Zylinder auf dem Tisch stehenliess.

Aber sein Diener kommt und holt den Hut; und sie bricht zusammen - und Vorhang!»

«Oh», sagte sie.

«Nikolaj Wasiljewitsch mochte es gern», sagte ich.

«Mochte er es wirklich?»

Sie mochte es nicht. Ihrem Gesicht konnte ich anmerken, dass sie nicht mochte, dass er es mochte. Es war, als stände das Ganze in merkwürdigem Widerspruch zu ihrer eigenen Stimmung und der Richtung, die ihre Gedanken einschlugen: als fürchtete sie im Gegensatz zu ihrer Hoffnung, dass Nikolaj Wasiljewitsch trotz allem eines Tages dem Beispiel des Herrn mit dem Zylinder folgen und Stanitzkij schicken könnte, seine Anzüge und seine Wäsche abzuholen.

Sie grübelte.

«Wie lange scheint es schon her!» sagte sie schliesslich. «Wenn man bedenkt, wie lange es her ist! Und wir sind noch immer dieselben! Nichts hat sich geändert - nichts. Damals war ein Höhepunkt, und wir hielten den Atem an und erwarteten, dass jetzt - jetzt etwas geschehen *müsse.* Nichts geschah. Damals stand unser ganzes Leben auf der Kante, und die Kante war scharf. Wir fanden, die Krise könne nicht andauern. Wir warteten auf eine Explosion. Aber sie kam nie. Die Krise schleppte sich immer weiter: sie glitt in eine Dauerkrise über, und die Kanten stumpften sich ab. Und nichts geschah. Das Leben schleppt sich weiter - in einer Reihe von Kompromissen. Und wir schleppen uns weiter - und bemühen uns, es wieder zu flicken. Aber es gelingt nicht. Und reissen will es auch nicht. Nie geschieht etwas. *Nie...*»

Ich sagte: «Als ich sehr jung war, glaubte ich, das Leben müsse gleich einem Roman ein Schema haben. Aber einem Roman gleicht das Leben ganz und gar nicht; es ist komischer als ein Roman. Vielleicht ist es gut, dass es so ist. Ich möchte kein Roman sein. Ich möchte keine Geschichte und kein Schema sein. Ich möchte mein Leben als Leben erleben, nicht als eine Geschichte.»

«Ja», sagte sie, ihren eigenen Gedanken nachhängend. «Nichts geschieht. *Nichts...*»

Die schwarze Nacht starrte zum Fenster herein. Der Samowar erzeugte melancholische Töne. Der Tee auf dem Tisch wurde kalt.

12

Würde sie kommen? dachte ich, als wir am nächsten Morgen zum Pier fuhren. Wir kamen über einen einsamen Platz mit einem einsamen Chink mit Blechschwert. Das war das letzte, was wir von Wladiwostok sahen.

Die Familie erschien vollzählig, um uns Lebewohl nachzuwinken. Aber *sie* kam nicht. Damit war der Fall klar.

Nikolaj Wasiljewitsch war unrasiert - bei einem russischen Gentleman eine völlig korrekte Unterlassung. Er trug eine blaue Brille, einen steifen Filzhut, einen Sommermantel und Überschuhe. Auf dem Pier sprachen wir über die politische Lage. Der Admiral äusserte dazu nichts als den einen Satz: «Uns trifft keine Schuld!» Der russische General schüttelte den Kopf und bezichtigte eine unbestimmte, unbekannte Macht in ziemlich unbestimmten, unklaren Ausdrücken einer ziemlich unbestimmten, unklaren Schuld, und dann fasste er es in einem «Hab's ja gleich gesagt!» zusammen, obwohl der Grundgedanke des Gesagten sehr rätselhaft blieb. Doch sowohl Dummköpfe wie weise Männer hatten es gleichermassen seit langem aufgegeben, irgendeinen Sinn in den blendenden Äusserungen des Generals zu entdecken, und wenn sie ihm überhaupt zuhörten, dann konzentrierte sich ihre Aufmerksamkeit meistens auf sein Gesicht oder seine Uniform oder irgendeinen Gegenstand in der Nähe.

Sie war nicht gekommen. Damit war der Fall klar.

Es regnete, genau wie am Tag, als wir ankamen.

Dann trat der Admiral auf Nikolaj Wasiljewitsch zu, um ihm Lebewohl zu sagen. «Und was werden Sie jetzt tun, Nikolaj Wasiljewitsch?» fragte er.

«Ach... ich werde warten», sagte Nikolaj Wasiljewitsch. «Ich glaube nicht, dass es noch lange dauern kann.»

VIERTER TEIL

Nina

1

Und das ist nun das Ende, der *Liebestod* in meinem Opus. Wir waren so plötzlich weggefahren. Ihre letzten Worte, ihr Blick, ihre Gebärde hatten «den Fall geklärt». Aber jetzt, in der Erinnerung, waren die Punkte, die ihn geklärt hatten, genau die, welche mich im unklaren liessen, als ich bei Kriegsende den Dienst quittiert und in Oxford mein unterbrochenes Studium wieder aufgenommen hatte. War sie *à moi* - oder nicht? War sie es? Sie war es! Sie war es nicht! Oh, wie zum Teufel konnte ich es wissen?

Lebenskunst bedeutet, geringere Motive den wichtigeren unterordnen zu können. Und es ist eine unzulängliche Kunst. Man muss sich entscheiden, was man will, und wenn man sich entschieden hat, hätte man sich ebensogut nie entscheiden müssen - so wenig Unterschied macht es aus. Denn die Folgen haben es an sich, ausser Kontrolle zu geraten und die Motive unterschiedslos zu präsentieren. Und dann scheinst *du* mit deinem Willen und deinem Vorhaben ziemlich im Wege zu sein. So ist es nun mal. (Aber es geschieht uns ganz recht, wenn wir so dachten!)

Seit meiner Kindheit hatte ich meine Zukunft mehr oder weniger festgelegt, und in diesen abgegrenzten Bezirk war Nina eigentlich *nicht* eingeschlossen. In jenen frühen Tagen hatte ich mir einen Roman vorgenommen, der - o ja! -, der alle vorhandenen Romane völlig aus dem Feld schlagen sollte. Dieser Roman sollte das Ziel meines Lebens sein, und später sollte der Roman meinem wirklichen Leben folgen, einem Leben voller gesteigerter Herrlichkeit und Leistung. Neben der Leistung lief natürlich das andere Leben einher, das mit dem Roman durchaus nicht zusammenfiel, überhaupt nicht das richtige Leben war, sondern eine vorübergehende, störende Phase, die keinerlei Beachtung verdiente. Der Roman hatte begonnen, eindeutig begonnen. Seine ganze unbestimmbare und eigenartige Atmosphäre schien sich der Wahl einer Sprache zu widersetzen. Denn zufällig gehöre ich zu jener schwer festzunagelnden Klasse von Menschen, die mehrere Sprachen kennen und die es, wenn man sie in der einen Sprache anredet, bequem finden, den andern zu versichern, dass ihre Kenntnisse sich ganz auf eine andre Sprache beschränken. Und ich bin einer von jenen unbequemen Menschen, deren nationale Atmosphäre etwas zusammengeschlagen wurde: ein Engländer, in Russland geboren, aufgewachsen und zur Schule gegangen, Sohn britischer Eltern übrigens (obendrein mit einem Namen, der nicht englisch ist!) - und damit hatte ich's! Der Krieg holte mich, und dann, als der Krieg vorbei war, sah ich den Roman an. Himmel, wie er zusammengeschrumpft war! Ich hatte geplant, das wirkliche Leben nicht zu beachten, weil es nicht mit meinem Roman zusammenfiel, und jetzt entdeckte ich, dass es gerade der Roman war, der nicht mit dem wirklichen Leben zusammenfiel. Weiter nichts - aber was für eine Entdeckung! Ich hatte während dieser Jahre wie ein Automat gelebt und dem Leben um mich her kaum Beachtung geschenkt, war aber dem «Meisterwerk» irgendwie treu geblieben, und nun fand ich, dass ich wirklich unbewusst gelebt hatte und lebendig war, während das «Meisterwerk» erstickt und tot war.

Zu diesem Zeitpunkt muss es gewesen sein, dass ich den Gedanken an Nina mit der Vorstellung von «leben» identifizierte - im Unterschied zu «berichten». Sie tauchte in meinen Träumen auf. Ich ging mit einigen Leuten, und sie ging mit andern Leuten. Und dann begegneten wir uns, und die Leute, mit denen sie zusammen war, blieben stehen, um mit den Leuten zu sprechen, mit denen ich zusammen war, und sie sah mich ein wenig befangen an, und «Reue» stand ihr im Gesicht geschrieben, als wollte sie sagen: «Ich warte», aber sie sagte nie ein Wort. Und im Schlaf dämmerte mir die «Wahrheit»: «All das andre war also... nichts als Launenhaftigkeit? O ja, natürlich! Ich hätte sie *verstehen* sollen.»

Und in den Stunden meines Wachseins, die wie Träume waren, ertappte ich mich unwillkürlich, wie ich General Bologojewskij, mit dem ich mich oft in der Stadt traf, danach fragte, ob *er* sie «verstehe». Aber der General verstand nichts. «Ich weiss, warum Sie immer herkommen», sagte er einmal. «Es ist einzig deshalb, weil ich sie kenne und weil Sie mit mir über sie sprechen wollen... Und Sie tun recht daran. Mein Gott! Was für Augen! Was für Waden! Was für Knöchel! Hören Sie, warum zum Teufel wollen Sie sie nicht heiraten?»

Ich war vor einiger Zeit in sein Hotel gegangen, das er sich wegen der «netten jungen Mädchen» dort ausgesucht hatte, wie er mir erklärte, und ich überraschte ihn dabei, wie er in seinem Zimmer mit dem hübschen Zimmermädchen flirtete, das darob laut kicherte. «Engländerinnen», vertraute er mir an, «lassen sich vor Ausländern stets gehen. Bei ihren eigenen Landsleuten schämen sie sich eher. Und wenn schon...»

Wir gingen nach unten. «Ja», seufzte er, «gerade jetzt wird die Sache ein bisschen schwierig. Ich habe nur noch zehn Pfund. Und wenn die weg sind, weiss ich nicht, wohin ich mich wenden soll. Und dann habe ich mir doch das Motorrad gekauft - die bestürmen mich jetzt, dass ich zahle. Ich werd's ihnen zeigen! Es ist eben alles eine verflixte Kiste. Der einzige Trost ist noch, dass es wirklich ein gutes Motorrad ist - eine grosse, schöne Maschine. Nur kenne ich niemanden, den ich anpumpen könnte.»

«Aber Sie wollen doch Taxi fahren, General!» wies ich ihn milde zurecht.

«Ach, was sind schon zehn Pfund?» rief er. «Ob ich Taxi oder Bus fahre, es bleibt sich alles gleich. Nein, meine ganze Hoffnung ist jetzt die Forderung, die ich bei der russischen Botschaft angemeldet habe. Wie ich höre, geht es jetzt nur noch darum, ob die Alliierten den General Wrangel anerkennen, und dann wird die Forderung ausgezahlt. Aber kommen Sie, ich möchte Sie mit dem russischen Oberst dort drüben bekanntmachen. Er ist in Wladiwostok gewesen und kennt zweifellos ihre Freunde - und Nina. Kommen Sie!»

Wir reichten uns die Hand und tauschten dann unsre Erfahrungen aus. «Und erinnern Sie sich an das schöne Mädchen, Nina Bursanowa?» wagte ich mich schliesslich mit meiner Frage hervor.

Der Oberst dachte scharf nach und sagte dann: «Nein - ich kann mich nicht erinnern.»

Schweigen. Das gedämpfte Dröhnen des Londoner Verkehrs glich den Basstönen einer fernen Orgel. Zwei weitere russische Obersten und ein Hauptmann, alle von Denikins Armee, schlenderten herzu, und der General rief den Kellner und hielt alle mit Likören und Zigarren frei. Die leisen Klänge eines nicht sichtbaren Orchesters drangen an unser Ohr und entflammten die Gefühle, die im Lagerhaus meines Unbewussten aufgespeichert waren...

Die laue Innenluft, eingeschlossen von der kalten Aussenluft, das gedämpfte Licht im Gegensatz zur dunklen Nacht draussen, die gehobene Stimmung bedrängender, wirrer Gefühle, umgeben von der Öde des Alls, und unsre vertraute Abgeschiedenheit innerhalb des heiteren Durcheinanders - sie sprachen zu mir. Und die sanfte Musik sagte mir, dass das Leben wirklich *ist*, und dass sie alles war, was es bedeutete...

Keine Romane mehr! Das Leben, dachte ich, war alle Romane der Welt wert. Und das Leben hiess Nina. Und Nina war das Leben. Und im Gegensatz dazu schienen alle Leute, denen ich begegnete, überheblich und unaufrichtig. Vor allem die Frauen waren unwirklich. Über Dinge, die sie nicht interessierten, sprachen sie mit gekünstelter Begeisterung. Sie heuchelten eine alberne Überlegenheit oder sonst eine nicht überzeugende Ahnungslosigkeit. Sie sagten: *«Wirklich?»* oder *«Tatsächlich?»* und «Wie faszinierend!» oder «Einfach hinreissend!». Nina war nicht so. Meine drei Schwestern waren nicht so. Sie waren wirklich. Sie lachten, wenn ihnen danach zumute war; sie sagten genau das, was sie dachten, und sie sagten nichts, wenn es nichts zu sagen gab. Nina war auf ihre Art kindisch und doch so sehr klug. Sie biss. Sie nahm Wasser in den Mund und blies es einem direkt ins Gesicht und warf sich unbekümmert aufs Sofa und streckte sich mit nach unten hängendem Kopf darauf aus. - Nie würde sie richtig erwachsen sein. Und im Gegensatz dazu erschien Oxford mit seinem hohlen Klubleben und seiner hohlen Gesellschaft wie ein Puppenhaus, ein sich gleichbleibendes, lebloses Ding, während die Welt, die Aussenwelt, daran vorüberging. Und ich fragte mich: «Worauf warte ich noch?»

Kurz und gut, es war Tristan, der sich nach Isolde verzehrte - mit dem wichtigen Unterschied, dass Tristan zu Isolde fuhr, weil Isolde es versäumte, zu Tristan zu kommen. Eines Abends verliess ich England ganz plötzlich und machte mich wieder auf den Weg zum Fernen Osten.

2

Ich reiste mit Sir Hugo und dem russischen General, und wir wählten die östliche Route. Ich hatte Sir Hugo am Gang erkannt, als er eines Tages im überfüllten Piccadilly meines Weges kam, aber vor einem Schaufenster stehenblieb. Und als ich auf ihn zutrat, sah ich, dass Sir Hugo auf lange Reihen von Kriegsverdienstorden blickte, die hinter der Scheibe ausgestellt waren. Er reiste als offizieller Berater aus - ich glaube, nach Siam, sagte er - oder nach einem ähnlichen Land, und wir machten ab, gemeinsam zu reisen.

Und dann schloss sich uns noch der General an, der in Konstantinopel zu Wrangels Armee stossen wollte. Er sollte in Port Said von Bord gehen.

Am nächsten Morgen an Bord zeigte ich dem General eine beunruhigende Reuter-Meldung aus Konstantinopel. Die französische Regierung, hiess es, habe die Auflösung der Armee General Wrangels befohlen und sich erboten, die Flüchtlinge nach Russland oder nach Brasilien zu transportieren, aber General Wrangel lehnte das Angebot ab, schlug die Einladung aus, nach Paris zu gehen, und verlangte die Rückgabe seiner Waffen und seiner Munition, welche die Franzosen bereits an

Georgien verkauft hatten, wo sie in die Hände der Bolschewisten gefallen waren. Vom Dampfer, auf dem sich General Wrangel aufhielt, waren Geld, Gold und silberne Wertgegenstände und Juwelen gestohlen worden. Auch wichtige militärische Dokumente, die den Feldzug in der Krim betrafen, wurden entwendet.

«Ich weiss, es ist eine ganz verdammte Kiste», sagte der General. «Ich werd's ihnen zeigen, den verdammten Franzosen. Sie sind allesamt verdammte Bolschewisten!»

Ich entgegnete ruhig: «Koltschak hat versucht, etwas zu tun. Denikin hat es versucht. Judenitsch hat es versucht. Ich würde es eine Weile auf sich beruhen lassen.»

«Oh», lachte er, «all das ist nur eine kleine Hauptprobe gewesen. In ein oder zwei Jahren werden wir ernstlich anfangen. Es ist die einzige Möglichkeit, Blutvergiessen zu verhindern.» Er paffte an seiner schweren Zigarre, und seine Augen zwinkerten im Rauch.

«Eine Hauptprobe. - Ja, auch ich beabsichtige, ernstlich anzufangen, wenn ich in Wladiwostok eintreffe», lachte ich.

«Ist es nicht eher ‹ein Abenteuer in Vergeblichkeit›?» fragte Sir Hugo.

«Er hat endlich meinen Rat befolgt», sagte der General und küsste seine Fingerspitzen. «Was für Augen!»

«Was für Waden! Was für Knöchel!» ergänzte ich automatisch.

Stille.

«Das Schiff fängt an zu schlingern.»

«Wo sind die Fahrgäste?» fragte der General.

«Ich fürchte, sie sind alle unpässlich», erwiderte Sir Hugo. «Wegen der stürmischen See.»

Der General schwieg ein Weilchen und sann über die Ursache der erwähnten Unpässlichkeit nach. «Dieses Schlingern und Stampfen dürfte natürlich nicht sein», meinte er.

«Oh?» sagte Sir Hugo.

«Es geht einzig auf schlechtes Steuern zurück. Wenn ein russisches Schiff so zu schlingern und zu stampfen beginnt, verlässt der Kapitän wortlos seinen Frühstückstisch, geht zu dem Mann am Steuerrad, schlägt ihm so oft ins Gesicht, wie er es für angemessen hält *(v mordu,* verstehen Sie?)...»

Sir Hugo nickte, um anzudeuten, dass er verstand.

«... zieht sich wortlos in den Salon zurück und fährt mit seinem Frühstück fort. Und glauben Sie mir, Sir Hugo, mit dem - ha ha ha - Schlingern oder - ha ha ha - Stampfen ist es aus! Gänzlich aus!»

«Hm», sagte Sir Hugo. «Und der Mann am Steuerrad - protestiert der niemals?»

«Nein», entgegnete der General. «Er weiss

warum. Das ist eben das Schöne daran, dass die Transaktion flink, wirkungsvoll, ruhig und lautlos durchgeführt wird - zu jedermanns Zufriedenheit.»

«Diese ruhige Methode scheint aber letzthin - milde ausgedrückt - eine ziemlich heftige Aufregung verursacht zu haben, nicht wahr, General?»

«Dann ist es nicht ruhig genug durchgeführt worden», erklärte der General, die Wurzel des Übels andeutend.

«Die Zeiten sind jedenfalls endgültig vorbei!»

«Sie sind endgültig vorbei», seufzte der General, als beklagte er den Tod eines lieben Verwandten.

Wieder schwiegen sie. Der Wind, der die ganze Wucht der See hinter sich hatte, fegte mir übers Gesicht.

«Sehen Sie das Schiff dort draussen, Sir?» fragte ich.

«Welches Schiff? *Wo?»* kam die Antwort.

«Das Schiff dort! Dort!» sagte ich und zeigte auf das einzige Schiff auf dem weiten Meer.

Sir Hugo blickte hin.

«Das ist kein Schiff», sagte er. «Das ist ein Boot.»

«Aber Sir?» hauchte ich, höflich protestierend.

«Nur Seiner Majestät Schiffe sind Schiffe»,

lautete die trockne Antwort. «Alle andern Fahrzeuge sind Boote. - Aber um auf den Ausgangspunkt Ihrer Frage zurückzukommen - was wollten Sie über das Boot sagen?»

«Ach, ich glaubte, es sei die *Aquitania,* aber jetzt sehe ich, dass es nicht stimmt», sagte ich und blickte in die blaugrünen Wogen hinunter. «Erinnern Sie sich an die U-Boot-Angst vor drei Jahren, als wir nach New York fuhren? Damals glaubte man, dass man jeden Augenblick im Wasser liegen würde, weil das Boot verschwunden war.»

«Das *Schiff»,* verbesserte Sir Hugo. «Die *Aquitania...* ach so, ich meine das *Boot* - verzeihen Sie, diesmal haben Sie recht, und ich bitte um Entschuldigung. Aber warum zum Teufel sagen Sie das nicht gleich von Anfang an, statt meine und Ihre Zeit mit so einem - einem - Blödsinn zu vergeuden?»

Unheilkündendes Schweigen.

Dann sagte der General: «Vielleicht sollten wir reingehen und etwas trinken?»

Eine Woche darauf liefen wir in den Hafen von Port Said ein. Wir standen an der Reling und balancierten auf den Fersen, während der Dampfer heftig schlingernd beidrehte.

«Wir haben schon vier Tage Verspätung», sagte Sir Hugo.

«Ich weiss. Ich bin noch nie auf einem so verdammten Schiff gewesen», sagte der General. «Ich erinnere mich jetzt an ein russisches Schiff, mit dem ich einmal den Pazifik überquerte, da hatte der Kapitän versprochen, an einem bestimmten Tag in Yokohama zu sein, aber wie üblich versagte er, und wir hatten acht oder mehr Tage Verspätung. Alle Passagiere an Bord, Offiziere und Zivilisten, Männer und Frauen, Passagiere Erster Klasse und sogar die andern, die ihre Überfahrt durch Arbeit an Bord verdienten - sie alle pflegten jeden Morgen zur Kajüte des Kapitäns hinaufzugehen und ihm ins Gesicht zu schlagen *(v mordu,* verstehen Sie?), bis es zu - oh! oh!» (er deutete den Umfang des Gesichts an), «zu ungeheuren Dimensionen angeschwollen war.»

«Hm», sagte Sir Hugo und war anscheinend sehr interessiert. «Ich glaube, General, ich hörte Sie sagen: ‹Passagiere Erster Klasse und sogar die andern, die ihre Überfahrt durch Arbeit an Bord verdienten.› Haben Sie dabei absichtlich oder unabsichtlich die Passagiere Zweiter Klasse ausgelassen - und auch die andern, die vielleicht, vielleicht auch nicht, als Zwischendeckpassagiere mitgefahren sind? Oder lege ich Ihnen etwas in den Mund? Aber lassen Sie es hingehen, es ist belanglos. Meine Sympathien sind in diesem Falle voll und ganz auf seiten des Kapitäns, was Sie mir hoffentlich vergeben, General?»

Der General hörte es sich an, aber er verstand es nicht. Wir trennten uns am nächsten Morgen von ihm, als wir Port Said verliessen.

Eines Nachmittags dann suchten wir, mit Ferngläsern bewaffnet, den Horizont ab, um zu sehen, ob wir Land entdecken könnten. Gegen sieben Uhr abends kam der schnaufende Dampfer in Sehweite von Aden. Vorsichtig stahl er sich näher und lag dann ausserhalb des Hafens.

Wir spürten die Sahara, die uns wie aus einem Ofen anhauchte. Ich lehnte mich über die Reling und beobachtete die sandige, unheilkündende öde Küste, die seltsame, fast erschütternde Stille der Gegend und das bösartig gelbe Wasser im Hafen.

Ich erinnere mich an die aufregenden, endlosen Nächte in Aden, in denen ich mir einbildete, das Schiff würde nie mehr weiterfahren. Ich erinnere mich an eine Art höhnischen Ausdrucks des alten Dampfers (den wir im Krieg von den Deutschen gekapert hatten), wenn er alle naselang in einem so gottverlassenen Nest wie Perim den Dienst verweigerte. Ich hatte keine Zeit zu verlieren, und widrige Umstände hatten sich verschworen, meine Reise über die Massen zu verlangsamen. Aber endlich fuhren wir weiter. Ich starrte auf das trübe gelbe Wasser, als der Dampfer von Adens haifischverpesteter Küste fort und in die schwere, erstikkende Stille der orientalischen Nacht hinausglitt. Und mir schien, dass sich das Meer von der Oberfläche bis zu seinen Tiefen hinab in Qualen wand und dass die von der Sonne versengte Wüste in ewiger Müdigkeit verdorrte – alles aus Mangel an einem Ziel. Und mir schien, dass selbst die Sterne sich vor lauter Warten verzehrt hatten.

Eines Abends in Colombo trennte ich mich dann von Sir Hugo, der ein Schiff nach Singapur nahm. Wir drückten uns herzlich die Hand. «Haben Sie Dank für all Ihre grossartige, ausgezeichnete Arbeit», sagte er, und wir waren beide offensichtlich gerührt. Und obwohl ich nicht wusste, worin die grossartige, ausgezeichnete Arbeit, für die er mir dankte, eigentlich bestand, fand ich jetzt, dass es toll und überwältigend war und dass ich gern alles noch einmal tun würde, und mehr als das, falls nötig: so köstlich war es, bedankt zu werden! «Grossartig! Grossartig!» wiederholte er, als ich ihm mit seinen Sachen von Bord half. «Gut! Sehr gut! Dank! Nochmals Dank! Grossartig! Grossartiger Mensch! Grossartiger Mensch! Vielen Dank! *Good-bye!*» Und als er sich unten im tuckernden Motorboot niederliess, das ihn dann an Land brachte, winkte er mir, und seine Lippen schienen sich zu bewegen und «Grossartig!» zu sagen. Dann war er fort - auf dem Wege zu seinem neuen Beraterauftrag.

Ich bedauerte es, mich von dem alten Herrn zu trennen. Er hatte etwas an sich, das ihn fast menschlich erscheinen liess. Im weiteren Verlauf der Reise erhielt ich einen Brief von ihm. «Wir hatten bisher eine gute Fahrt», schrieb er, «und nur zwei Tage stürmisches Wetter, als wir am Rande eines Taifuns oder eines ähnlichen Orkans entlang fuhren.»

Und nun war ich allein an Bord des alten Ozeandampfers, der vorsichtig an den leuchtenden, gischtsprühenden Wellenbrechern von Colombos sonnenheller Küste vorbeidampfte und auf die offene See hinauspflügte.

Ich lag an Deck und war im Begriff einzuschlafen. Plötzlich, wie eine Woge aus dem Nichts, überflutete der Traum von Nina mein Gehirn. In genau der Sekunde war ich noch wach: ich hatte den Traum gewissermassen mit beiden Händen eingefangen. Ich lachte laut vor mich hin: ich hatte einen Traum gefangen!

Die See war wie ein Spiegel aus schwarzem Glas. Ich lauschte in die nächtliche Stille. Dann und wann klatschte ein Delphin über die Wasseroberfläche; dann war alles still. Der Dampfer glitt geräuschlos über die See.

Nach Singapur - nach Hongkong - nach Schanghai... Ich hegte eine unbestimmte Befürchtung, zu spät zu kommen. In meiner Besorgnis und Erregtheit erschien mir der ganze Ferne Osten erregt. Der Nachthimmel war vor Kummer verschleiert. Es war eine Nacht, da alles «Warum?» fragt. Ich entdeckte Erschütterung in der Belebtheit der nächtlichen Strassen Pekings. Selbst jetzt, da ich dieses schreibe, sehe ich Kanton mit seinen engen, überfüllten Strassen, wie es Schutz sucht unter den tropfenden, überhängenden Dächern seiner Läden, und spüre die düstere, geheimnisvolle Stille im Innern, den teilnahmslosen Blick der auf dem Boden kauernden chinesischen Händler und das Trommeln des Regens auf den Dächern, und ich sehe das träge Wasser der Flüsse, die wimmelnde Menge von Lebewesen auf den Uferdämmen und die Sampans, die sich auf den Kanälen drängen, und ich erinnere mich wieder an das Getöse in Mukden und an die weite Ebene uralten, schlammigen Bodens, die vor meinen Blicken zurückweicht, während ich sie vom Fenster meines Zuges aus betrachte, und an den niedersinkenden Abend und die Schwermut von Jahrtausenden. Und ein Gefühl überwältigte mich, als lebte ich in einem andern Jahrtausend, in einer andern Welt, als hätte ich das alles irgendwo geträumt oder vielleicht gekannt, ehe ich auf die Welt kam, und als müsse in den tiefsten Winkeln meines Gedächtnisses eine aufgeprägte Spur dieses eigentümlichen Lichts sein, dieses Lärms und Getöses und dieser sehnsüchtigen Stille des Ostens.

3

Endlich traf ich in Wladiwostok ein. Sowie ich meinen Fuss auf den Bahnsteig setzte, flog ich durch wohlbekannte Strassen und Kurven und Biegungen zu ihrem Haus. Ich erinnere mich, dass ich mir wie Tristan am Schluss des letzten Akts vorkam: sehr sicher, ungeduldig, von Liebe überwältigt. Ich dachte, dass ich einfach ins Zimmer fliegen und *«Isolde!»* rufen würde, und sie würde in meine Arme fliegen: *«Tristan!»* Und dann, sogleich danach, würden wir uns emsig an das Liebesduett machen.

Ich klopfte ans Fenster, und ich glaubte, sie müsse hören, wie mein Herz hämmerte. Ich klopfte noch einmal, und dann wurde am Rollo hinter dem Fenster herumgetastet, und da stand Sonja und spähte durch die Scheibe zu mir herunter. Ihr Stirnrunzeln verwandelte sich in ein strahlendes Lächeln, und ihre Stimme klang durchs Haus: «Andrej Andrejewitsch!»

Sie lief weg und kam dann an die Tür, öffnete sie einen Spalt und sagte: «Andrej Andrejewitsch, wir sind noch nicht angezogen! Aber komm ins Wohnzimmer - warte - lass mich erst weglaufen!»

Es war gegen elf Uhr morgens. Sie lief weg, und ich ging ins Wohnzimmer. Alles war genauso, wie ich es verlassen hatte. Der Kanarienvogel in seinem Käfig piepste sein gewohntes «Tschick! Tscherrick!» und hüpfte hin und her. Die Sonne schien strahlend zum Fenster herein. Es war einer jener herrlichen Herbsttage, die den knospenden Frühlingstagen gleichen.

«In zehn Minuten sind wir fertig!» schrie Sonja aus dem Nebenzimmer.

Ich wartete zehn Minuten und nochmals zehn Minuten. Dann öffnete sich die Tür, und Sonja trat strahlend ins Zimmer. «Nina ist in zehn Minuten fertig», sagte sie.

«Nein, dann ist sie noch nicht fertig», ertönte Ninas Stimme - eine missmutige Stimme.

«Fanny Iwanowna und der Knjas sind einkaufen gegangen», sagte Sonja.

«Wie geht es Nikolaj Wasiljewitsch?» fragte ich.

«Er ist wahrscheinlich im Büro - oder sonst bei Zina.»

«Wie steht's mit dem Bergwerk?»

Sie machte nur eine Handbewegung.

«Hoffnungslos?»

«Oh, *hoffen* tut er - *hoffen* tun wir natürlich alle.»

«Gut, dann müssen wir eben alle hoffen», sagte ich.

Dann erschien Vera, strahlend und wunderbar hübsch. «Nina kommt in fünf Minuten», sagte sie.

«Nicht in fünf Minuten. In zehn Minuten!» ertönte Ninas Stimme - diesmal eine launische Stimme.

Ich setzte mich auf das alte Sofa, und Sonja und Vera blickten mich ganz merkwürdig an. Wahrscheinlich fragten sie sich, weshalb, zum Kuckuck, ich gekommen sei.

Dann flog die Tür zum Nebenzimmer auf, und Nina flitzte ins Zimmer, gab mir die Hand, ohne mich anzusehen, und flitzte ans Fenster.

Ich sass noch immer auf dem alten Sofa, dessen eine Feder gesprungen war, und keiner sprach. Es war eine etwas dumme Situation.

«Die Feder, auf der ich sitze, ist gesprungen», sagte ich schliesslich.

«Oh, das hat Vera getan», sagte Nina.

«Das ist gelogen!» brauste Vera auf. «Du weisst ganz genau, dass du sie gestern abend kaputtgemacht hast, als du mit Ward auf dem Sofa herumgesprungen bist.»

«Nein, Vera war's!» sagte Nina.

«Das ist gelogen! Gelogen! Gelogen!»

«Es macht doch überhaupt nichts aus, wer sie kaputtgemacht hat», vermittelte ich. «Mir fiel nur auf, dass sie gesprungen ist, weil ich zufällig drauf sitze... Sonst scheint alles völlig beim alten zu sein.»

Ein Weilchen sassen wir stumm da. Dann wandte sich Nina stürmisch an mich: «Aber du hast noch nicht die drei Schwestern gesehen!»

Ich sah sie verständnislos an.

Sie lief hinaus, kam schnell zurück und warf mir drei winzige Kätzchen in den Schoss. Die alte Katze folgte ihr ins Zimmer und blickte misstrauisch zu mir auf.

«Das ist Sonja. Das ist Nina. Das ist Vera», erklärte Nina.

Eine Zeitlang bewunderten wir «die drei Schwestern»; dann grapschte Nina sich die Kätzchen mit der gleichen flinken Handbewegung und trug sie weg. Die alte Katze folgte ihr ins Nebenzimmer.

Und wieder trat eine Stille ein. Der Kanarienvogel im Käfig piepste: «Tschick... tscherrick.»

«Und Andrej Andrejewitsch macht auch ewig mit seinem ‹Tschick... tscherrick› weiter!» sagte Nina.

«Welcher Andrej Andrejewitsch?»

Sie zeigte auf den Kanarienvogel.

«Was meinst du?»

«Wir nennen ihn Andrej Andrejewitsch.»

«Warum?»

«Oh, einfach so... Er hat etwas von dir an sich... etwas Unwirkliches.»

«Nina, komm mit spazieren!» rief ich.

Ich half ihr in den Mantel.

Wir gingen über die Aleutskaja, die in Sonnenschein gebadet dalag, bogen in die Swetlanskaja ein und dann in einen Park hoch über dem Meer. Der Herbst war da - der Herbst mit seiner düsteren Atmosphäre vereitelter Hoffnungen, entschwundener Freuden und vom Wind verwehter Pläne - den Herbstblättern gleich.

«Warum bist du gekommen?» fragte sie. «Warum bloss? Ich habe dich nicht aufgefordert.»

«Du hast mir gesagt, dass du mich liebst», sagte ich.

«Ich habe dich nie geliebt.»

«Warum hast du dann gelogen?» rief ich.

«Ach, geh zum Teufel!» rief sie und wandte ihr Gesicht ab.

«Ich bin drei Monate unterwegs gewesen... drei Monate! Mein Gott, Nina, *drei Monate* bin ich hergereist, um dich zu sehen - und jetzt...»

«Es war eine ungewöhnlich lange Reise. Ihr müsst sehr langsam gefahren sein.»

«...und jetzt das!» fuhr ich protestierend

fort. «Ich schwänze Oxford, mache die weite Reise nach Wladiwostok, bin drei Monate unterwegs - weil - weil ich dich liebe - und du...»

«Du hast einen Russfleck auf der Nase», bemerkte sie.

«Nina!» rief ich lachend, aber mein Herz weinte Tränen. «Nina!»

«Geh und wasch dein Gesicht», sagte sie, «und dann komm wieder her. Ich warte hier auf dich.»

Ich gab es auf. Wir sassen nebeneinander und sagten nichts, und im herbstlichen Wind, der trotzig vom donnernden Meer her wehte und die abgefallenen gelben Blätter zu unsern Füssen aufstöberte, lag etwas, das anzudeuten schien, ich sei mit meiner Liebe ziemlich spät dran im Jahr - vielleicht zu spät. *Tristan* wurde etwas Unbekanntes, Fernes - und ich merkte, dass ich in einer gänzlich andern Oper sang.

4

Wir gingen nicht nach Hause. Sie sagte: «Ich hab's satt, Papa, Fanny Iwanowna und den Knjas zu sehen. Immer streiten sie... immer streiten sie... Der Knjas ist noch der beste von der Gesellschaft.» Statt dessen gingen wir also zu den Olenins, die in einer abgelegenen Datscha am Meer wohnten. Es war ein Haus, das bei Nacht fast unzugängig war, denn Laternen waren nicht da, und die Wege waren eher verschlammte Pfützen. Die Umgebung zog sämtliche bösen Hunde und Räuber der Stadt an.

Wir trafen dort Sonja und Vera, die mit den drei Amerikaner-Boys schwatzten: sie waren jetzt als die «drei Brüder» bekannt. Die Hausfrau sass am Klavier und holte schmetternde Synkopenklänge heraus, und dann tanzten die drei Schwestern mit ihren entsprechenden «Brüdern», während ich allein übrig blieb und die Erinnerung an meine Dreimonatsreise mir am Herzen frass. Es ging einfach darum, dass ich nicht begreifen konnte, was ich eigentlich in diesem Dreigestirn zu suchen hatte.

Ich schlenderte in das schäbig möblierte Esszimmer mit den bekannten Bildern in vergoldetem Rahmen. Oberst Olenin, jetzt ohne Beschäftigung, spielte Karten mit einem Kameraden, ebenfalls ohne Beschäftigung, und mit Zinas Vater, während ein Japaner zuschaute (ein Pensionär) und in seinen Zähnen herumstocherte. Madame Olenin mit der kleinen Fanny am Rockzipfel kam herein und stand ein wenig gelangweilt da: sie sah aus, als hätte sie gern und reichlich lieben können.

«Tanzen Sie nicht?» fragte der Pensionär, nachdem wir uns bekanntgemacht hatten. «Warum nicht?»

«Andrej Andrejewitsch ist verliebt», sagte Madame Olenin.

«Ah! Isse - dazz sso - zzz?»

«Er hat sein Herz an Nina verloren.»

Der Pensionär kicherte und stocherte in seinen Zähnen herum. «Ah! Isse dazz sso?» sagte er und zog «zzz» den Atem ein, wie es die Japaner aus lauter Höflichkeit tun. «Ah! Sehr nett! Sehr nett!»

«Andrej Andrejewitsch will sie heiraten», fuhr Madame Olenin fort.

«Aber sie will nicht», sagte ich.

«Sie müssen sie fragen!» sagte Madame Olenin.

«Ich habe sie gefragt. Sie will nicht.»

«Oh, dann müssen Sie sie nochmal fragen!»

«Wie oft?»

«Einerlei, wie oft. Fragen Sie sie immerzu! Jede Frau gibt nach, wenn Sie sie lange genug fragen. Fragen Sie sie immerzu! Oder sonst heiraten Sie die kleine Olga, unsern kleinen Fussball! Sie würden sehr gut zusammenpassen!»

Der Pensionär kicherte laut und stocherte in den Zähnen.

Sie scherzte - scherzte mit einer ernsten Frage, und ich lächelte, wie man bei einer solchen Gelegenheit lächelt - ein geiziges und widerwilliges Lächeln.

Ich erfuhr, dass einer von den Veteranen-Grossvätern vor einem Monat gestorben war; der andre lebte noch. Er sass da und blickte finster vor sich hin, und jedesmal, wenn die kleine Fanny ins Esszimmer kam, schien sie seinem finsteren Blick auszuweichen. Ich sprach mit ihm, und wie ich bald merkte, wollte er nicht zugestehen, dass es jemals eine Revolution in Russland gegeben hatte. «Unsinn», sagte er dauernd. «Unsinn! In Frankreich hat's eine Revolution gegeben. Aber nicht in Russland. Wir sind hier nicht in Frankreich!»

«Aber - aber die Bolschewisten?» fragte ich.

Der rückständige Veteran bekam plötzlich einen Wutanfall. «Den Bolschewisten werde ich heimleuchten!» drohte er. «Die werde ich auf den Schwung bringen! So etwas dulde ich nicht! Ich nicht! Die werden bald merken, mit was für einem Mann sie es zu tun haben! Mit denen mache ich kurzen Prozess, kann ich Ihnen sagen! Den Bolschewisten werd' ich's zeigen! Die werde ich auf den Trab bringen!» Der schwache alte Mann bekam einen Hustenanfall. Sein Körper zitterte und schwankte, und seine vergeblichen Drohungen betonten nur noch seine jämmerliche Ohnmacht und die klägliche Schwäche seines Greisenalters. Madame Olenin kam ihm zu Hilfe, klopfte ihm auf den Rücken, um seinen Husten zu lindern, und bat ihn, nicht von den bösen Bolschewisten zu sprechen, weil es seiner Gesundheit schade; doch sogar während des Hustenanfalls und als er nach Atem rang, drohte er zornig: «Ich werd's den Bolschewisten zeigen! Die werd' ich auf den Trab bringen! Diese Bolschewisten! Denen werd' ich Beine machen!», und dann bekam er noch einen heftigen Anfall von Altershusten.

Onkel Kostja sass unrasiert und ungepflegt auf dem Sofa, als ich im trüben und freudlosen Licht des frühen Nachmittags zu ihm ging. Ein leeres Glas Tee stand auf dem Tisch. «Sie tanzen!» sagte er mit einem seltsamen Schimmer in den Augen. «Mögen sie tanzen! Sie glauben, ich wäre unnütz. Mögen sie's glauben! Haben sie sich über mich beklagt?»

«Wer? Nikolaj Wasiljewitsch?»

«Nein, der würde es nicht tun. Ich schätze ihn. Die *andern!* Ich weiss, dass sie's tun. Das ist der Witz, den sich das Leben leistet, dass seine überdurchschnittlichen Menschen für die minderwertigen nicht gut genug sind. Für die überdurchschnittlichen Menschen ist die Provokation kein Witz mehr, kann ich Ihnen versichern; für die minderwertigen ist die Situation einfach eine Tatsache: wer lacht also darüber, wenn nicht das Leben selbst? Das Leben ist so. Und hier bin ich – und schreibe selbstlos weiter. Der Himmel mag wissen, ob das, was ich geschrieben habe, zu meinen Lebzeiten veröffentlicht wird. Aber Jahre später werden sie meine Bücher lesen; sie werden an mich denken und sich fragen, wie ich aussah und sprach und empfand. Und das weiss ich dann nicht...»

«Ja, Onkel Kostja; verweilt man aber vorzeitig bei der traurigen Wirkung seines Todes auf andre, dann ist das, wie wenn man Geld im voraus verlangt. Geschäftlich ist das ungesund.»

Doch im Verlauf unseres Gesprächs fielen mir furchtbare Symptome von Onkel Kostjas Gemütsverfassung auf. Onkel Kostja beteuerte sehr entschieden, dass er nie einen Vater gehabt habe; er sei der Sohn seines Grossvaters. Und als ich darauf hinwies, dass diese Lücke mir ein wenig an Extravaganz zu streifen schien, erwiderte er ganz ernst, das «sähe er nicht ein».

5

So erbärmliche, herzzerreissende Szenen wie diese spielten sich noch häufig ab. Jede der drei Schwestern ging Arm in Arm mit einem der «drei Brüder», und ich zog allein hinter ihnen her - wie eine Art Gouvernante und mit dem abscheulichen Gefühl, dass meine Dreimonatsreise sich zu einem Groll auswuchs.

«Ein arm' Geschöpf, Sir, aber mein eigen!» Nachdem die drei Schwestern sicher nach Hause begleitet worden waren, riefen sie von der Verandatreppe aus: «Gute Nacht, Brüderchen!», und die «drei Brüder» antworteten: «Gute Nacht, Schwesterchen!» Ich allein sagte nichts. Ich fand, dass ein zusätzlicher «Bruder» die Symmetrie der Gruppierung beeinträchtigen könne. Der Tatbestand war eben logischerweise der, dass ich nicht einer von den «drei Brüdern» war. Damit war der Fall klar.

Eine sehr ähnliche Situation ergab sich bei den Tänzen, den bezaubernden Tänzen vom amerikanischen Roten Kreuz. Wir - das heisst die drei Schwestern, die «drei Brüder» und ich (der Überzählige) - sassen in einer amerikanischen Dienstlimousine und rollten sanft durch die dunklen und schaurigen Strassen, während ein milder Mond matt auf die verschlammte Fahrbahn schien. Danach betraten wir den langen, zugigen Saal in der Marinekaserne, den das amerikanische Rote Kreuz übernommen hatte. Nach einer kleinen Weile erschienen die drei Schwestern wieder im Saal und sahen ganz wie das entzückende Bouquet aus, das sie von jeher waren; die grosse Negerkapelle platzte mit ihren Synkopenklängen los, und die drei Schwestern glitten in den Armen der «drei Brüder» davon, während ich dazu degradiert wurde, Mauerblümchen zu spielen oder sonst mit plumpen und gewichtigen Frauen zu tanzen, was nach meinen Erfahrungen mit Nina dem Gefühl gleichkam, schwere Ketten über den Fussboden zu schleppen. Es war idiotisch, deshalb sechzehntausend Meilen zu reisen! Damit war der Fall klar.

Ich gebe zu, dass es mein Fehler war - aber mein etwas unharmonisches Eindringen in eine Gruppe, die im übrigen perfekt war, begann Nina zu ermüden. Sie forderte mich auf, sie nicht länger «zu verfolgen». Ich entschloss mich, sie nicht zu verfolgen. Ich sagte es ihr. Ich sagte es ihr andauernd. Meine leidenschaftlichen Erklärungen, dass ich mich distanziert hätte, begannen sie zu erzürnen. Meine feurigen Versicherungen, dass ich mich mit meinem einsamen Los abgefunden hätte, hielt sie für widerspruchsvoll und unehrlich. Und sie verhängte eine Strafe über mich, die in der Liebe von allen Strafen am schwersten zu ertragen ist: sie wurde gleichgültig. Es gibt jedoch einen Ausweg, Gleichgültigkeit in der Liebe zu bekämpfen, und zwar durch einen Streit. Man sagt sich: vielleicht denkt sie manchmal an den Streit, bedauert vielleicht den Verlust, ärgert sich oder ist feindselig eingestellt. Jedenfalls besteht dann ein Band zwischen dir und ihr. So schwach es sein mag, es ist immerhin etwas.

Gleichgültigkeit ist einfach gar nichts. Nach diesen Richtlinien handelnd und immer meiner Dreimonatsreise eingedenk, wuchs ein Groll in mir heran, der mich in der Seele kränkte. Ich schwor mir auf der Stelle, dass ich, solange ich lebte, Nina nie mehr wiedersehen wolle. Damit war der Fall klar.

Ich musste entdecken, dass ich schon am gleichen Nachmittag wieder hinging – anscheinend gegen meinen Willen und teilweise unter dem Einfluss des Weins, den ich zum Mittagessen getrunken hatte. Es war ein besonders sonniger und freundlicher Tag, und der blaue Himmel und die klare Luft und sogar die Läden schienen mir ein Zeichen zu geben, nicht so ein Dummkopf zu sein und auf meiner lächerlichen Würde zu beharren; und während ich weiterging, bis ich in der Ferne ihr Haus sah, das mir auch ein Zeichen gab, entdeckte ich, dass ihre Gleichgültigkeit, selbst wenn sie sich bestätigt fand (und ich weigerte mich, sie zu bestätigen), den nicht gleich beachteten Vorteil hatte, mich in ihre Gegenwart vorzulassen. Doch auf dem Heimweg stellte ich fest, dass ich tausenderlei Gründe habe, mich wieder zu meiner früheren Ansicht über Gleichgültigkeit zu bekehren.

Und da ich fand, dass es schlecht um meine Sache stand, unternahm ich einen kühnen Streich, um mein wackliges Prestige zurückzugewinnen. Ich gab mich rasend, beinah ungebührlich intellektuell, sprach in rascher Folge von Turgenjew, Goethe, Dostojewski, Tschechow, Flaubert, Shakespeare und Tolstoi. Es beeindruckte niemanden. Sie hörte mir kaum zu. Daher versuchte ich es mit Wagner, Skrjabin, Debussy und Richard Strauss. Nichts zu machen! Ich nahm nun Ibsen, Schopenhauer, Nietzsche, Shaw, Bennett, Chesterton und H. G. Wells in Angriff und zitierte sie. Es verpuffte. Sie zeigte nur, dass so etwas «nicht von ihr geschluckt» wurde. Offensichtlich hatte sie genug davon. Und die grossen Männer wirkten unter ihrem verächtlichen Blick leider unbedeutend.

Einmal traf ich sie auf der Strasse. In der Nacht hatte es geschneit - zu früh für diese Jahreszeit. Jetzt schmolz der Schnee, und die Strasse war schmutzig. Die Sonne schien gelb, honigfarben, und im Sonnenschein wirkte Ninas schräger Blick wärmer.

«Willst du mich heiraten?» fragte ich sie.

«Nein.» Sie schüttelte den Kopf. «Ich hab' dich satt.»

«Das weiss ich», erwiderte ich und ging stumm neben ihr einher.

«Wenn ich dich wirklich satt hätte, würde ich's dir nicht sagen.»

«Warum sagst du's mir dann?» Ich griff es

auf, weil ich nach etwas Positivem hungerte, so geringfügig es sein mochte.

«Ich sage nicht immer, was ich denke», antwortete sie.

Sie ging weiter.

«Jedenfalls fahren wir weg», sagte sie.

«Wann? Wohin?»

«Im nächsten Monat - nach Schanghai. Mama will dort ein Geschäft eröffnen. Wir müssen etwas unternehmen. - Wir werden uns gut amüsieren in Schanghai!»

«O nein, gar nicht!» sagte ich.

Sie sah mich an.

«Ohne eure ‹drei Brüder›?» rief ich hämisch.

«Ihr Schiff fährt im nächsten Monat auch hin. Oho, glaubst du, Mama hätte uns sonst überreden können, mit ihr zu fahren?»

«Glücklich losgeworden!» rief ich.

«Was ist?»

«Geh!» rief ich. «Um Himmels willen, *geh* schon! Zieh los! Ich habe keine Zeit zu vergeuden! Ich muss nach Hause. Ich verpasse sonst mein Examen.»

«Wenn du willst, kannst du jetzt gleich gehen. Ich halte dich nicht!»

«Was ist mir dir?»

«Was ist mit *dir?*»

«Zuerst will ich euch abfahren sehen», sagte ich, «und dann fahre ich auch.»

6

Und dann wünschte ich nur noch, dass sie gingen und dass ich sofort nach England zurückkehren könnte. Der Abreisetag wurde von Woche zu Woche verschoben, weil es Schwierigkeiten wegen der Pässe und Platzknappheit auf den Dampfern der russischen Freiwilligenflotte gab. Ich hatte Angst, sie könnten überhaupt nicht abreisen. Denn wenn sie blieben, war ich verloren.

Und dann gingen sie, Gott sei Dank!

Fanny Iwanowna und Nikolaj Wasiljewitsch zogen es vor, sich in ihren eigenen Räumen von ihnen zu verabschieden. Ich glaube, es war deshalb, weil sie ihre Gefühle nicht vor den Leuten zur Schau stellen wollten, die, wie sie wussten, ans Schiff kommen würden, um den Mädchen Lebewohl zu sagen, und auch deshalb, glaube ich, weil die Beziehungen zu Magda Nikolajewna nicht durchaus zufriedenstellend waren.

Gestern war ich ihnen in der Aleutskaja begegnet, als sie aus dem Restaurant «Solotoj Rog» kamen, wohin sie jetzt stets zum Mittagessen gingen: die Kochgelegenheit in ihrer Wohnung war völlig unzulänglich. Nikolaj Wasiljewitsch in seinem Regenmantel und mit der Melone auf dem Kopf sah merklich älter und müder als vor zwei Jahren aus. Vielleicht war es das scharfe Nachmittagslicht, das seine Gesichtszüge blossstellte. Fanny Iwanownas Gesicht zeigte einen seltsam geheimnisvollen Mona-Lisa-Ausdruck – als wüsste sie allerhand, als hätte sie guten Grund, beruhigt zu sein. Und hatte sie den etwa nicht? Die Teilhaberschaft mit Magda Nikolajewna war ja ein reizvoller Vorschlag. Die beiden einzigen Abschrekkungsmittel, sich nicht geschäftlich mit Magda Nikolajewna zu verbinden, waren für sie die beiden unglückseligen Wörter «Erzieherin» und «Schosshündchen», die ihren Stachel nicht verloren hatten. Sie erzählte mir, dass sie über die «Erzieherin» hinwegkommen könnte: die Unterstellung entbehrte jeder Grundlage und konnte deshalb verziehen werden – im Notfall. Aber das «Schosshündchen» – nie. Nunmehr hing ihr Los wie in der Vergangenheit einzig vom Bergwerk ab, und was dessen Wiedererlangung betraf, waren Fanny Iwanownas Ansichten etwas gemischt. Aber die Japaner waren jetzt im Besitz des Hinterlandes, und falls Nikolaj Wasiljewitsch sein Bergwerk zurückbekam, wäre sie in der Lage, nach Deutschland heimzukehren. Sie hasste Wladiwostok. Und doch, so erzählte sie mir heute morgen vertraulich, hegte sie Zweifel, ob sie Nikolaj Wasiljewitsch je würde verlassen können, nachdem sie so lange zusammengelebt und so viel Unglück gemeinsam überstanden hatten. Und selbst wenn das Bergwerk Tatsache werden sollte: sie glaubte - und es war diese heimliche Vermutung in ihrem Herzen und daher der beruhigte Ausdruck in ihrem Gesicht und die jugendliche Leichtigkeit in ihrem Verhalten -, dass die Leidenschaft zwischen Nikolaj und Zina sich bereits legte. Und - nie geschieht etwas...

Sie waren beide sichtlich bewegt. Nikolaj Wasiljewitsch ging im Zimmer auf und ab, offenbar um seine Erregung zu verbergen. Das Gepäck war schon zum Schiff befördert worden, und die reisefertig angekleideten Schwestern hatten für den endgültigen Abschied Platz genommen. Der Knjas sass für sich und las seine Zeitung, und wir sprachen sprunghaft von diesem und jenem, und zufällig hörte ich, dass Onkel Kostja auf Grund einer logischen Analyse seiner Stellung als Autor zu dem Schluss gekommen war, dass es sinnlos sei, sich morgens zu erheben, und dieser Entdeckung war er in der letzten Zeit auch nachgekommen.

«Und...?» fragte ich bedeutungsvoll.

«Ja, ja», sagte Nikolaj Wasiljewitsch einsichtig. «Er tut mir leid.»

Fanny Iwanowna aber betrachtete die drei Schwestern mit kummervollem Blick. «Ach,

Nikolaj Wasiljewitsch», sagte sie, «schau uns an! Sogar unsre Kinder verlassen uns! Wenn sie weg sind, ist niemand mehr übrig als du und ich und Knjas und die Kätzchen. Die Kätzchen Sonja und Nina und Vera. Die richtigen Sonjas und Ninas und Veras haben die Geduld mit uns verloren.»

«Nicht, Fanny Iwanowna, nicht!» murmelte Vera.

«Und wir haben lange Zeit zusammen gelebt, in einem Durcheinander von Sorgen, und doch waren wir glücklich, denke ich, so glücklich, wie man nur sein kann. Warum jetzt die Trennung? Warum?»

Jemand seufzte, und Nikolaj Wasiljewitsch wandte sein Gesicht ab.

«Jetzt haben wir Oktober. Bald ist es Winter, und unser Dach und Hof stecken dann tief im Schnee. Draussen wird es kalt und dunkel und scheusslich sein, und wir werden nicht genug Holz haben, und vielleicht gibt's wieder mal einen *coup d'état*. Aber wir beide, Nikolaj Wasiljewitsch, wir beide werden hier sein, werden zum Mittagessen ins ‹Solotoj Rog› gehen und hier sein, wie jetzt und immer! Immer!»

Sie seufzte schwer. «Was sollen wir beide ganz allein im Winter machen?»

Nikolaj Wasiljewitsch stand am Fenster, die Hände tief in den Hosentaschen, und antwortete nicht. Es war mir aufgefallen, dass er immer, wenn er sorgenvoll war, am Fenster stand, die Hände tief in den Hosentaschen, und grübelte. Und ich stellte mir vor, dass er vielleicht dachte: seltsam ist der Lauf der Welt. Also wirklich! Die ganze Zeit hatte er geplant, sie zu verlassen, aber das Leben hatte seinen Lauf genommen, und nichts war daraus geworden. Und jetzt gingen die andern, um derentwillen er geblieben war, von ihm fort, und er, der eigentlich ausreissen wollte, blieb allein mit ihr zurück; und mit tausenderlei unnennbaren Mitteln hatte sie ihn an sich gefesselt. - Und als ich seinen Blicken begegnete, hatte ich ein Gefühl, ein untrügliches Gefühl, dass ich mit meiner Vermutung tatsächlich recht hatte.

Dann trat die vor jedem Abschiednehmen wohlbekannte Stille ein, in der alle auf das Zeichen zum Aufbruch harren. Nikolaj Wasiljewitsch zog seine Uhr hervor und sagte: «Ich glaube...»

Wir standen auf, und ich ging hinaus und erwartete sie draussen auf der Strasse.

Dann kamen sie. Fanny Iwanowna, Nikolaj Wasiljewitsch und der Knjas standen auf der Haustreppe und blickten uns nach, als wir weggingen und uns im Weitergehen immer wieder umdrehten. Der heftige Herbstwind zerzauste Nikolaj Wasiljewitschs schütteres

Haar, und als die drei so ohne Hut im Freien standen, wirkten sie gebrechlich und schwach und dem Sturm des Lebens hilflos preisgegeben. Dann ging der Fürst ins Haus zurück, als müsse er eine unterbrochene Beschäftigung eilends wieder aufnehmen. Wir blickten ein letztes Mal zurück und bogen dann um die Ecke. Die drei Schwestern putzten sich häufig die Nase und schluckten, und Veras Augen waren gerötet. Und als ich so weiterschritt, dachte auch ich: seltsam ist der Lauf der Welt! Also wirklich! Ich war vom andern Ende der Erde hergekommen, um ihnen noch rechtzeitig für eine Fahrt von bloss zwei Tagen Lebewohl zu wünschen und in dieser grässlichen Stadt am äussersten Rande der Welt bei einem simplen Abschied anwesend zu sein, obwohl ich eigentlich fleissig für meine Abschlussprüfung hätte büffeln sollen! Und im Gegensatz dazu schien Oxford ein Ort zu sein, an dem *etwas los* war!

Selbst jetzt, wo sie fort sind und der Dampfer dabei ist, zu den Docks des fernöstlichen Paris zu fahren, kann ich sie sehr deutlich vor mir sehen, wie sie auf dem Deck der *Simbirsk* standen: drei reizende Kätzchen, eins hübscher als das andre, und zusammengenommen ganz unwiderstehlich. Es war schon weit mehr als zwei Stunden her, seit man uns gesagt hatte, von Bord zu gehen, doch der Dampfer war immer noch da. Ich stand auf dem Pier, neben mir Magda Nikolajewna, die ihren drei Töchtern in ein oder zwei Tagen mit der Bahn folgen sollte, und während sie mir entzückende Geschichten aus Ninas Kindheit erzählte, schaute ich zu Nina empor, die sich mit gefalteten Händen auf die Reling stützte, das Kinn auf die gefalteten Hände gelegt hatte und uns mit ihrem herrlichen, beunruhigenden, schrägen Blick ansah, augenscheinlich ganz versessen darauf, etwas von dem zu erhaschen, was mir ihre Mutter über sie erzählte. Ich erinnere mich nicht mehr, wie lange ich dort stand. Die «drei Brüder» waren auch gekommen, um ihnen am Tag vor ihrer eigenen Fahrt nach Schanghai Lebewohl zu winken; dann gingen sie fort: sie mussten auf ihr Schiff zurückkehren. Immer wieder trat ich nahe an den Dampfer heran, doch ich konnte ihrer Miene entnehmen, dass jeder Versuch überflüssig war: da war nichts, über das wir sprechen konnten. Jedesmal trat ich zurück, stand wieder neben Magda Nikolajewna und den Olenins und wünschte krampfhaft, dass der Dampfer endlich abfahre. Aber der Dampfer schien trotz allen Tutens durchaus dableiben zu wollen. Dann begriff ich auf einmal, dass es wirklich unmöglich war, ewig dort stehenzubleiben. Ich spürte, das hier war der Schluss, und deshalb sollte ich jetzt schleunigst gehen. Ich drehte mich zu Magda Nikolajewna und den Olenins um, und wir reichten uns die Hand; dann trat ich ans Schiff heran und winkte ihnen Lebewohl zu. Nina streckte mir, ohne ein Wort zu sagen, ihre Hand entgegen - aber ein Händedruck würde ein kaltes Bad bedingt haben!

Ich eilte fort, ohne mich umzusehen. Ich ging forsch ins «Solotoj Rog», ass ein üppiges Mittagsmahl und trank sehr viel Wein - ein Luxus in diesen Zeiten! -, wie um den Anlass - meine Befreiung - festlich zu begehen. Mir war zumute, als sei ich aus der Haft entlassen. Ich sass in dem überfüllten, überheizten Restaurant und sah zu, wie um mich her das Leben sprudelte - sah es in jubelnder Erregung. Doch nach dem Mittagessen fand ich, dass ich mich vergewissern sollte - denn die wahre Freiheit konnte erst kommen, wenn ich mich vergewissert hatte, dass der Dampfer endlich abgefahren war. Deshalb schlenderte ich zum Hafen der Freiwilligenflotte. Als ich näherkam, entdeckte ich, dass sich die zwei gefühllosen Schornsteine der *Simbirsk* noch immer hinter den Lagerhäusern aufreckten. Ich kehrte in die Stadt zurück - und mein Herz wogte wie ein Meer von Trübsal. Ich sehnte mich danach, das Ende zu erleben und zu wissen, dass sie fort waren. Warum dieses herzzerreissende Hinauszögern? Ich wanderte durch die Strassen Wladiwostoks und kochte vor Aufregung. Ich muss seltsam ausgesehen haben an jenem Nachmittag, denn fremde Menschen drehten sich auf der Strasse nach mir um und schauten mir nach. Ich ging und ging, und meine Schritte wurden immer schneller. Ungefähr nach einer Stunde zog es mich wieder zum Hafen. Der Dampfer lag noch immer dort. Ich kehrte in die Stadt zurück. Ich konnte den qualvollen Aufschub kaum noch ertragen. Ich wanderte die ganze Swetlanskaja entlang und bog dann ab, bis ich zur Rennbahn kam. Dort schwenkte ich in den Wald ein. Ich stieg auf die Anhöhe.

Am späten Nachmittag, ehe die Dämmerung anbrach, machte ich mich wieder auf den Weg zum Hafen. Mein Herz klopfte so, dass es schmerzte, als ich über die Lagerhäuser der Freiwilligenflotte hinwegblickte. Der Dampfer war abgefahren. Ich ging an zahllosen aufeinandergetürmten Fässern vorbei, an Dampfheizungsrohren und Draht, der im Freien verrostete, an Maschinen, die auf den Pier gekippt worden waren, und an Baumwollballen, die auf dem Werfthof verfaulten, bis ich schliesslich auf genau der Stelle stand, wo ich Abschied von ihnen genommen hatte. Der Platz am Pier, den die *Simbirsk* eingenommen hatte, war leer; trübes, schmutziges Wasser hob und senkte sich zu meinen Füssen, und ein Korken von einer Flasche und ein paar Holzstückchen hoben und senkten sich mit ihm. Ich schaute aufs Meer hinaus, um noch etwas vom Dampfer zu erblicken. Er war spurlos verschwunden. Ich spähte zum Horizont, um zu sehen, ob ich den Rauch aus seinen beiden Schornsteinen ausmachen könnte. Aber es war keiner da.

Nachwort

William Gerhardies erster Roman, «Futility», der als sein Meisterwerk gilt, erschien im Jahre 1922 in London. Nicht ohne Schwierigkeiten, denn William Gerhardie war damals als Schriftsteller noch vollkommen unbekannt. Er zählt in England auch heute noch nicht zu den weitverbreiteten modernen Erfolgsautoren, wie etwa Aldous Huxley oder Evelyn Waugh, deren Werke aus den goldenen zwanziger Jahren durch serienweise Publikation in den Penguin Books sozusagen den Standard von modernen Klassikern erreichen. Dass aber auch William Gerhardie heute offiziell, von allgemein anerkannten Autoritäten, zu den führenden britischen Schriftstellern des 20. Jahrhunderts gerechnet wird, geht unter anderem daraus hervor, dass er in einem so akademischen Buch wie der Cambridge Bibliography aufgeführt wird. Dabei fällt aber gleichzeitig auf, dass nur ganz wenige, sehr knappe und dürftige kritische Würdigungen seines Werks angegeben werden. Dissertationsreif ist Gerhardie offenbar noch nicht, und im deutschen Sprachgebiet ist er gegenwärtig fast so vollkommen unbekannt wie in England vor 1922.

Als «Futility» erschien, war William Gerhardie, der am 21. November 1895 geboren wurde, noch nicht siebenundzwanzig Jahre alt. Von diesen knapp siebenundzwanzig Jahren hatte er die ersten siebzehn im alten zaristischen Russland verbracht, vor allem im damaligen St. Petersburg, wo er als Sohn eines reichen englischen Baumwollfabrikanten aufwuchs, der dann infolge der Revolution seinen ganzen Besitz verlor und als gelähmter und gebrochener Mann nach England zurückkehrte.

Von Vorahnungen eines solchen Familienschicksals war Gerhardies Jugend jedoch nicht überschattet – wenn ein Mann vom sanguinischen Temperament eines Gerhardie sich überhaupt hätte überschatten lassen. Er verbrachte seine Jugend im Glanz des Ancien Régime des alten Russland, in einem palastähnlichen Familiensitz, unmittelbar neben der Fabrik seines Vaters gelegen, vielleicht der grössten Baumwollfabrik im Zarenreich. Von dieser Zeit berichtet Gerhardie sehr anschaulich und amüsant in seiner Autobiographie «Memoirs of a Polyglot». Damals sprach Gerhardie besser Russisch als Englisch, das er meist nur im Umgang mit seinen Eltern pflegte. Englisch schrieb er in dieser Zeit so gut wie nie. Zudem kannte er die russische Literatur besser als die englische.

Dann wurde der junge William, der im Gegensatz zu seinem Bruder - er hatte in Petersburg auch vielumworbene Schwestern - keinerlei technische Begabung aufwies, die ihn zur Leitung einer Baumwollfabrik befähigt hätte, nach London geschickt, um sich kaufmännisch auszubilden, und auch, um besser Englisch zu lernen.

Doch als er dann nach dem ersten Semester an seinem Commercial College nach Hause in die Ferien zurückkam, war sein Englisch - wie sein Vater entrüstet feststellte - noch so schlecht wie eh und je. Im Juli 1914 kehrte er, immer noch ohne Fortschritte im Kaufmännischen, aber mit verbessertem Englisch, nach Petersburg zurück, wo er in den Büros seines Vaters beschäftigt wurde, seine Bürozeit jedoch dazu benutzte, seinen ersten schriftstellerischen Versuch, ein Drama in drei Akten, zu komponieren, in dem die zerstörerische Macht des Geldes schliesslich von der Liebe zwischen einem russischen Prinzen und einer Kaufmannstochter besiegt wird. Sein Englisch war aber trotzdem noch lange nicht perfekt, und als er eines Tages im Gespräch mit seinem Vater zum wiederholten Male *Calèndar* statt *Càlendar* sagte, «schrie mein Vater wild: ‹Calèndar! Calèndar!›, presste den Kopf zwischen die Hände und heulte laut: ‹O mein Gott! Was habe ich getan, dass ich einen solchen Narren als Sohn zeugen musste.›»

Als Gerhardie nach einigen Monaten erfolgloser Büroarbeit - wenn «Arbeit» hier der richtige Ausdruck ist - über Finnland, Schweden und Norwegen nach London zurückgekehrt war, versuchte er, sein Stück «The Haunting Roubles» bei den prominentesten Bühnenmanagern unterzubringen. Ohne jeden Erfolg.

Nun wandte sich Gerhardie mehr patriotischen Tätigkeiten und Gefühlen zu; wenn man ihm glauben will, jedoch keineswegs ernsthaft. Nachdem seine Dienste als Dolmetscher vom War Office abgelehnt worden waren, ging er als Kavallerierekrut zur Armee, versagte aber kläglich, weil er nicht nur von Pferden kaum eine Ahnung hatte, sondern auch beim «Gewehr bei Fuss» immer ein paar Sekunden zu spät kam. Da er als gemeiner Kavalleriesoldat nicht taugte, fand er, er würde sich als Kavallerie-Offizier besser machen, und meldete sich zu einer Offiziersschule, wo er auch angenommen wurde. Er absolvierte sie jedoch nicht zu Ende, denn er wurde 1916 zum Dolmetscheroffizier für Bulgarisch ernannt, obwohl er von Bulgarisch nicht viel mehr Ahnung hatte als von Pferden.

Jetzt begann für Gerhardie das, was er in seiner Autobiographie den «Krieg de luxe» nennt. Er kehrte, mit grossartigem Kavalleriesäbel an der Seite, als englischer Verbindungsoffizier nach Petersburg zurück, wo er die Oktoberrevolution miterlebte und seine ersten sexuellen Erfahrungen machte, in einem Bordell. Gerhardie spricht sich darüber in seiner Autobiographie recht unverblümt aus: Beziehungen zum andern Geschlecht dienen vor allem der sexuellen Hygiene. «Ich erinnere mich dieser befriedigenden Stunden, so angenehm, so gut für die Nerven.» Diese Auffassung änderte sich auch in Wladiwostok nicht, wo er dann - immer noch im Stil des «Kriegs de luxe» - mit der englischen Militärmission hinkam und wo er mit einer russischen Offiziersfrau eine seiner hygienischen Verbindungen hatte, die allerdings wegen den unhygienischen Unterkunftsverhältnissen in Wladiwostok ihr vorzeitiges groteskes Ende nahm.

Aus seinen Offizierseinkünften bezahlte Gerhardie dann sein Literaturstudium am Worcester College, Oxford, wo er, «ohne Aufsehen zu erregen», seinen B.A., B.Litt. und M.A. erwarb. In Oxford schrieb er «Futility» und fiel seinen Kommilitonen als schlaksiger, hochsensibler Intellektueller auf, der in hektischen Gesprächen seine unorthodoxen Meinungen aus einem sinnlichen, hochroten Mund - «rot wie eine Begonie» - von sich gab.

Dann galt es, für «Futility» einen Verleger zu finden. Nachdem seine Agenten bei einem Dutzend führender Verlage vergeblich angeklopft hatten, dachte Gerhardie, es wäre wohl besser, das Werk zuerst mit einer Empfehlung von einem führenden Schriftsteller zu versehen, und schrieb deshalb an die damaligen Grössen Hugh Walpole und Arnold Bennett, die jedoch keine Zeit hatten, ein Manuskript eines unbekannten Autors zu lesen. So sandte er eines Tages, als er Middleton Murry aus einiger Distanz kennengelernt hatte, sein Buch an Katherine Mansfield. Sie las es innerhalb einer Woche und fand in vierzehn Tagen einen Verleger für ihn. Der Weg zur Publikation führte für Gerhardie also nicht über das Establishment, sondern über die Avantgarde.

Von Katherine Mansfield stammt auch der erste kritische Kommentar zu «Futility». Am 14. November 1921 schrieb sie an Gerhardie: «Es ist ein lebendes Buch. Ich will damit sagen, es ist warm; man kann es weglegen, und es atmet weiter.»

Es atmet auch heute, nach über fünfzig Jahren, noch weiter. Allerdings sollte man es nicht an den grossen Klassikern des grossen Jahres 1922 messen, nicht an James Joyces «Ulysses» und nicht an T. S. Eliots «Waste Land». «Futility» ist etwa das, was die Engländer als Minor

Classic bezeichnen, nicht ganz gross, und doch von beständiger Qualität und fortwährender Dauer, wie etwa die Romane eines Wilkie Collins.

Obwohl «Futility» mit «Ulysses» und mit «Waste Land» - symptomatisch für die frühen zwanziger Jahre - das Thema der Sinnlosigkeit des Lebens zum Gegenstand hat, ist es eher mit den Werken des frühen Aldous Huxley zu vergleichen, etwa mit «Crome Yellow» (1921) und «Antic Hay» (1923), und auch mit den desillusionierten Farcen eines Evelyn Waugh, die allerdings erst einige Jahre später erschienen.

Der Titel «Futility» ist programmatisch für die hervorragende literarische Produktion dieser Zeit: Vergeblichkeit, Nichtigkeit, Sinnlosigkeit, Absurdität, nach dem Zusammenbruch der alten Werte, die noch bis in die Anfänge des Ersten Weltkriegs weitherum mehr oder weniger unangefochten gegolten hatten. In dem grossen polyphonen Chor dieser Desillusionierten hat Gerhardie eine charakteristische, unverkennbare und unverwechselbare Stimme. Er hat nicht die reiche Orchestration der umfassenden Wirklichkeitsdarstellung in experimenteller Form eines James Joyce; im Gegenteil, seine Stimme ist etwas dünn, er erfasst nur einen kleinen Ausschnitt des eleganten Lebens, und seine Form ist keineswegs experimentell oder avantgardistisch. Er lotet auch nicht die seelischen Tiefen der religiösen Verzweiflung aus, wie T. S. Eliot; im Gegenteil, er bleibt weitgehend an der gesellschaftlichen Oberfläche der alltäglichen Banalitäten. Aber auch von Aldous Huxley unterscheidet er sich, obwohl er mit diesem das Element der salonhaften Farce gemeinsam hat. Aber Huxley verzerrt die Dinge ins Groteske und ist bitter. Gerhardie ist nicht grotesk im Sinne von Huxley, und man kann kaum sagen, dass er von dessen kalter, bitterer Wut erfasst ist. Gerhardie ist also nicht Satiriker, und «Futility» ist keine Satire, obwohl der Gegenstand seines Romans genügend Anlass zur Satire böte. Eine Satire ist kalt, Gerhardies Buch dagegen ist, wie Katherine Mansfield zum ersten Male feststellte, «warm», man könnte sagen: liebevoll.

Gerhardie mokiert sich zwar ganz leicht über all seine Figuren, sogar über Nina, aber er ist ihnen nicht böse, er gibt dem Leser nie zu verstehen: sie sind falsch, sie sollten eigentlich ganz anders, besser sein. Er ist kein Moralist. Die vielen, leicht angedeuteten Figuren sind für ihn einfach da, sie alle, vom grossen Familienvater und Gönner bis zu den fernsten Anhängseln – mit ihren nicht immer leicht zu merkenden russischen Namen. Sie sind alle absurd und führen alle ein für den gesunden Menschenverstand absurdes und sinnloses Leben, und doch sind sie alle, jeder auf seine Art, liebenswert. Dies ist ein Kennzeichen bedeutender schöpferischer Sympathie.

Vielleicht mag ein gut Teil Nostalgie bei seiner Darstellung mitgeschwungen haben, eine leicht wehmütige Sehnsucht nach den vergangenen und verlorenen Tagen des Ancien Régime des alten Zarenreichs. Gerhardie war in der Beziehung zu diesem überholten und baufälligen Regime keineswegs von revolutionärem Eifer erfasst; Männern wie Lenin und Ideen wie Diktatur des Proletariats gegenüber war er sehr skeptisch. Gerhardie ist zu beweglich, als dass er sich von irgendeiner abstrakten Idee oder von der Glorie einer grossen Persönlichkeit vergewaltigen oder einschüchtern liesse. Sein Roman ist allerdings beredtes Zeugnis von der Lebensuntüchtigkeit und -unfähigkeit des russischen Ancien Régime: ständig erwartet man das Platzen der sich ständig dehnenden Illusionsblase; doch andererseits ist der Roman ebenso beredtes Zeugnis von der unsterblichen Lebendigkeit illusionären Daseins. Die Grenzen der Glaubwürdigkeit werden dabei wohl überschritten: Wie kann man aus unrentablen Goldminen und einem mit Hypotheken überlasteten Haus eine Anhängerschaft, die sich kaum noch in Zahlen fassen lässt, ständig mit Geld versorgen und gesellschaftlich in ansehnlichem Schwung erhalten? Es scheint unmöglich. Doch Gerhardie ist kein Realist im Sinne eines Defoe oder Balzac, die über Heller und Pfennig Rechenschaft ablegen. Irgendwie geht es eben: Zeichen einer dekadenten Illusionsgesellschaft, von dem unbegründeten Optimismus eines Dickensschen Micawber getragen.

Der Gegenstand ist russisch, was durch den Untertitel «A Novel on Russian Themes» deutlich hervorgehoben wird. Das macht einen Teil des besonderen Zaubers dieses Buches aus, denn wer wäre wie Gerhardie befähigt, die russische Gesellschaft mit den Augen eines Engländers zu sehen? Die Dimensionen der familiären Verwicklungen und des finanziellen Illusionsgebäudes sind russisch, nicht englisch.

Und teilweise ist auch das literarische Vorbild eher russisch als englisch. Nicht zufällig wird das Buch mit dem Besuch eines Tschechow-Stücks eingeleitet, das dem ersten Romanteil seinen Titel gibt. Und nicht zufällig wurde der Roman von Katherine Mansfield «entdeckt», deren Kurzgeschichten mehr mit denen von Tschechow gemeinsam haben als mit denen ihrer angelsächsischen Vorgänger.

Und doch ist der Roman auch eminent englisch: in seiner Toleranz, in seinem Humor, in seiner Leichtfüssigkeit. Ebensogut wie an Tschechow kann man an Jane Austen denken, die in ihren besten Romanen auch kaum etwas ganz ernst nahm, eine von der Revolution bedrohte, funktionslos gewordene Gesellschaft in ihren Absurditäten liebevoll einfing. So müsste man Gerhardie vielleicht irgendwo - literarhistorisch - zwischen Jane Austen und Tschechow ansiedeln, mit ein paar Schüssen Gogol, Huxley und allgemeiner Desillusion plus englischer Oxfordstudenten-Nonchalance, mit einer guten Prise P.G. Wodehouse, der etwas vor Gerhardie mit seinen absurden Phantasien einer dekadenten Gesellschaft die englische Welt zum Lachen brachte und heute noch zum Lachen bringt.

Zur guten alten englischen Art gehört auch Gerhardies Ausschweigen - im Gegensatz zu seiner Autobiographie - über die ernsteren oder intimeren sexuellen Belange. Wir schweben sozusagen in einer leicht erotisierten Atmosphäre von Düften, von Gesten und Posen, von Augenaufschlägen und schrägen Blicken, von leichtem Lächeln, Flirt und Tanz, der aber die tieferen Regionen des Leiblichen fehlen, trotz thematisiertem Ehebruch und Liaisons. Vielleicht ist dies die Sicht des Ancien Régime: der Erzähler und Voyeur, der seine niederen sexuellen Bedürfnisse im Bordell abreagiert -

was im Roman allerdings nicht mitgeteilt wird –, öffnet sich für die Aura feiner Weiblichkeit und betörender, nicht ganz unschuldiger Jungfräulichkeit.

So wird das Ganze schwerelos und elegant und schwebt in den rosigen Wolken, trotz des so düsteren Horizonts. Elegant ist auch Gerhardies Sprache. Er beherrscht - erstaunlich, wenn man seine Laufbahn bedenkt - ein schlichtes, aber geschmeidiges und biegsames Konversationsenglisch, mit beschränktem, aber idiomatischem Vokabular, was ihm auch als klassisches Element zugestanden werden kann. Nur hin und wieder setzt er schärfere Akzente und stärkere Farbtupfen. Das Ganze ist eher ein kleines impressionistisches Aquarell als ein grosses realistisches Ölgemälde, wie die klassischen Romane des 19. Jahrhunderts es waren.

Ist das Ganze aber wirklich so schwerelos? Vielleicht doch nicht. Es lässt sich vielleicht festhalten, dass der Ernst der Darstellung mit dem Fortgang der Handlung zunimmt. Besonders gelungen scheint mir in dieser Hinsicht die Fahrt im Luxusexpress durch die sibirischen Steppen und Wälder. Dies ist geradezu ein symbolischer Kern der Geschichte: eine Luxusfahrt mitten in Krieg, Revolution und Konterrevolution, durch das Land Pasternaks, aber *guerre de luxe* - von vollkommener Sinnlosigkeit, die hier auch in Gesprächen und Ausblicken andeutungsweise eindringlich heraufbeschworen wird.

Vielleicht können wir im Roman drei Stufen der Ernsthaftigkeit unterscheiden: erstens das Geplänkel und Vorspiel im prärevolutionären Petersburg, auf verhältnismässig noch solider Grundlage des Ancien Régime; zweitens den «Krieg de luxe» und die absurde Fahrt im Transsibirischen Express ins ebenso absurde Hauptquartier der Weissen Armee. So weit scheint mir der Roman vorzüglich, ein bruchloses Meisterwerk im Sinne eines Minor Classic.

Doch dann kommen - die dritte Stufe der Ernsthaftigkeit wird damit erreicht - die blutigen Geschehnisse des revolutionären und konterrevolutionären Gemetzels in Wladiwostok, und hier scheinen mir die künstlerischen Mittel von Gerhardie nicht ganz auszureichen, ebensowenig im letzten Teil, der grossen Fahrt über die Meere zu Nina - die Behandlung des Tristan-und-Isolde-Motivs. Es gibt wohl kaum grössere Gegensätze als Richard Wagner und William Gerhardie.

Über die rätselhafte und faszinierende Nina schweigt sich Gerhardie in seiner Autobiographie übrigens fast ganz aus, obwohl er keinen Zweifel daran lässt, dass es eine Nina für ihn gab. Sehr grosse Achtung scheint er allerdings nicht vor ihr gehabt zu haben, denn die auf sie bezogene Eintragung lautet folgendermassen:

«Was sollte man sagen - da sie [Sylvia] absolut nichts zu sagen hatte. Und es kam mir dabei nicht in den Sinn, dass Nina ebensowenig zu sagen hatte. Und dass keine Frau etwas zu sagen hat, und am allerwenigsten dann, wenn sie glaubt, sie hätte etwas zu sagen.

Ich gewann Nina, indem ich ihr die Geschichte von dem Mann erzählte, der sich beim Rasieren die Nase abschnitt, sein Rasiermesser fallen liess, wobei er seine grosse Zehe abschnitt, und in der Verwirrung, die ihn erfasste, seine Nase an die grosse Zehe ansetzte, und seine Zehe ans Gesicht, so dass jedesmal, wenn er die Nase schneuzte, sein Schuh vom Fusse fiel. Sie lachte ausgiebig und fühlte sich zu mir hingezogen. Aber über diese Geschichte hinaus bestand nie irgendeine wirkliche Berührung zwischen uns. Als ich sie fragte, warum sie mir nie schreibe, antwortete sie, sie wisse nicht wie.»

Futility, weit weg von Tristan und Isolde. Es ist wohl so, dass Gerhardie, der nach der Aussage seiner Autobiographie nie eine grosse Liebesleidenschaft erlebte, dies im Roman am Schluss in seiner Phantasie zu kompensieren suchte. Man wird sich aber kaum deswegen mit

Vergnügen und Sympathie an ihn erinnern, sondern viel mehr wegen seines desengagierten Charmes, der die Sinnlosigkeit irdischer Illusionen - im alten oder neuen Regime - wie mit einer leichten Gloriole verklärt.

Eine solche - kaum sichtbare - Gloriole kritisch zu analysieren, fällt nicht leicht, denn was an ihr besticht, ist - wenn man von einigen Stellen, auf die ich hingewiesen habe, absieht - ihr Schein vollkommener Selbstverständlichkeit. Es ist fast so, als wolle man einen leichten Duft chemisch analysieren, um seinem Zauber auf die Spur zu kommen. Kaum etwas an «Futility» scheint einer bewussten Anstrengung zu entspringen: Zeichen eines Meisterwerks.

Richard E. H. Gerber

INHALT